좋은결혼
나쁜결혼
이상한결혼

결혼에 대한 환상을 뒤집는 기막힌 인터뷰

좋은결혼
나쁜결혼
이상한결혼

신윤자 · 신진아 지음

GOOD
BAD
WEIRD
WEDDING
BECOME
BRIDEGROOM
SWEETHEARTENEMY

애플북스

part

02 결혼한 언니들이 털어놓는
겁나는 결혼의 완벽한 비밀

part

03 결혼한 언니들이 털어놓는
오빠들에게 말하지 못한 잠자리 뒷담화

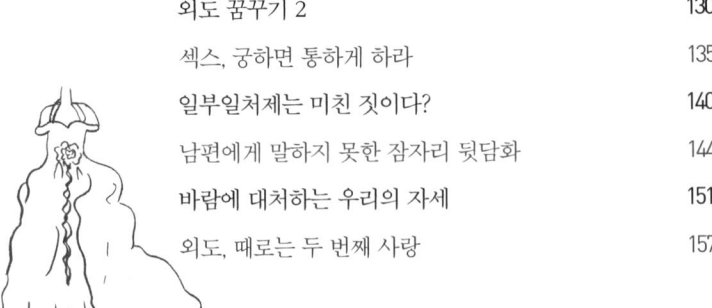
part

04

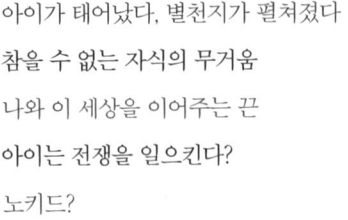

결혼한 언니들이 털어놓는

참을 수 없는 육아의 무거움

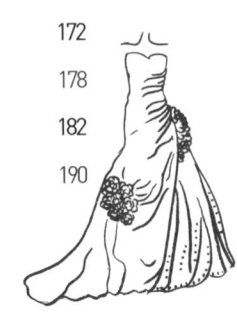

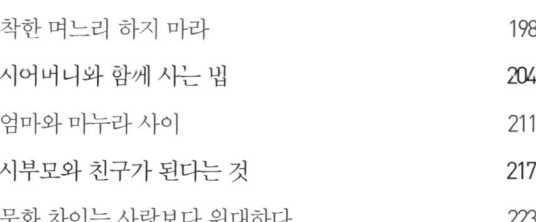
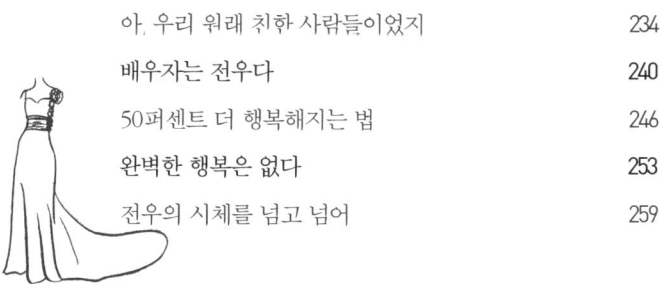

결혼하고 난 뒤, 언니로 불리는 일이 많아졌다.

102호 언니, 연우(애 이름) 언니, 옆집 언니, 형님 친구 언니.

미용실을 가도, 구두를 사러 가도, 학부모 모임에 가도 만만한 이름이 언니였다.

수많은 여자의 언니가 되면서 우리 역시 다른 여자들을 언니로 부르게 됐다. 그리고 늘 언니들하고 이야기를 하고 살았다(오빠들은 다 어디로 갔나?).

그 이야기 속에는 우리뿐만 아니라 이웃언니, 우리 친언니, 동서네 옆집 언니, 101호 언니의 친구 언니, 내 친구 올케의 언니까지, 수많은 여자의 관계가 언니라는 이름으로 연결되며 등장했다. 그 이야기들을 이 책에 담았다. 전문가적 견해는 없다. 다만 오늘도 우리 이웃집에서 일어나는 언니들의 생각과 사건을 이야기할 뿐이다(남자들이 항상 질문하는 것, 도대체 만날 무슨 이야기하니?).

그리고 이 이야기를 쓴 두 명의 언니가 있다. 바로 우리 자매이다. 다른 언니들과 별다를 게 없는 언니동생 사이이다. 이 책에는 우리를 포함해 옆집 언니들의 이야기가 이니셜을 달고 소개된다. 그중에는 1인칭 시점에서 서술된 수기 형식의 글이 있다. 여러 명의 화자인 '나' 중에는 우리 자매도 있고 다른 언니도 섞여 있다. 굳이 화자가 이니셜 뒤에 살짝 숨은 것은, 가정의 평화(?)를 지키면서, 쉽게 털어놓기 힘든 속내를 가장 솔직하게 전달하는 방식을 고민하다 내린 형식상의 선택이다. 그러니 너무 많은 '나'의 등장에 당황하지 않길 바란다.

마지막으로 이 책을 통해서 결혼에 대한 힌트를 조금이라도 얻을 수 있으면 좋겠다.

신은자 · 신진아

결혼한 언니들이 털어놓는

좋은 결혼
나쁜 결혼
이상한 결혼

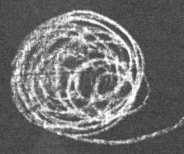

part 01

검은 머리 파뿌리 운운하는 주례사 귀담아듣지 않았다.
몸서리치게 지루해서 남의 인생 개막식에 앉아 식권 얻어
밥 먹을 생각만 했다. 그래서 준비했다. 진지한 바른 말은
싹 배제한 초특급실속버전 이웃언니들의 주례사.

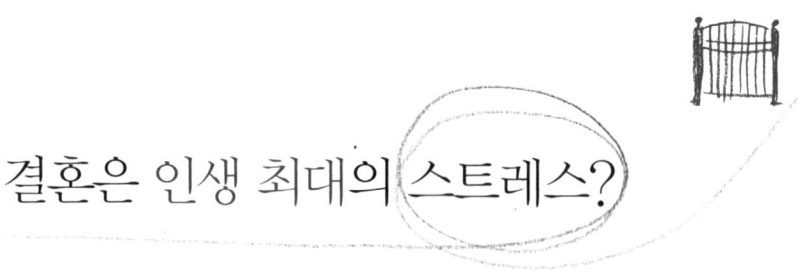

결혼은 인생 최대의 스트레스?

주례 1. 스트레스 없는 삶은 없다

혹자는 묻는다. 결혼이 인생 최대의 스트레스냐고. 일단 그렇다고 치자.

그런데 우리가 언제 근심 걱정 없이 순수하게 삶이 기뻐 죽겠다는 심정으

로 산 적이 있었나? 이 세상에 명함 들이민 순간부터 스트레스로 점철된

시간을 거쳐 왔다. 떨어지면 죽는 줄 알았던 엄마젖을 뗐고, 도통 그게 그

거 같던 구구단 외우기를 해냈고, 남자동급생들 앞에서 웃통 벗고 신체검

사 받는 굴욕의 순간도 견뎠으며, 해외토픽 믿거나 말거나 시리즈에 오르

내리는 한국 고교생의 역할도 무사히 끝냈다. 그런데도 결혼생활에 비하

면 그 모든 게 새 발의 피다. 감을 잡을 수 있겠는가?

　결혼생활은 마치 재능을 알뜰히도 우려먹는 학예발표회장과 같다.

초등학교 시절부터 괜히 전인교육 운운했던 것이 아니다. 전업주부로 살게 된다고 교육 비용 날리는 거라 절대 심란해 하지 마라. 말하기, 듣기, 쓰기, 실험관찰, 사회, 음악, 미술, 체육, 어느 것 하나 필요하지 않은 과목이 없다. 이제 죽자고 외우고 외웠던 영어단어도 '오우, 컴온 베이비. 아임 유어 마미' 하며 빛을 발하게 될 것이다.

그런데 참으로 이상한 것은 고르고 골라 나와 많은 것이 통한다고 생각해서 같이 살게 된 남자가 남편이란 이름을 달면 말하기와 듣기가 달린다는 것이다. 밤새워가며 통화하던 '말빨'은 어느덧 사라지고 '당신과 내가 말이 두 번만 왔다 갔다 할 수 있어도 힘내서 살아보겠다'는 야유를 퍼붓는 사이로 변하기도 한다. 비록 심심찮게 발생하는 경우긴 하지만 발상만 전환하면 극복 못할 문제는 아니다. 애초에 남녀는 한 주제에 관해 배경지식이 다르고, 또 '실용 언어'와 '전문 언어'의 차이라는 게 있다. 사춘기 이후로는 나를 낳아준 부모와도 의사소통에 장애를 겪는데 머리에 피 마르고 난 뒤 만난 남편은 오죽할까. 애초에 스트레스 없는 결혼을 생각하는 것 자체가 공상과학적이다. 그러므로 결혼 이후에도 듣기, 말하기 노력은 계속되어야 한다.

주례 2. 결혼하면 힘은 밤에만 쓰는 것이 아니다

결혼생활은 엄청난 체력을 요구한다. 말인즉 스트레스에 대한 내구성이 뛰어나야 할 뿐만 아니라 강인한 체력도 뒷받침되어야 한다.

밥숟가락 하나 들기도 싫어 아침 굶고 다녔다면 더더욱 적응하기 힘든 시스템에 투입된 거다. 매일 먹는 밥의 문제, 옷의 문제, 청소의 문제가 생각보다 무시무시하다. 요리를 잘한다, 청소를 잘한다의 문제가 아니라 '누가, 언제, 어떻게 했나'라는 주제에 돈과 감정과 이권이 개입된다. 같이 밥 먹고 싶어 결혼했는데 같이 밥 먹는 일이 결코 만만하지가 않다.

거기에 아이가 태어난다. 말끔한 옷차림으로 소파에 앉아 있다가 "이제 피곤해요. 자러 갈래요" 하는 아이는 TV에만 있다. 그 애는 그 말 한마디 하고 돈을 받는다. 현실의 아이들은 절대 만만하게 잠들지 않는다. 그 아이를 제 숟가락으로 밥 떠먹게 하기까지의 과정은 눈물 없이 들을 수 없는 성공스토리와 맞먹는다. 식당에서 제 손으로 밥 먹는 아이를 간혹 만나면 그 아이 엄마에게 덕담 한마디 건네고 싶을 정도이다. 인간 승리가 따로 없다. 그나마 밥 한 끼 먹을라치면 밥상에 기어오르는 애 한쪽 다리를 찍어 누르고 후다닥 비빔밥을 먹는 젊은 엄마들이 수도 없이 많다. 이런 이유로 남편들이 집에서 우아한 부인을 보기가 힘든 것이다. 또한 청순가련한 얼굴에 소도 때려잡을 팔뚝을 가지게 되는 비결도 여기서 나온다. 결혼하면 남자가 힘 써준다고? 힘은 여자들이 더 쓰게 되어 있다.

주례 3. 잊지 마라! 모두 제 발로 걸어 들어갔다

결혼식에서 왜 신랑신부한테 앞에 나와 맹세하라고 할까? 그건 자기 인생의 주최 측이 되었다는 도장을 꽝 찍어주기 위해서이다.

'그동안 많이 빌붙어 살았잖아. 인제 니들끼리 대책을 강구해봐. 다시 돌아오면 안 돼. 이렇게 많은 사람 앞에서 쪽 팔았으니 웬만하면 참아라. 안

그러면 부조금 돌려줘야 된다.'

결혼하면 우리는 저예산 독립영화의 주인공으로 낙점된다. 제목은 '인생' 혹은 '마이웨이'. 흥행에 신경 쓸 필요는 없으나 관객이 좀 의식되고, 촬영이 시작되면 순간순간 연기 미숙, 스텝 미숙, 열악한 제작 환경 문제가 심심찮게 생긴다. 시나리오는 아직 현재 진행 중이다. 처음에는 연기의 감을 잡느라 고생을 좀 하지만 주인공답게 오만가지 사건에 개입되어 뺑뺑이를 돌면서 살아남고 또 살아남는다. 총 맞아 죽을 뻔하거나 쫄딱 망하는 시추에이션이 있어도 쉽게 죽지 않는다. 왜? 우리는 주인공이니까!

해내야 할 과제가 너무 버거워 괜히 시작했다 싶을 때도 있다. 고운 옷만 입고 앉았다 사라지던 옛 영화 속의 여주인공이 부러울 때가 있으나 그런 영화 작품성 없다고 우기면서 버텨본다. 복병은 도처에서 두더지 인형처럼 튀어나오고, 그거 때려잡느라 고군분투하는 동안 경험과 이야기를 간직한 어른으로 성숙해간다.

결정적인 애로사항은 상대배우와의 호흡이다. 이 독립영화는 상대와의 호흡에 따라 에로, 멜로, 공포, 코미디, 잔혹극의 경계를 넘나든다. 간혹 영화판 파토내고 도망가는 경우가 생기기도 하고, 배우 교체라는 사건사고가 발생하기도 하지만 대부분의 관객이 그 정도는 용납하는 분위기다. 어쨌든 영화는 계속되어야 하기 때문이다.

우리는 오늘도 무대에서 온갖 재주를 다 써가며 불후의 연기를 해내려 용쓴다. 우리의 재주는 다방면에서 발견되어 상대는 물론 나 자신을 놀라게 한다. 협박, 자해, 공갈(결혼생활에 양념으로 쓰이는 잔기술을 일컫는 말) 쪽에 일가견이 있다는 놀라운 사실은 물론이고, 평소에 아이라면 진저리를 쳤는데 의외로 따뜻한 훈육자로서 부모 데뷔를 하는 기쁨을 발견하기도 한다.

소싯적 김치전을 맛깔나게 부쳤다든가 구슬치기를 잘했다든가 하는 사소한 재주마저 쏙쏙 우려내먹는 영화판은 결코 녹록치 않지만 해볼 만하다. 자기 영화라는 생각에 무분별한 애정도 마구마구 생겨난다. 명배우로 이름 난 이들도 다 찍고 나면 꼭 이렇게 인터뷰하더라.

"더 잘할 수 있었는데 아쉽고요."(처음이다 보니 이해하시죠?)

"이번 영화로 많이 배웠습니다."(이렇게 스펙터클할지 몰랐어요.)

"다시 한다면 새로 시작한다는 심정으로 매진해보고 싶네요."(가끔은 남편 바꿔 새로 시작하면 정말 잘 할 것 같아요.)

"영화배우로 살 수 있어서 행복해용~."(때때로 행복하단 자기최면이 필요하죠~.)

결혼이 인생 최대의 스트레스를 주는 사건이라고 협박해도 끊임없이 그 바다로 투신하는 사람들의 행렬은 이어진다. 똥인지 된장인지 꼭 찍어보는 사람들이 있다. 그 사람들이 다 미쳤나? 두려워하는 사람들이 비정상인가? 뭐 어쨌든 다들 행복해지고 싶은 이유에서 그런 것이니 '쇼 머스트 고온 Show Must Go On'이다.

결혼해서 행복해 죽겠다는 사람은 보기 힘든데, 사람들은 미혼남녀만 보면 결혼하라고 노래한다. 아직 이상형을 만나지 못했다고 하면 꿈 깨라며 별 사람 없다고 충고한다. 과연 그럴까? 분명 누구에게나 제짝은 있다. 단, 제때 찾을 확률을 장담 못할 뿐이다.

별 남자는 있었다!

그 나물에 그 밥?

서른 살 겨울에 결혼하기 전까지 나는 이 소리를 지겹게 들었다. '업계표준'대로 살기를 강요하는 사람들이 눈만 마주치면 인사처럼 비슷한 충고를 했고, 잘난 것도 없는 딸 늙어 죽을까 봐 친정엄마는 반 협박조로 비아냥거렸다.

"뭐 별놈 있는 줄 아냐? 다 그 나물에 그 밥이다."

엄마가 틀렸다. 특별한 남자는 없는지 몰라도 내게 특별한 남자는 분명 있다. 나물이야 그게 그거 같아도 자기가 좋아하는 나물 분명히 있다. 나는 취나물이 좋은데 시금치 안 먹는다고 나무라고, 그 시금치 좋아하는 사람이나 먹게 놔두라면 같은 나물 아니냐고 또 우긴다. 쳇, 먹어봤자 '꼴랑'

나물인데 종류도 못 고른다는 건 말도 안 된다.

자취나 하숙을 해본 사람은 알겠지만 룸메이트와 잘 지내기 정말 힘들다. 우습지만 두루마리 휴지 감아 쓰는 양에도 마음이 상하고, 젓가락질 순서에도 한숨이 나온다. 심지어 친형제끼리 한방을 써도 삐걱거리는 일이 생긴다.

그러니 같이 살 맞대고 자고, 아이 낳고, 인맥을 공유하고, 죽음을 함께 할 사람을 찾는데 별 사람 없다며 대충 살라고 하면 도대체 뭘 고르며 살아야 할까? 살다 보면 없던 정도 생기고 맞춰 살면 된다는 이야기는, 로또 당첨되는 사람 분명히 있으니 그 무시무시한 당첨 확률 무시하고 일단 한번 사보라는 권유와 같다. 안 그래도 불확실한 미래에 무모한 배팅이라니.

착하고 인물 좋고 능력 있어도 내 심장을 뛰게 하지 못하면 별 남자 아닌 게 맞다. 다음은 뒤늦게 별 여자 찾은 남편 때문에 한 차례 이혼 위기를 넘긴 N의 이야기다.

죽기 전에 같이 한번 살아보고 싶어

N에게는 삼 년이 지난 지금 사무치게 가슴 아픈 말이 있다. 자신에게는 무심하고 잔정 없이 굴던 남편이 눈물을 보이며 그 여자랑 한번 살아보고 싶다고 했다. 어떤 감정이면 죽기 전에 한번 살아보고 싶다는 말이 나오는지 남편의 배신보다 그 말이 더 가혹했다.

N은 중매로 만난 남편과 석 달 만에 결혼했다. 까다로운 상사와의 불화

로 심한 스트레스를 받던 중 선을 본 것이다.

남편은 무뚝뚝한 사람이었다. 공유할 취미도 없었고 여자를 좋아하는 스타일도 아니었다. 그러나 성실했고 안정된 직장이 있었다. 재미는 없어도 여자 마음 고생시키지는 않을 거라는 주변의 평과 그녀 또한 힘들던 시기여서 남자의 무심한 성향이 장점으로 다가왔다. 평범한 생활이 이어지고 '사는 게 원래 이런 거지 뭐' 하고 사는데 남편의 바람이 들통 났다. 그녀는 무심한 남편이 여자에게 게살을 발라주고, 머리핀을 선물하고, 노래방에서 세레나데를 불러줬다는 사실을 알게 되었을 때 딴사람 이야긴가 싶었다. 상대녀는 순수하고 로맨틱한 남자로 그녀의 남편을 알고 있었다. 사정을 알게 된 아이들이 울며불며 남편에게 매달리자 여자가 떠나면서 소동은 일단락되었다. 이후 아무도 그 사건을 다시 입에 올리지 않았다.

그러나 그녀의 마음까지 치유된 것은 아니다. 속내를 좀처럼 드러내지 않는 남편이 애초에 상대녀와 결혼했더라면 전혀 다른 사람으로 살았을지도 모른다는 생각 때문에 허탈해서 견딜 수가 없다. 그녀는 애틋한 추억 하나 없이 십오 년을 산 자신의 삶이 새삼 불가사의하게 느껴진다.

'죽기 전에 한번 같이 살아 보고 싶은' 상대를 만나 보지도 못한 그녀는 요즘 우울증에 시달리고 있다.

나의 결핍을 채워주면 별 남자

알 수 없는 불안감에 시달리던 여자 H는 별 남자를 만나 드디어 편한 잠을 잘 수 있게 됐다. 부모를 일찍 잃고 언니와 단둘이 살던 그녀는 언니가 결혼하자 불안감이 더 커졌다. 그녀는 학창시절부터 모르는 동네를 헤매는 꿈을 꾸거나 사소한 소음에도 잘 놀라는 약한 심장 때문에 오랫동안 불면증에 시달렸다. 늘 함께하던 언니와 떨어져 혼자 세상에 내던져진 것 같던 그 시절, 그녀가 가장 싫었던 일은 불 꺼진 자취방에 혼자 들어가는 일이었다. 그러다가 친구의 결혼식장에서 지금의 남편과 만나 연애결혼을 했다.

'뮌헨의 거리를 산책하는 철학자'가 꿈이었던 H는 남편의 고향에서 제법 유명한 여성 농군이다. 가끔 철학과 교수가 된 동기생 소식을 들을 때면 잃어버린 꿈이 생각나서 살짝 우울해지기도 하지만 대신 그녀는 결혼으로 큰 반대 급부를 얻었다.

당시 H의 언니는 사법고시 준비 중인 남편의 불투명한 미래를 언급하며 결혼을 반대했다. 게다가 시골에는 당장 부양이 필요한 연로한 시부모도 있었다. 하지만 H는 늘 신경이 예민한 자신과 달리 사람을 좋아하고 매사에 고민이 없는 낙천적 성격의 남편이 편했고, 결혼을 통해 가족과 집이 생기고 어딘가에 소속된다는 사실이 좋았다. 그녀 언니의 걱정대로 아이가 태어나고 유치원에 입학할 때까지 남편은 고시에 합격하지 못했다. 그동안은 그녀가 생활을 꾸려나갔다. 이후 부부는 진로를 바꿔서 딸기하우스를 시작했는데 경험이 없다 보니 이익을 내기까지 몇 년이 걸렸다. 그 사이 대출 이자가 불고 불어 소득이 생겨도 이자 갚기에 바빠 항상 경제적으로 허덕이는 생활을 해야 했다. 또 결혼 전에는 생각도 못해본 농부가 된 그녀가 하루에 해내는 일의 양은 19세기 할머니 세대의 일과 맞먹었다. 집안일, 농사일, 건강이 안 좋은 시부모의 병원수발에, 남편이 이끄는 농민단체 활동까지. 뽀얀 피부에 허리가 부러질 것 같던 결벽증의 그녀는 바야흐로 못해내는 일이 없는 슈퍼 울트라 아줌마로 변신했다.

하지만 그녀는 결혼 이후 어느 때보다 심적으로 편안하다. 비록 농사의 전망이나 대출금 상환 등 당면한 현실문제는 머리가 아프지만 예전처럼 허공에 떠 있는 것 같은 근원적인 불안감이 없어진 상태이다. 자신의 손으로 밥을 해 먹이는 아이들과 부모가 있다는 사실과 처음부터 남처럼 느껴지지 않던 남편의 성격이 그녀의 예민한 기질에 안정제 역할을 해주었던 것이다. 그런 이유로 쉽지 않았던 결혼 십오 년 내내 남편이 진정으로 미웠던 적이 없다는 불가사의(?)한 아내이다.

술 좋아하는 남편의 건강 걱정 말고, 경제적으로 조금만 수월해지면 더 바랄 게 없다고 말하는 그녀를 보면 행복이란 정말 주관적이란 생각이 든다. 남에게 화를 내는 모습을 보인 적이 없고 너털웃음을 웃어대는 그녀의 남편이 바로 그 점 때문에 그녀에게 '별 남자'였던 것이다.

"죽도록 사랑해서 결혼했어요."
이렇게 말할 수 있는 사람들은 운이 좋다. 적령기라고 사료되는 시점에 죽도록 사랑할 남자를 못 만나 일단 결혼부터 하고 본 언니들. 그녀들의 심드렁한 결혼이야기!

나는 이래서 결혼했다!

현실도피녀 S의 이야기!

"사는 게 너무 지겨웠어. 오 년째 나가던 피아노 학원에서는 히스테릭한 왕언니 원장 얼굴 보는 게 스트레스고, 집에 오면 나보다 학벌 높은 언니가 백수로 뒹굴어서 매일 엄마랑 신경전 벌이는 것도 스트레스고, 그때마다 엄마는 하나라도 빨리 치워야겠다고 잔소리하고, 월급은 지겹도록 오르지 않아서 벌어봤자 옷 사 입고 화장품 사고 나면 없고, 텔레비전 연속극이나 기다리는 내 청춘이 너무 한심했어. 가끔 위문편지 주고받던 동창이 하나 있었는데 말년휴가에 자기 졸업하면 결혼하자는 거야. 결혼을 생각할 만큼 뜨거운 사이는 아니었는데 말이야.

어느 날 몇날 며칠 발표회 준비하느라 초죽음이 되어서 집에 왔는데 방

청소 안 했다고 엄마가 막 퍼붓더라. 지겨워서 못 살겠다, 언제까지 딸년들 뒤치다꺼리해야 하냐고. 엄마도 딴 데서 열 받은 일이 있었겠지. 하지만 그 소리 듣고 있자니 너무 비참하고 여기서 벗어나고 싶다는 생각이 솟구치더라. 그래서 군바리한테 예스라고 대답했지.

그리고는? 인제 내가 다른 방 청소하느라 세월 보내고 있는 거지. 신랑이랑 애들에게 우리 엄마가 했던 소리 똑같이 해대면서… 너무 시시하게 결혼해버린 것 같아 가끔 억울해. 혹시 알아? 내게도 운명의 상대라는 '삘'이 오는 사람이 나타났을지도…….

암튼 후회하지 않으려면 평소에 청소 같은 거 잘하고 살아. 괜히 엄마한테 맞서나가 성리당하기 십상이야. 쓰레기차 피하려다 똥차에 부딪히는 수가 있어."

확률에 몸 던진 K의 이야기

여자 K에게는 전속 상담사가 있었다. 그녀의 집에서 십 분 거리에 있는 용하다고 평판이 자자한 점집의 점쟁이가 바로 그 사람이었다. 그녀는 점쟁이의 충고대로 결혼을 결정했다.

사실 그녀의 인생은 십 대 때 이미 꼬이기 시작했다. 갑작스런 사고로 아버지를 잃은 뒤 애초 무용을 전공하려던 꿈을 접고 취직 잘된다는 영문과로 진학했지만 사 년 내내 아르바이트하느라 제대로 된 대학생활은 누려보지도 못했다. 천신만고 끝에 새로 생긴 은행에 취업했으나 몇 년 후, 은행이 다른 은행에 인수합병 되면서 실업자가 되었고 연애 또한 잘 풀리지 않았다.

　그녀가 대학 때부터 사귄 남자 역시 가난한 집의 장남이었다. 둘이서 함께할 미래를 생각하면 행복한 상상보다 현실에 짓눌려 헉헉대는 그림이 먼저 떠올랐다. 은행을 그만두고 나서는 만나서 다투는 일이 늘었다. 오래된 연인은 참아주는 시간이 짧아지는 법, 식당에서 메뉴 정하다가 싸움이 붙어 "그래, 나는 원래 그런 놈이야"라는 말을 던지고 남자는 떠나버렸다. 그 시절 답답한 현실에 대한 두려움으로 그녀가 가끔 들리던 곳은 아버지의 죽음 이후 방황하는 엄마와 함께 갔던 그 점집이었다.

　K는 어떤 판단을 내려야 할지 모를 때 권위 있는 누군가가 대신 답을 내려준다는 것이 홀가분하고 좋았다. 또한 상대를 의식하지 않고 솔직한 질문을 할 수 있다는 것도 좋았다. 말하자면 그녀에게 점쟁이는 적당한 상담료를 받는 정신과 의사 역할을 했던 셈이었다. 그즈음에 그녀의 전속 상담사에게 이런 점괘를 전해 들었다.

　"너는 일찍 결혼하면 두 번 이혼하고 세 번 결혼할 운명이야. 부잣집에 시집을 가도 평생 일해야 돼. 딸이지만 아들 노릇하고 살아야 돼. 서른 넘어서 시집가. 세 번째 남자야. 그러면 대충 액운을 때우게 돼."

　그 말은 그녀의 약해진 마음에 붙박여서 스스로 자기최면을 걸게 했다. 또 자신에게는 책임이 없다는 면죄부를 줬다. 점쟁이 말대로라면 애인과 헤어진 것도, 자신이 가족을 부양하는 것도 다 정해져 있던 운명이었다.

두 번째 남자는 그녀가 새로 취직한 외국어학원 원장의 소개로 만났다. 작은 건축사무실을 운영하는 남자였는데 제법 괜찮은 스펙(학력·학점·토익 점수 따위를 합한 것을 이르는 말. 여기서는 외모, 성격, 능력, 집안 따위를 합해 평균 이상을 뜻함)에 그녀에게 금방 호감을 보였다. 하지만 남자는 헤어진 남자 친구와의 감정이 확실히 정리되지 않은 그녀에게 상처 입어 스스로 떠나 버렸다. 남자가 떠나고 나서야 그의 장점들이 뼈저리게 느껴졌지만 이것도 인연이 아닌 징조라며 체념하는 쪽을 택했다.

드디어 점쟁이의 예언대로 세 번째 남자가 나타났다. 두 번의 연애로 지쳐 있던 그녀에게 세 번째 남자의 존재는 큰 위로가 되었다. 무엇보다 세 번째 남자라면 이혼하지 않는다는 점쟁이의 점괘가 강력한 설득력을 가졌다. 이리저리 재보던 두 번째까지와는 달리 세 번째 남자와는 다섯 달 만에 결혼에 골인했다. 남자는 그녀의 이상형이 아니었고 앞의 남자들보다 더 나은 스펙도 아니었지만, 더 이상 남자 만날 가능성이 없을지도 모른다는 불안감이 작용한 결과였다.

점쟁이의 예언이 없었어도 지금의 남편과 결혼했을까 가정하면 확신이 들지는 않았다. 점괘가 틀릴 수 있다는 생각을 한 적도 있다. 하지만 그녀는 겹쳐서 오는 불행을 겪다 이미 새가슴이 되어 있었다.

그녀는 현실의 짐에 짓눌려 누군가 현명한 사람의 지도편달을 받고 싶다는 마음에 가장 중요한 것을 간과하고 말았다. 정작 당사자인 자신의 마음은 생각지 않고 그저 뽑기판에 던져서 나온 숫자로 자신의 미래를 결정하는 인생 최대의 코미디를 연출하고 만 것이다.

결국 액운을 피하고 싶어 몸을 사렸지만 정작 열렬히 사랑하지도 않은, 조건이 완벽하지도 않은 적당한 상대와 결혼한 것이다. 그리고 뒤늦게야 그것이 사실은 액운일지도 모른다는 생각을 한다.

자신을 사랑하지 않은 H의 이야기

첫날밤부터 결혼이 잘못되었음을 느낀 이후 팔 년째 되던 해 이혼할 수 있었던 여자 H도 굳이 따져보자면 탈출 삼아 결혼한 케이스다.

그녀는 스물여덟 살이 되도록 이렇다 할 연애 한 번 해본 적 없는 외국어학원 상담선생이었다. 직장에서 평판도 좋고 성격도 좋은 그녀였으나 오목조목 예쁜 얼굴을 무색하게 하는 뚱뚱한 몸을 열등감으로 갖고 있었다. 그녀는 털털한 척하는 걸로 예민한 그녀의 자의식을 숨겼다. 그래서 '성격 좋고 계집애 같지 않은 친구'라는 말을 이성에게서 자주 들었다.

그러던 어느 날 친한 친구가 "별 기대는 하지 마" 하면서 오빠 친구를 소개해주었다. 그녀는 남자에게 첫눈에 꽂혔다. 지금까지 경험하지 못했던 감정이었다. 잘 보이고 싶어서 꼼짝할 수가 없었다. 하지만 남자는 그녀를 '보통의 뚱뚱한 여자'로 쳐다봤다. 친구 동생에 대한 예의로 두 번까지 만난 그 남자에게서 미적댄다는 느낌을 받은 그녀는 스스로 비참해져서 친구에게 "내 타입이 아닌 것 같아"라고 말하고 한동안 가슴앓이를 했다.

지난번의 판단착오를 만회하겠다며 친구가 다른 남자를 데려왔다.

"사람은 괜찮은 것 같은데, 좀 거대하다?"

그녀는 남자가 친구와 몰래 통화하는 소리를 엿듣게 되었다. 친구에게도 솔직히 말하지 못할 만큼 그녀는 마음을 다쳤다. 게다가 남자는 잊을 만하면 전화해 그녀의 심중에 혼란을 일으켰다.

그때 세 번째 남자가 나타났다. 그는 다른 남자와 달랐다. 자기 사업을 한다고 했는데 돈이 많은 듯했으며 여자에게 들이대는 법을 알고 있었다. 비록 그녀보다 처지는 학력이었지만 그와 함께 있는 동안에는 자신이 여자로 느껴졌다.

그러나 친오빠들은 "지금이라도 그만둔다면 수습해주겠다" 할 만큼 남편감을 석연찮게 여겼다. H는 오빠들의 적극적인 반대에 잠시 마음이 흔들렸지만 청첩장을 돌린 뒤라 그냥 뛰어들었다.

한 달 만에 결혼한 남자는 중매쟁이의 말과는 달리 그 집안에서 내놓은 아들이었다. 똑똑한 며느리를 보면 아들이 정신을 좀 차릴까 기대하던 시댁에서는 그녀를 반기면서도 눈치를 살폈다. 알고 보니 그는 여러 여자와 동거 경험이 있었고 성도착 증세도 있었으며 항상 아내를 의심하면서 난폭하게 대했다. 그녀가 맞고 산다는 것을 알게 된 친정오빠들이 고소를 하면서 그녀는 남편에게서 합법적으로 벗어날 수 있었다. 팔 년을 견딘 그녀는 덕분에 십 킬로그램이 줄어든 날씬녀로 변해 있었다.

"아무도 나를 좋아하지 않는데, 그 남자가 나를 봐줬다."

그녀의 열등감에서 비롯된 심란한 결혼이었다.

그 밖에 언니들이 결혼한 이유

1. 친구 따라 강남 갔다

나이는 들어가고 같이 놀던 친구들이 하나둘 결혼했다. 혼자 남기 두려웠는데 마침 소개받은 남자가 무난하기에 결혼했다.

2. 사고 쳤다

덜컥 임신을 해버렸다. 이렇게 부담스러운 결혼을 결코 기대하지는 않았지만 어떡하나 배가 불러오는데. 더 이상 물러설 데가 없었다.

3. 기회를 잡았다

내가 기대한 것보다 훨씬 실속 있는 집안의 남자와 선을 봤다. 빌딩이 세 개라는 부모에 남자의 직장도 빵빵했다. 형제도 달랑 두 명이었다. 딱 내 스타일은 아니었지만 내 인생의 기회라고 생각했다.

4. 첫 남자라 결혼했다

자고 나니 왠지 결혼을 안 할 수 없었다. 내가 우리 엄마처럼 생각한다는 사실에 깜짝 놀랐지만 결국 그렇게 됐다.

5. 옛 애인을 잊지 못해 미적대고 있었다

어느 날 그의 미니홈피에 들어갔다가 나 없이도 찰떡같이 결혼해 잘 살고 있는 모습을 보았다. 드디어 끝났다는 사실을 인정하고 나도 결혼했다.

6. 무서웠다

결혼하는 게 무서워 적극적인 노력을 안 했다. 그런데 생각해보니 결혼 안 하는 게 더 무서웠다. 훌륭한 독신녀 타입은 아니라고 생각해서, 그래서 결혼했다.

어린 시절, 가장 듣기 싫었던 말 "이게 다 너를 위해서야!"
갖고 싶은 것 빼앗고, 가고 싶은 길마다 막아서면서 그들
이 했던 말. 진정 그 말은 누구를 위한 것이었나?

결혼, 누구를 위해 종을 울렸나

효도결혼, 어설픈 심청이가 되면 안 되는 이유

"사는 데 낙이 없어."

D는 술만 먹으면 밑도 끝도 없이 이런 말을 했다.

그가 이런 말을 할 때마다 술자리에서 친구들은 "호강에 겨워 요강에
똥을 싸라" 하고 투덜댔다. 왜냐하면 알뜰살뜰한 아내에 안정된 직장을
둔 알짜배기 D가 사는 낙은 없다면 자신들은 일찌감치 한강다리로 가야
할 신세이기 때문이다.

D는 서른두 살의 세무직 공무원으로 평범한 집안의 장남이었는데 취직
을 하고 일 년 만에 아버지가 급성 간암으로 투병하게 되었다. 끝내 가망
이 없다는 의사의 통보를 받고 가족들은 아버지 주변을 정리하기 시작했

는데 그 정리 대상 속에 그의 결혼도 포함되어 있었던 것이다.

아버지 돌아가시기 전에 한 명이라도 더 보내야 한다는 말에는 물론 경제적 이유도 포함되었다. 고향에는 그가 짝사랑하는 후배가 있었지만 시간이 압도적으로 부족했다. 공무원이 되면 그녀에게 조금씩 대시해볼 예정이었는데 그때 그녀는 외국에서 공부 중이었다. 가까운 친척과 가족들은 "네가 결혼이라도 해야 아버지가 눈을 감을 텐데"라는 멘트를 눈만 마주치면 읊어댔다.

집안의 기둥 역할을 수행하기 위해 부모에게 짝사랑하는 후배 이야기 한번 말하지 못하고(남편의 죽음을 눈앞에 둔 엄마에게 사랑 운운하기가 민망하기도 했을 것이다), 딱히 여자친구라 하기도 미적지근한, 가끔 술 한잔하면서 어울리던 새마을금고 여직원을 배우자로 물망에 올렸다. 그녀는 젊은 남녀가 부족한 동네에서 몇 안 되는 총각인 그에게 슬쩍 관심을 보이던 여자였다. 갑작스런 상황에 절망하던 그는 '그냥 좀 친하던' 그녀와 결혼을 했다. 좁은 동네에서 공무원 신랑과 은행 여직원의 결혼은 사람들의 부러움을 샀다.

그러고 결혼 후 한 달 만에 그의 아버지가 돌아가셨다. D는 예상치 않았던 결혼과 아버지의 죽음이라는 두 가지 큰일을 치르며 정신없는 신혼기를 보내야 했다. 아내가 첫 아이를 임신했을 때 짝사랑하던 여자 후배는 귀국했고 그녀가 그의 결혼 소식에 아쉬워하더라는 사실을 풍문으로 듣고 나서 그는 자신의 유약함에 머리를 짓찧었다.

D의 아내는 일반적으로 괜찮은 신붓감에 속했다. 무엇보다 그의 어머

니가 최고로 치는 알뜰살뜰 살림의 요령을 아는 생명력 넘치는 여자였다. 남편의 동료 부인들과도 싹싹하게 인사를 트고 직업상 돈 관리도 잘했다. 인제 첫 아이가 아들이기만 하면 그의 인생은 어머니 표현을 빌면 '짜빡 없이(더 바랄 것 없이)' 살게 된 것이었다.

그러나 고민은 거기에서 비롯되었다. 도무지 흠잡을 데 없지만 아내의 그런 장점조차 크게 다가오지 않는 자신의 마음 때문에 그는 죄의식을 느꼈다. 한 번도 열렬한 마음으로 여자를 안아본 적 없는 젊은 남자로서의 삶을 생각하면 뭔가 허전하고 우울했다. 누군가에게는 부러운 현실일지 모르겠지만 그는 자신의 인생이 맘에 들지 않았다. 사납게 말하면 장남으로 태어나 씨종자 역할을 충실히 하고 있을 뿐이라는 억울한 마음에, 내 자식의 결혼에는 절대 개입하지 않으리라는 분노 섞인 결심을 하곤 했다.

그는 지금도 가끔 웃으며 말한다. 아버지가 본인의 인생을 정리하다가 자신의 인생까지 정리해버렸다고. 결혼은 인륜지대사라고 다들 분위기 잡으며 이야기하지만 어떤 이들에게는 이렇게 사소한 집안일이기도 하다고.

남 좋은 결혼은 절대 하지 마라

똑 부러져 보이나 속마음은 여린 여자 B도 자기주장 못하고 남 좋은 결혼을 한 경우다. 서울대 출신에 지방의 한 대기업 중역이었던 그녀 아버지는 막내딸을 유독 못마땅해 했다. 꽤 괜찮은 외모와 매력을 지녔는데도 아버지 눈에는 공부 잘해 의대 간 오빠나 여성적인 언니와 달리 오빠만큼 공부도 못하면서 언니처럼 고분고분한 맛도 없는 선머슴으로 비춰 애물단지 취급을 받았다. 지방의 비인기학과에 입학한 그녀는 부족한 조건을 만회하려고 교사자격증을 땄고 취업준비도 열심히 해 서울의 규모 있는 중소기업에 당당히 취직했다. 독신주의자로 살려면 경제적 독립이 무엇보다 중요하다고 생각했기 때문이다.

하지만 부모의 생각은 달랐다. 퇴직 전에 막내딸까지 치워버리고 싶었던 아버지는 대학 후배를 통해 남편감을 모집했고 평소 아버지를 존경하던 한 남자가 지원하면서 B는 꼼짝없이 선을 봐야만 했다.

B가 선을 본 시기는 고향에 내려와 중등학교에서 임시로 교편을 잡고 있을 때였다. 서울에서 남녀차별이 심한 기업 분위기를 겪으면서 아예 새로 공부를 시작해 전문직을 갖자는 계획 하에 잠시 숨을 고르고 있던 시기였다. 결혼 따위는 전혀 생각 없었지만 아버지의 체면 때문에 선 자리에 나갈 수밖에 없었다.

남자는 그녀 아버지처럼 서울대 출신의 든든한 대기업 사원이었지만 외모부터 취향까지 호감 가는 구석이 하나도 없었다. 그런 B와 달리 남자는 과일바구니를 들고 그녀 집을 들락거렸고 능청스럽게 그녀 부모를 '아버님' '어머님'이라 부르며 갖은 애교를 떨었다.

결혼 이후 쭉 회사 사택에서 살아서 남의 눈을 극도로 의식하던 B의 엄마는 남자의 적극적인 태도에 "너 조건에 이 정도면 과분하다"면서 "이제 소문도 다 났으니 웬만하면 결혼하라"고 딸을 끈질기게 설득했다. 결국

B는 부모의 갖은 협박과 회유에 굴복하고 말았다.

"네가 내세울 게 뭐가 있냐? 학벌이며 직장이 얼마나 좋니?" "값 떨어지면 더 좋은 조건 남자 못 만난다" "네가 지금 공부해서 전문직 갖는다는 게 현실적으로 가능하냐?" 등등의 집요한 공격에 마음은 상했지만 자신 있게 반박할 자신이 없었다.

예상과 달리 B의 남편은 조건만큼 실속 있지는 않았다. 연봉은 높았지만 씀씀이가 컸고 돈을 모을 줄 몰랐다. 허풍 심한 시아버지는 양가 상견례 자리에서 '육십 억 원대 자산가'라고 큰소리쳤지만 그녀 아버지가 돌아가실 때까지 돈 한 푼도 보태주지 않았다. 오히려 사업자금 보태라는 말을 더 자주 들었다.

"우리 아버지 존경해서 나랑 결혼한 것 같아. 자기 아버지를 되게 싫어하거든. 근데 가만히 보면 꼭 닮았다. 한탕주의 기질에 돈 개념 없는 것까지. 결혼 구 년 만에 마련한 내 집도 지난해 내가 억지로 우겨서 남편 출장 간 사이 계약한 거야."

서로에 대한 애정이 없다 보니 사는 재미도 없다. 특히 어려운 일이 생기면 마음이 더없이 외롭고 쓸쓸하다.

"둘째 애를 진짜 힘들게 낳았어. 임신하자마자 자궁에 문제가 생겨 노심초사하던 차에 낳자마자 출혈이 너무 심해 수술 받았거든. 그때 우리 남편 내 옆에 없었다. 그래서 무늬만 부부생활 청산하겠다고 진짜 혼자서 이혼 준비 다 끝냈어. 근데 하필 아버지가 아프냐. 결국 아버지 병간호하고 장사 치르다 보니 흐지부지해진 거지."

이런 경우 부모 탓을 해야 할까? 부모의 설득에 굴복당한 본인에게 책임을 돌려야 할까? 분명한 건 지금의 삶을 사는 것은 그녀 자신이다. 결혼식 당일에도 조금도 행복하지 않았다는 B. 그 누가 알았겠냐. 한 번 잘못 낀 단추를 다시 고치기가 이렇게 어려울지.

실로 일생에 거의 한 번뿐인 결혼을 결정할 때 착한 시늉은 하지 않는 게 맞다. 그 결정이 부모 때문일지라도 말이다. 자신의 진짜 마음을 숨기는 것은 상대에게도, 부모에게도, 무엇보다 스스로에게 독이 된다. 결혼은 누구를 위해서 해주는 자원봉사활동이 아니다.

셔츠를 하나 사더라도 나한테 어울리는 옷을 제일 잘 고르는 사람은 바로 나 자신이다. 내 얼굴 모양이나 분위기, 몸의 특징을 나만큼 잘 아는 사람이 누가 있을까. 시행착오 끝에 내 몸에 맞는 남자를 고른 세 여자의 고백.

그녀들의 결혼 이야기

K의 고백 – 소크라테스는 말했지, "너 자신을 알라"

내가 한때 사귀었던 P는 계획성이 뛰어난 남자였다. 덕분에 자기 인생 설계하면서 내 인생도 설계해줬다. 도와달라고 부탁한 것도 아닌데 자발적인 지도편달에 처음에는 진심으로 고맙고 든든했다. 뭘 원하는지도 모르고 헤매던 내 꼴이 눈 뜬 장님 같다는 자괴감에 빠질 즈음 가까운 사람이 지팡이를 내미니 안 잡을 이유가 없었다. 그는 미래 계획 없고 실천력 떨어지는 내게 꼭 필요한 조력자처럼 느껴졌다. 인생 컨설팅을 받는 데는 대가가 따른다는 것을 알기 전까지는 말이다.

하긴 세상에 공짜가 어디 있나? 그도 뭘 원하는 게 있었다. 그가 바란 것은 한마디로 '이 죽일 놈의 사랑'인데 나도 주려고 했다 그 사랑.

하지만 그의 친절한 설계 컨설팅은 모든 것에 대한 간섭으로 이어졌다. 이것은 이런 이유로 안 되고 저것은 저런 이유로 안 된다 하니 완전 간섭 심한 아버지가 생긴 기분이었다. 정작 혈육인 아버지는 딸을 자유방임으로 키웠는데 말이다.

"이십 대 중반 훨훨 날아다닐 나이에 이게 뭐람? 아… 그냥 실패해도 좋으니 내 인생 내 마음대로 하고 싶다."

막연한 목표와 계획뿐이던 이십 대 중반에는 내가 어떤 사람인지 스스로도 잘 몰랐던 것 같다. 막연히 '자기주장 강하고 주관 뚜렷하고 진취적인 타입'은 아니지 싶었다. 지금 생각해보면 어떤 부분은 맞고 어떤 부분은 틀렸다. 아직도 이 옷 살지, 저 옷 살지 망설이고 내 생각보다 남의 생각 먼저 들어준다. 여전히 딱 잘라 거절하는 게 불편하지만 체질적으로 내 타입 남에게 강요하지 않는 만큼, 남이 제 타입 강요하는 걸 참지 못하는 캐릭터다.

때문에 배우자에 대한 구체적인 그림이 없는 와중에도 권위적인 남자만은 사절하고 싶었다. 예를 들어 "돈은 내가 벌 테니 너는 집에서 살림이나 하지"라고 말하는 남자. 그런 남자는 왠지 가사노동에도 비협조적일 것 같고(직장을 계속 다니려면 남자와 가사노동을 분담해야 한다고 생각했다), 자기 부모에게 충성하라 강요할 것 같아 꺼려졌다(내 부모한테도 한 달에 한 번 전화하면 많이 하는데 죽어도 자신 없다). 무엇보다 또 어떤 "하지 마"란 말을 할지 모른다는 게 가장 두려웠다.

최근 결혼한 이십 대 M과 대화를 나누다 내 기준이 여전히 유효함을 깨닫고 사람 참 쉽게 변하지 않는다 싶어 피식 웃음이 났다.

"비슷한 시기에 결혼하는 친구가 있는데 선본 남자가 워낙 돈 잘 벌어서 (예비 아내에게) 직장 관두라고 했대요. 난 결혼해도 계속 돈 벌어야 되는 입장이라 좀 부럽더라고요."

그 말을 듣는 순간 나도 한 칠 초 정도 부러웠지만 그뿐이었다.

지금의 남편은 적어도 권위와는 거리가 멀다. 실제로 훈수 따위 거의 안 둔다. 잔소리 안 듣고 자라 잔소리도 않고(물론 듣는 것도 힘들어한다) 인생설계는 말할 필요도 없다. 간혹 선택의 갈림길 앞에서 "이 시점에서 현명한 답 좀 내놔봐" 하면 남편은 늘 똑같은 대답을 내놓는다.

"네가 하고 싶은 대로 해."

그 순간에는 내 고민 단숨에 날려주지 않아 좀 서운하지만 따지고 보면 내 결정을 존중한다는 의미이다. 이것이야말로 내가 남편과 이혼 생각 않고 지금껏 잘사는 비결 같다. 사실 가족이라는 이유로 우리는 얼마나 많은 월권행위를 경험하고 살아왔나?

S의 고백 - 안 되는 일보다 잘하는 일하고 살기!

남편은 나를 '마법의 손'을 가진 여인이라 부른다. 손만 대면 다 어지르고 다니기 때문이다. 크게 움직이지도 않으면서 모세가 바다를 가르듯이 정리해둔 집안 여기저기에 파장을 일으키는 능력이 볼수록 놀랍단다. 신혼 때까지만 해도 그럭저럭 견딜 만했는데 아이가 생기자 집은 삽시간에 지뢰밭으로 변했다. 그래도 '창의적으로 어지르는' 모녀라고 칭찬할 정도로 남편은 크게 불편해하지 않았다. 그런데 천적은 친정엄마였다.

엄마 기준에 여자는 깔끔하게 살림하고 남편 옷 칼같이 다려 입혀 내보내고 음식을 사먹느라 돈 쓰면 안 되고 어쨌든 따신 밥상을 차려야 하는 존재였다. 나는 그 기준에 오로지 한 개만 부합했다. 그건 외식메뉴를 집에서 만드는 음식 솜씨였다.

직장을 다니고 까다로운 아기를 키우는 것은 감안 대상에 들지 못했다. 언제나 집안이 반들반들해야 한다는 것은 나더러 왜 미스코리아 진도 못 되냐 하는 것만큼이나 불가능한 요구였다. 엄마가 간섭해도 내 실력은 조금도 늘지 않았고 나는 노이로제에 시달렸다. 그러자 엄마는 개선되지 않는 딸 대신 사위를 나무랐다. 자네가 이런 걸 뭐라 안 하니 쟤가 저 모양이라고. 그때 남편이 이렇게 말했다.

"집사람이 잘하는 것도 많아요. 제가 청소 잘할 사람하고 결혼한 거 아니니 나무라지 마세요. 안 되는 일에 스트레스 받지 말고 자기가 해서 행복한 걸 하면서 살면 되죠."

엄마는 "똑같은 것끼리 만났다"는 악담 비슷한 말을 남기고 "아이고 모르겠다. 애나 안 엎어지게 조심시켜라" 하고 가셨다.

결혼하고 일 년 동안 우리 부부는 거의 싸운 일이 없었다. 서로 중요하게 여기는 일의 우선순위가 비슷했기 때문이다. 치약 옆구리가 터지든 양말을 뒤집어서 던지든 둘 다 신경 쓰지 않았고, 재미있는 영화를 보느라 저녁밥을 하지 않는 것쯤은 황당하다고 생각하지 않았다. 단지 같은 장르의 영화를 좋아하지 않아서 따로따로 비디오를 빌린다는 차이가 있었을 뿐이다. 혹시 마찰이 생겨도 "너를 도무지 이해 못 하겠어"라는 경우보다 "이해는 하지만 화가 나" 쪽이 대부분이었다. 대표적인 경우로 같이 쇼핑이라도 나가면 맘에 드는 물건을 고르기가 힘들었다. 서로 상대방의 의견을 존중하려는 의지가 지나쳐 자기 의견을 말하지 못했기 때문이다. 서로 눈치만 보다가 이도저도 아닌 물건을 골라오고, 나중에는 "이게 당신 맘에 드는 게 아니었다고? 그럼 솔직히 말하지 그랬어!" 하며 속상해하기 일쑤였다.

그러나 행복해하는 순간도 비슷해서 상대의 행동이나 사고과정을 쉽게 유추할 수 있었다. 처음부터 남편이 엄마 같은 요구를 했다면 나는 스스로를 결혼이라는 제도에 부적응자라고 규정하고 열등감에 시달리다가 입원했을지도 모른다.

일반적인 결혼에 필요한 덕목이지만 내게는 결여된 능력이, 다행히도 남편에게 우선순위의 덕목이 아니었고 공평하게도 다른 여자들이 스트레스를 많이 받는 일에 나는 또 예민하게 굴지 않았다. 결혼하면 많이 싸우게 될 것이라는 예언과는 달리 우리는 빠르게 편해졌다.

밥은 굶어도 옷은 다려 입어야 출근한다는 남자를 물 먹인 적 있다. 그 남자의 엄마는 아침에 일어나면 수세미에 '퐁퐁'을 묻혀 손가락 사이사이까지 깨끗이 씻고 아침밥을 준비한다고 했다. 외출하고 돌아오면 마루 끝에서 옷을 다 벗어야 방에 들어갈 수 있기 때문에 친구들이 집에 오는 일이 없었다는 이야기를 들었을 때 순간 소름이 돋을 정도로 공포를 느꼈다. 그는 괜찮은 남자였으나 내 공포를 거둘 만큼 사랑하지는 않았던 고로 나는 도망쳤다. 물론 그는 끝내 헤어짐의 이유를 몰랐다.

지금 생각해도 평생 내가 가장 못 하는 일을 잘해내기 위해 애쓰면서 살 수는 없는 일이었다. 그게 아무리 호감 가는 사람이라도 말이다.

J의 고백 – 삶의 지향점이 같다면 더 쉽게 행복을 얻는다

나는 일 년에 두세 달은 꼭 아르바이트를 한다. 생계를 위해서 취업하지 않아도 되는 운 좋은 전업 주부지만 '여행경비'를 마련하려면 어쩔 수 없다. 나는 처녀 적부터 적금 모아 해외여행 가는 게 취미였다. 누구나 여행 가고 싶다고 읊어대지만 실행에 옮기는 사람은 그리 많지 않다. 특히 결혼한 뒤에는 꿈도 못 꾼다는 사람들이 허다하다. 하지만 나는 내 유일한 취미인 여행에 목숨을 걸다시피 했다. 차라리 결혼을 포기하지 여행은 포기 못한다는 입장이었다. 한번은 친구들을 데리고 2박 3일 전라도 지역 여행을 간 적이 있다. 버스를 타고 시골 장터 구석구석을 다니며 그 지역에서만 먹을 수 있는 음식을 먹고 그 지역만의 의외의 물건을 찾아내는 재미를 주었더니 친구들은 그동안 누려보지 못한 즐거움이라며 좋아했다. 나 역시 그들의 기쁜 얼굴에 신이 났고 친구들은 이런 나를 두고 오랫동안 솔로로 남아 자신들의 관광안내원이 되어줄 것을 은근히 바랐다.

그런 내가 남편을 만난 지 두 달 만에 벼락결혼을 한다고 했을 때 주위에서 무슨 사고라도 친 줄 알았다며 놀라워했다. 우리는 여권 갱신하러 구청에 갔을 때 여권이 너덜너덜할 만큼 찍힌 수많은 출입국관리소 스탬프를 보고 그가 말을 걸면서 시작된 인연이었다. 생면부지이면서도 자연스럽게 이야기가 나왔고 둘은 두 달 후 가기로 계획한 코타키나발루 산을 같이 오르는 걸로 신혼여행을 대신했다.

우리 집은 대부분 신혼집에 증명처럼 걸려 있는 대형 결혼사진이 단 한 점도 없다. 대형 PDP도 멋진 가죽 소파도 없다. 대신 각종 여행지에서 사온 그림이나 사진, 인형, 머그잔 등 사연 가득한 물건들로 꽉 차 있다. 우리 부부의 가장 우선순위는 각종 생활비를 아껴 그 돈으로 여행을 가는 것이기 때문이다.

결혼하면 달라질 것이라는 주위의 예상과 달리 우리는 결혼 이후에도 기쁨의 원천을 포기하지 않고 우리답게 살고 있다. 노년에는 멋진 펜션을 함께 운영하는 것이 목표다. 친구들은 이런 우리를 보고 환상의 복식조라며 부러워한다. 전부 삶의 지향점이 같은 남편을 둔 덕분이다.

사실 같은 코드를 가진 사람을 한눈에 알아보고 선뜻 손을 내밀기는 쉽지 않다. 뒤돌아보면 결국 비슷한 생각과 경험을 공유했기에 가능했던 것 같다. 만약 결혼이 좋은 길동무를 찾는 일이라면 나는 탁월한 선택을 한 셈이다.

미디어 속 여주인공의 해피엔딩은 지극히 나만을 사랑하는 남자를 만나는 것으로 끝난다. 그런데 어쩌나? 그 남자들은 하나같이 미남에다 부자고 전 출연자 중에서 가장 진실남이기까지 하다. 그 정도로 완벽남은 아니나 적어도 부자남을 만나 영원히 행복 '할 것 같은' 길로 들어선 언니들. 과연 현실 속에서도 해피엔딩은 존재할까?

달콤한 조건, 씁쓸한 결혼

운 좋게 부자남과 결혼했다. 그러나!

인형 같은 얼굴에 몸매 단정한 모범생 친구 M이 부유한 집안의 대기업 사원에게 시집갔을 때 친구들은 우연히 남자를 만나도 어떻게 그런 킹카를 만날 수 있냐며 그녀의 행운을 부러워했다. 이십 대 중반인데도 사람들이 선망하는 강남의 30평대 아파트에, 또래가 갖기 어려운 대형승용차, 일주일에 세 번씩 오는 파출부와 함께 시작하는 신혼이었다.

　남편을 일찍 잃은 M의 시어머니는 부유한 언니에게 돈을 빌려 주식과 부동산으로 재산을 불린 경제 감각 뛰어난 여장부였다. 모르긴 해도 자산이 백억 원대가 넘을 거라는 소문에 주변에서는 연애결혼 한 M을 두고 신데렐라라고 부를 정도였다. M은 남편과 달리 부모 모두 공무원인 평범한 집에서 엄격하게 자란 평범한 여성이었다.

융자가 한 푼도 없는 아파트에서 시작한 신혼은 가뿐하고 쾌적할 듯하였으나, 큰 손 시어머니의 소소한 입김이 생활 전체에 작용하면서 문제는 시작되었다. 시어머니는 아들부부에게 별도로 생활비를 지급했는데 그 액수가 남편의 월급보다 많았다. 처음에는 적잖이 당황했으나 남편은 늘 그래왔다는 듯이 개의치 않았고, 시댁의 라이프스타일을 따르려면 남편의 월급으론 터무니없었으므로 그녀도 그 돈을 받아쓰기 시작했다. 사실은 그것이 독이 든 사과인 줄 모르고서 말이다.

그리고 이 년 후, 별다른 직업이 없던 시동생이 무려 일곱 살이나 어린 스물한 살짜리 아가씨와 결혼을 했다. 그들 또한 시어머니의 돈으로 쾌적한 신혼을 시작했고, 곧이어 동서는 아들을 낳았다.

그녀가 딸을 낳고 동서가 아들을 낳으면서 두 며느리의 신세가 서서히 달라졌다. 시어머니는 보란 듯이 시동생에게 프랜차이즈 아이스크림 가게를 차려주고, 동서에게는 아이 데리고 다니기 편하라고 자동차를 사줬다. 일종의 특별보너스로, 일 년에 몇 번씩 이런 보너스가 생활비 외에도 주어졌는데 그 과정이 꼭 순수하지만은 않았다. 즉, 시어머니를 기쁘게 해주거나 말 잘 들으면 일시불 보너스가, 거슬리게 하면 국물도 없는 식이었다. 한번은 친정의 가족모임과 시댁의 먼 친척 결혼식이 겹쳐 시어머니에게 양해를 구했더니 결혼식은 평생에 한 번뿐인 거니 알아서 하라는 대답만 돌아왔다. 여태껏 대부분의 결정을 시어머니가 원하는 대로 해왔는데 이번에는 너무한다 싶어 남편 앞에서 볼멘소리를 했더니 남편이 펄펄 뛰면서 하는 말이, "남편 복도 없는데 노년에 며느리 복도 없는 우리 엄마 불쌍해서 어떡해"였다. 그녀 눈에는 "너 때문에 우리 엄마가 돈 안 주면 어떡해"라는 몸부림으로 보였다.

시어머니와 의견이 대립될 때마다 남편은 엄마 편을 들었다. 게다가 동서처럼 좀 더 엄마 비위를 맞추지 못하는 그녀를 비난했다. 그녀는 넓은 집이 바늘방석처럼 느껴졌고 빌붙어 사는 존재라는 굴욕감에 점점 웃음을 잃어갔다. 그런 와중에 남편이 구조조정되어 실직하는 사태가 발생했다.

화려한 독립? 초라한 컴백

너무나 막강한 '백'이 있어서일까? 일 년이 지나도록 남편은 구직활동을 열심히 하지도, 공부를 하지도 않은 채로 시간을 보냈는데 M은 그 상태가 미칠 것 같았다. 차라리 그녀가 취업을 하고 싶었으나 이제 네 살인 아이를 돌보는 일만 해도 힘에 겨웠다. 시어머니의 생활비는 그때부터 무기로 돌변했다. 큰아들 집에 불만이 있으면 생활비 입금이 늦춰졌다. 상대적으로 작은아들 집에는 더 많은 생활비를 주는 것으로 은근히 경쟁을 붙였다. 남편도 슬슬 열이 받을 무렵 결정적인 사건이 터졌다. 작은아들에게 월세가 나오는 오 층짜리 건물 한 채를 명의이전 해주면서 불만족스러운 큰아들에 대한 압력을 행사한 것이다. M부부는 이때서야 큰 결단을 내렸다.

때마침 남편의 전 직장상사가 지방에서 사업을 시작했고, 사람이 필요하다고 연락을 해온 것이다. 부부는 생면부지의 동네인 광주로 내려가기로 마음을 먹고 시어머니에게 결정을 전했다. 시어머니는 사전에 의논하지 않은 아들부부의 통보에 격노했고, 그 달부터 생활비 보조를 끊어버렸다. 비록 24평 전세로 생활수준은 떨어졌지만 비로소 그녀는 해방감을 느꼈다. 따지고 보면 그들은 주위 친구들처럼 평범한 삼십 대 부부로 돌아간 것이었다.

시어머니의 영향권에서 벗어나 광주에서 살던 일 년 동안 그녀의 얼굴에는 생기가 돌았다. 하지만 이 이야기의 끝은 해피엔딩이 아니다. 아니, 관점에 따라 해피엔딩이다. 딱 일 년이 지나, 시어머니가 미끼를 던진 것이다. 십억 원대 규모의 도넛 가게를 아들에게 맡기겠다는 제안을 해왔다. M의 남편은 며칠을 고민하다 다시 안락한 엄마의 품으로 돌아갔다.

M은 말했다.

"한 번 맛본 돈의 힘이 무서웠어. 엄마에게서 독립 못하는 남편이 너무 한심했는데, 나도 십억 앞에서 무너졌어. 멋지게 박차고 나가 내 힘으로 성공하고 싶었는데 그러기에는 미끼가 너무 달콤했어. 지금은 그냥 불행하다, 굴욕이다 생각 안 하고 돈 많은 시어머니에게 효테크 한다고 생각하기로 했어. 불입금에 비해 만기출금이 너무 막강하잖니?"

자신의 근황을 냉소적으로 전하는 M에게 친구들은 아무 말도 하지 못했다. 딱히 해줄 수 있는 말이 없었다는 게 옳은 표현이다. '과연 나라도 저 상황에서 초연할 수 있을까?' 하는 마음에, 쉬운 길 놔두고 고난의 독립군이 되라는 충고를 할 수가 없었다. 막연히 돈이 많으면 더 행복할 것 같았는데 세상 어디에도 공짜는 없다는 법칙을 배운 것, M의 결혼이 주는 교훈이었다.

결혼에서만큼은 속물이 좋다고 생각했다

결혼한 지 두 달 만에 이혼한 Y가 잘못된 선택을 한 데에는 가난한 남자와 결혼해서 죽을 쑤며 사는 언니에게 학습된 공포가 한몫했다. 그녀의 언니는 좋아하는 구두를 색깔별로 사 신던 풍요로운 처녀시절을 보내다가 부모가 말리는 남자와 야반도주하다시피 해 임신 사 개월의 몸으로 결혼했다. 하지만 곧 색깔별 구두는커녕 매달 남편 월급의 30퍼센트를 시댁에 생활비로 보내야 하는 현실에 맞닥뜨리자 애 하나 안고서도 시계를 되돌리고 싶다고 노래를 불렀다. 한때 언니의 자유분방함을 매력으로 여기던 형부 또한 궁핍이라고는 모르고 살던 생활습관이 인이 박혀서 매달 적자 가계부를 만들어내는 언니 앞에서는 할 말을 잃은 눈치였다. Y는 자신 역시 언니와 별다른 종류의 인간이 아닐 거라는 불안감이 들었다.

'사랑을 최대 무기로 삼았다가 만약 그게 아니라는 결론이 나면 어떡하지?'

다른 건 몰라도 자신에 대해 아는 게 딱 하나 있었으니 '가난하게 사는 것을 견딜 수는 없다'라는 사실이었다. 그래서 그녀는 부자 부모를 둔 남자와 결혼했다.

한번 살아보니 조건보다 상식

Y가 선본 남자는 부자 부모를 가진 데다 인상도 서글서글해 그녀의 결심에 힘을 실어줬다. 그녀의 집안도 기죽을 정도는 아니어서 둘의 결혼은 양가의 성원에 힘입어 급물살을 탔다. 하지만 설레던 마음도 잠시, 준비과

정에서 잦은 마찰을 빚었다. Y의 시부모와 예비남편은 그녀가 전통적 개념의 맏며느리가 되어주길 바랐다. Y는 그런 남자를 보면서 그가 평생의 반려자를 구하는 건지 말 잘 듣는 맏며느리를 자신의 집안에 선물하려는 건지 헷갈리기 시작했다. 확신을 잃은 Y는 결혼식이 다가올수록 불안했다. 하지만 청첩장을 이미 돌린 뒤라 자신만 잘하면 모든 것이 잘될 것이라는 희망을 버리지 않았다.

그러나 Y의 우울한 신혼여행은 시작에 불과했다. 시집살이를 시작한 그녀에게 시어머니는 여자는 땅이고 남자는 하늘임을 강조했다. 또 직장을 다니는 것만큼은 Y가 포기할 수 없다고 강변해서 봐주지만 임신이라도 하면 당장 그만둬야 한다고 미리 못을 박았다. 게다가 일하는 사람이 있음에도 군기를 잡겠다는 의도였는지 야근하고 파김치가 돼 돌아온 며느리에게 청소도구를 쥐어주며 화장실 청소를 종용했다. 또 며느리와 아들이 말다툼이라도 하면 어김없이 며느리를 불러다 한참을 꾸중했다. 남편은 그런 아내를 감싸기는커녕 자신에게 반론을 펴는 아내가 도대체 납득이 가지 않는 눈치였다.

그녀가 예상했던 부자 시댁은 친정처럼 여행과 문화생활을 즐기고 스트레스 받지 않는 소비 수준에, 어떤 변수가 와도 흔들리지 않는 미래보장이 되는 비빌 언덕의 의미였다. 하지만 시댁은 경제적으로는 비빌 언덕이 될지 몰라도 정신적으로는 그녀를 사막으로 내몰았다. 결국 Y는 어느 날 퇴근길에 친정으로 갔다 그대로 주저앉고 말았다. 그녀의 부모도 나날이 말라가는 수심 가득한 딸을 아무 말 없이 받아줬다.

Y는 결혼 전 주로 자신보다 조건 나쁜 남자들과 연애했다. 그녀의 부모는 그런 딸을 탐탁지 않아 했고, Y도 언니의 '리얼'한 사례를 봤던지라 조건 나쁜 남자와 결혼할 엄두가 나지 않았다. 때문에 미래 없는 연애를 끝내고 서른을 앞둔 여자답게 결혼하기 적당한 남자를 만나기로 한 것이다. 그래서 결혼하자마자 시댁에 들어가야 하는 조건도 눈 질끈 감고 받아들였다. 그녀는 이 결정이 '결혼은 현실'이라는 인생 선배들의 교훈을 충실히 따르는 현명한 선택이 될 것이라 믿었다.

하지만 그녀가 자신에 대해 몰랐던 사실이 하나 있었다. 그녀는 더 이상 부모 말 잘 듣던 얌전한 십 대 소녀가 아니었다. 그야말로 뼛속까지 21세기를 살아가는 현대 여성이었다. 그녀는 이혼이란 뼈아픈 대가를 치르고서야 결코 조선시대 여인이 될 수 없음을 깨달았다. 사랑만으로 유지되기 힘든 것이 결혼이지만 그렇다고 훌륭한 조건이 해답은 아니었던 것이다.

나쁜 남자를 결혼하기 전에
알아볼 수는 없을까?

나쁜 남자에게 끌린 그녀의 잘못된 만남

여자 K는 태생적으로 사람을 끌어당기는 힘이 있어 주위에 친구들이 많다. K의 남편조차 이런 아내를 두고 '쌍문동 카운슬러'라고 부를 정도였다. K가 상담해준 여러 사람들 중에 한때 골프장 캐디로 일한 '캐디녀'가 있는데 남자 잘못 만나 인생 꼬인 대표적인 인물이다.

이십 대 초반, 그야말로 '놈팽이' 같은 놈을 만나 애를 덜컥 배면서 캐디녀의 인생은 하강곡선을 긋기 시작했다. 사회적 지위가 있던 부모에게 버림받은 것은 물론이고 이후 남자에게도 버림받은 것이다. 졸지에 미혼모가 된 그녀는 할 수 없이 주인집에 어린 딸을 맡긴 뒤 골프장 캐디로 일했다(그 주인집 큰 딸이 K였다). 그러다가 일터에서 한 남자를 만났는데 그녀보다 열다섯 살 연상에 다 큰 남매를 둔 이혼남이었다. 남자는 일종의 조직에 몸담고 있었다. 힘들게 홀로 딸을 키우던 캐디녀는 여러 악조건에도 불구하고 재혼을 했고 아들도 낳았다. 새 환경에 적응하지 못한 딸이 점점 비만아가 되는 게 골칫거리였지만 생활의 질은 확실히 높아졌다.

그러던 어느 날 마치 영화처럼 자신을 버린 '과거남'에게서 전화가 왔다. '과거남'이 전화한 이유는 "(나는 네가 지난 과거에 한 일을 알고 있으니…) 돈 일 억 원을 빌려달라"는 것이었다. 과거남은 동거녀까지 동원해 협박했고 캐디녀가 전화번호를 바꾸는 등의 방법으로 연락을 피하자 딸에게도 전화했다. 그는 자격도 없는 주제에 "내가 너 애비"라고 고백한 뒤 "너를 한시도 잊은 적이 없다"는 거짓말로 딸의 정신세계를 쑥대밭으로 만들었다.

결국 캐디녀는 손이 발이 되도록 빌면서 은행융자를 받아 남자가 요구한 돈 일부를 쥐어줬다. 남자는 옛정을 생각해 봐준다며 일단은 떨어져나간 상태다. 캐디녀의 비극이 이로써 끝이 날지는 알 수 없다. 전화벨만 울려도 심장이 떨린다는 그녀는 지금 신경안정제를 달고 산다.

나쁜 남자에게 끌린 그녀의 잘못된 만남 2

K의 사촌동생 A도 나쁜 남자와 결혼했다. 그녀는 결혼한 지 한 달 만에 남편에게 아이가 있다는 사실을 알았다. 법적으로 총각은 맞았지만 그의 엄마가 아이를 키우는데도 사실을 숨겼던 것이다. 그 이유라는 것이 "여자가 결혼하고 나면 빼도 박도 못하겠지"라나.

남자는 거짓말로 여자를 상처 입혀놓고도 미안한 기색 하나 없이, 동갑이라는 나이가 무색하게 가부장적 권위까지 내세웠다. 겉으로는 털털하고 싹싹해서 사람들에게 성격 좋다는 소리를 듣지만, 집안에서는 물 한 그릇 떠다 바치지 않으면 성질을 부리는 건 예사였다. 제법 자리 잡은 양품점을 운영하던 그녀와 달리 월급쟁이 카 엔지니어였던 남자는 그 물 한 그릇에서 자신의 권위를 확인하고자 했다.

남자는 섹스중독 증세까지 보였다. 애초에 가난하고 비빌 언덕이 없어도 건강한 몸만 있으면 두 사람이 벌어서 이루면 된다는 기특한 생각으로 결혼했던 그녀였다. 그러나 남자의 실체를 확인하면서 도무지 함께 살수가 없었다.

여자가 이혼 의지를 내비치자 남자는 비겁하게 자신을 피해자로 포장했다. 자신의 집착을 사랑이라는 이름으로 미화시켜 주위 사람들에게 이상한 소문을 내고 다녔다. 여자는 한순간 매정한 여자로 매도됐고 "저리 좋아하는데 그냥 살지, 여자가 너무 똑똑해도 남자가 피곤해"라는 수군거림을 감수해야 했다.

남자의 가학적인 행동에 여자는 미치기 일보직전까지 갔다. 이혼해주지 않으려는 남자 때문에 정신병원에도 입원했다. 웬만하면 이혼하지 말아야 한다고 딸을 압박하던 보수적인 아버지도 사위의 행태를 겪다가 결국 이혼을 허락했지만, 그녀는 오히려 위자료를 주고서야 이혼할 수 있었다. 그녀 돈으로 얻은 집에 남자는 몸만 갖고 들어왔다가 나갈 때는 위자료와 집에 있던 두루마리 휴지까지 들고 나간 것이다. 여자는 일 년 만에 겨우 이혼했고 한동안 남자라면 진저리를 쳤다.

놀랍게도 나쁜 남자와 결혼한 여자들은 또 있다. 팔 년 만에 이혼한 B의 남편은 새장에 새를 사다 기르면서 차례로 목 졸라 죽이는 엽기행각을 저질렀다(진짜다!). 또 B 남편은 어느 날 밤늦게 귀가해 잠자는 아내의 목을 졸라 119가 출동하는 소동을 벌였다. 여자는 이날 태어나서 처음으로 119 구급차를 타봤다.

간혹 어른들이 결혼에 앞서 집안을 본다고 하면 사랑에 눈먼 청춘들은 발끈 화를 낸다. 한마디로 속물이란 것이다. 하지만 이런 공포영화 같은 현실을 보고 있노라면 집안을 본다는 게 단순히 그 집안의 경제력만을 이야기하는 것이 아님을 알 수 있다.

적어도 누군가를 만나 결혼을 한다면 괴물이 아닌 인간과 해야 하지 않겠는가.

'취집(취직+시집)'이라는 신조어까지 등장한 요즘, 결혼은 과연 그녀들을 구원해줄 노아의 방주일까? 단, 잊지 마라. 노아의 방주 안에는 많은 식구가 있으며 누군가는 그들을 보살펴야 한다. 결혼이 보험이 아님을 뼈저리게 느끼게 된 이웃 언니들의 '리얼' 고백.

결혼은 보험이 아니다

맞벌이가 필수인 시대에 결혼이 보험이라니

"결혼? 보험 좋아하네, 국민연금이야!"

결혼 전만 해도 주위 언니들의 이런 우스갯소리는 귓등으로도 안 들렸다. 결혼이 무슨 이윤 남기는 장사도 아니고 보험이라는 발상 자체가 속물처럼 비쳤다. 하지만 결혼과 동시에 자동 부여된 며느리로서의 의무가 생각보다 만만찮다는 게 피부로 와 닿으면서 나도 모르게 계산기를 찾게 됐다. 특히 내 월급이 소위 남자 측 부담으로 통용되는 집 대출금을 갚는데 사용되자 은근슬쩍 아까운 마음마저 들었다.

"20평대 정도는 (시댁에서) 해준다고 하더니……."

남편이 결혼 전 지나가듯 한 말을 귀담아 듣지만 않았어도 헛된 꿈(?) 따위 꾸지 않았을 텐데, 하필 그 말을 할 때 한눈팔지 않은 게 화근이었다.

이유야 어쨌든 비록 남들 보기에 번듯한 직장여성이나 내 수입이 가정 경제의 옵션이지 주축이 되는 것은 싫었다. 그래서 남편 직장이 불안할 때 내색은 안 했지만 내심 독박 쓸까 겁도 났다. 때때로 가장이라는 책임감에 힘들어하는 모습이 안쓰럽기도 했지만 굳이 그 책임감 거두라 말하지는 않았다. 여자들에게는 그 못지않게 무거운 육아의 책임이 기다리고 있으니까!

한편으로는 남존여비사상의 희생자(?)로서 그 잘난 남자들이 여자 좀 먹여 살려주길 바랐다. 사실 요즘이야 여성의 시대 운운하면서《(알파걸에 주눅 든) 내 아들을 지켜라》란 책이 나올 정도지만, 지금의 삼사십 대가 성장할 당시만 해도 남자는 여자보다 우수한 종족으로 인식됐다. 특히 깡촌에서 태어나 자란 엄마는 남존여비사상의 맹신자였다. 하나뿐인 아들과 다섯 딸들을 노골적으로 차별하면서 이 가치를 뼛속 깊이 심어줬고, 세상이 바뀌었다고 입으로는 말하지만 결정적일 때는 출가외인 운운했다. 상대적으로 많이 배우고 직장생활을 하는 딸을 자랑스러워 하지만 그러면서도 "남자가 능력되면 집에서 애 키우고 살림만 하는 여자가 상팔자"라는 소신을 굽히는 적이 없었다.

그러나 이제 현실적으로 맞벌이는 선택이 아니라 필수다. 자식 키우고 살림만 하고 싶어도 못하는 시대에 살고 있다. 자기계발이라… 사교육비 감당하면서 노후대비 연금이라도 하나 들려면 둘이 함께 벌어야 하는 게 작금의 현실이다. 요즘 이십 대 남자들은 은근히 혹은 아예 대놓고 맞벌이 아니면 힘들다고 못 박는다.

한 이십 대 총각의 증언이다.

"GM대우 다니는 친구가 있는데 걔는 여자친구도 자신만큼 스펙을 갖춰야 한다고 말해요. 학벌이며 직장이 자신보다 후지면 안 된대요. 전 그 정도는 아닌데 여자가 맞벌이 해줬으면 하죠. 워낙 먹고 살기 힘드니까."

한마디로 요리 좀 배웠다 시집가는 시절은 이제 끝났다. 직장 없으면 값 떨어져 결혼하기도 쉽지 않은 게 지금의 분위기다.

때로는 밑지는 장사?

최근 만난 한 기혼녀가 뜬금없이 물었다.

"만약 이십 대로 돌아가면 뭘 되돌리고 싶어요?"

질문의 의도를 간파 못해 잠깐 머뭇하다 "당신은요?" 하고 되물었다. 그녀가 말했다.

"지금과 다른 삶을 살고 싶어요. 결혼 안 하고 결혼하더라도 애는 안 낳고 싶어요."

지금은 많은 사람을 상대하는 홍보마케터로 살고 있지만 이십 대까지만 해도 내성적인 성격이었던 그녀는 '집, 학교(이후는 회사), 가끔의 문화생활' 정도만 한 조신했던 처자로 호구 조사하는 게 싫어서 미팅도 거의 안 해봤다. 그녀의 남편은 초등학교 때부터 알고 지낸 동창으로 오 년 연애 끝에 결혼해 지금은 애를 하나 두고 있다. 그런 그녀가 결혼을 후회하는 이유는 아무리 생각해도 결혼이 여자에게 밑지는 장사라는 것이다.

"우리 시댁이 딱 대발이 가족(《엄마는 뿔났다》를 집필한 김수현 작가의 초히트 드라마 〈사랑이 뭐길래〉에 나온 가족으로 '남자는 하늘, 여자는 땅'을 주장하며 대가족을 이루고 살았다)이에요. 남편도 시아버지를 닮아 손 하나 까딱 않고 "여보 물" "여보 밥" 해요."

연애할 때는 미처 몰랐던 남편의 라이프스타일이었다. 생각지도 않게 다 큰 어른 수발을 들게 된 그녀는 일하랴 살림하랴 몸이 두 개라도 모자랄 지경이다. 특히 육아는 노동 강도가 상상 초월이라 부담 '짱'이다.

"어릴 때는 시부모께 아이를 맡겼는데 너무 불편해서 지금은 일하는 아주머니를 두고 있죠. 그런데도 시부모님은 지금도 힘들어죽겠는데 나중에 애가 학교 다니면 더 정신없단다. 휴, 진짜 애보는 게 얼마나 힘든지 한 팔 개월 쉬면서 애만 본 적 있는데 진짜 오후 다섯 시만 되면 입에서 단내가 나더라고요. 지하철에서 맨얼굴에 머리 헝클어진 아줌마 보면서 '어쩜 저래' 싶었는데 낳아보니 이해가 돼요."

전업주부가 아닌 그녀는 매일 꽃단장도 해야 한다. 패션업계에 종사해 외모에 신경을 안 쓸 수가 없다. 밖에서는 프로처럼 일하랴 안에서는 가사노동에 아이 돌보랴 피곤해 죽겠단다. 그런데도 남편의 생활 태도에는 큰 변화가 없다. 아이가 태어난 이후에 바뀐 것이라곤 밥 먹고 난 뒤 그릇을 싱크대에 갖다 두는 정도다.

"그것 해주는 것도 어찌나 고마운지. 이젠 슬슬 '물' 달라고 하면 '바빠, 네가 갖다먹어' 하고 소리 지르는데 진짜 내가 왜 이러고 사는지 모르겠어요. 어떨 때는 백 번 선보고 부잣집에 시집간 친구가 부러워요. 지금은 생활의 질이 달라 대화가 안 통해요. 하루는 전화 와서 어디냐고 물었더니 수영장이라고 해서 "애는?" "아줌마 있잖아" 하는데 정말 딴 세상에 사는 종족이었어요."

잘못되면 독박?

결혼 십 년차 K는 단순히 후회를 넘어 아예 자신을 '결혼이라는 덫에 걸린 비운의 독수리'로 묘사했다. 결혼 초부터 남편의 실직을 경험한 그녀는 혼자서 육아와 가정경제를 다 떠맡은 경험이 있다.

"딱 오 년이 지나니 내가 도대체 왜 결혼이란 걸 했을까 하는 생각이 들었어. 한마디로 내 정체성에 혼란이 온 거지. 혼자였다면 하던 공부 계속해서 학교에 자리라도 잡았을 텐데, 괜히 일 벌여서 남자에 아이에 게다가 시부모까지 부양하는, 난데없는 고생을 하는 내 자신을 발견하니 기가차더라. 그놈의 사랑이 진짜 사랑이기나 했던 건지, 시험에 들고 보니 그것조차 헷갈리더라고."

한때 촉망받는 대학원생이던 그녀는 사랑에 빠져 하던 공부 팽개치고 덜컥 결혼을 했다. 결혼하고 공부하려던 꿈은 남편의 실직으로 물 건너갔고, 생계를 위한 취직을 해서 지금껏 빠져나오지 못하고 있다.

"생계라도 확실히 책임질 경제력을 남자 측이 갖고 있지 않다면 맞벌이 해가며 애 키우는 요즘 여자들 아무 실속 없는 거야. 자아실현 같은 소리하지 마. 자아실현 할 수 있는 일에 종사하는 사람이 몇 퍼센트인 것 같니?

다 목구멍이 포도청인 거지. 나는 요즘 완전한 전업주부가 제일 부러워. 외벌이로도 생계위협 받지 않는 여자들 말이야. 그래서 하나밖에 없는 딸년 공부 죽자고 시키지 말고, 그 돈으로 인물 가꾸는데 처바르는 게 더 효용가치가 높은 거 아닐까 하는 생각도 든다니깐."

소싯적 공부라면 한가락 하던 그녀였다. 하지만 결혼생활 십 년 만에 '여자는 공부보다 인물'이라는 교훈(?)을 얻었단다. 설령 결혼이 막대한 보상금을 보장하는 보험이라 하더라도 잊지 마라. 막대한 보상금을 타기 위해서는 적잖은 보험료를 오랫동안 납부해야 한다는 사실과 간혹 내가 남자의 보험증권 역할을 할 수도 있다는 사실을 말이다.

Tip. 이웃 언니의 충고

결혼이 보험이 될 수 있는 경우는?

case 1. 이십 대부터 경제적 독립을 이룬 생활력 강한 친구가 말했다.
"혼자 사는 것과 결혼하는 것을 비교해봤는데 혼자 살다 혹시 아플 경우 친구한테 비빌 수 있는 최대한도는 내가 해봤는데 딱 삼 개월이야. 근데 남편은 아니잖아. 맘 편히 아플 수 있겠더라고. 비상시 봐줄 수 있는 존재가 된다는 점에서 난 결혼 잘했다고 생각해."
즉, 이 말은 기대치를 낮추면 된다는 말이다.

case 2. 해를 거듭할수록 남편에 대한 애정이 곤고해진다고 밝힌 또 다른 친구가 말했다.
"남편에 대한 신뢰가 있기에 가능한 생각이겠지만 요즘은 남편이 힘들어 하면 그냥 회사 관두게 하고 싶어. 잠시나마 내가 좀 먹여 살리려고. 예전에는 상상도 못했지. 지금은 '힘들면 좀 쉬어, 대신 나 힘들 때 먹여살려줘' 이런 마음이 돼(그 말로만 듣던 사랑의 힘?)."

누구나 천생연분을 만나고 싶어 한다. 천생연분이라는 타이틀을 얻으면 행복이 넝쿨째 굴러 들어오고 웬만한 장애는 한쪽 발로도 뛰어넘을 것 같다. 그런데 옷깃만 스쳐도 인연이라는 불분명한 루머가 떠도는 현실에서 과연 내 반쪽을 어떻게 알아보나? 다음은 내 반쪽을 찾은 세 남자의 '므흣한' 이야기다.

내 천생연분은 어디 있나?

운명처럼 첫사랑과 재회하다

매력남 S는 세 살 연상의 첫사랑과 결혼했다. 첫사랑 그녀와 헤어진 지 십여 년 만에 우연히 재회해 웨딩마치를 올린 꽤 로맨틱한 경우다. 지방 출신인 그는 한동안 직장생활을 하다 뒤늦게 수험생이 된 아내를 재수학원에서 만나 서로 좋아하게 됐다. 하지만 일 년가량 사귀다 헤어졌다. 재수생 처지에 군대 복역하고 직장을 잡기까지 인생이 그야말로 구만 리였기때문이다. 여자가 자신보다 세 살 더 많은 점도 인생의 보폭을 고려할 때더욱 쉽지 않게 느껴졌다.

"아내가 먼저 헤어지자 했어. 나도 막연히 헤어져야 한다고 생각해서 두말 않고 받아들였어. 근데 막상 이별 통보를 받으니 눈앞이 캄캄하데. 실연하고 자살 시도하는 사람들 심정이 이해가 되더군."

그는 한동안 방황도 했지만 제법 쿨하게 자신의 인생을 살았다. 같은 지역 다른 학교에 다녔지만 단 한 번도 그녀를 찾지 않았으며 군대 갈 때도, 직장이 서울로 잡히면서 고향을 떠날 때도 연락 한 번 하지 않았다. 그렇게 이십 대를 통과해 삼십 대로 진입했고 그사이 몇 명의 여자를 만났고 또 헤어졌다. 첫사랑 따위는 까맣게 잊고 지냈다.

그러던 어느 날, 2호선과 4호선이 교차하는 서울 사당역에서, 그것도 사람들이 붐비는 퇴근 시간대에, 공교롭게도 밸런타인데이라 여자친구를 만나러 가던 길에, 우연히 첫사랑과 재회했다. 무려 십 년 만에 하늘에서 떨어뜨린 밀알이 바늘에 꽂히는 기적적인 확률로 첫사랑을 다시 만난 것이다.

"신문을 보고 있는데 어떤 여자가 말을 걸어오더라고. 첫눈에 알아봤어. 그리고 좋았어. 뭐랄까? 굉장히 벅찬 기분이었어."

재회할 당시 S는 집안도 좋은, 꽤 헌신적인 여자친구와 사귀고 있었다. 하지만 어느 해 2월 14일에 일어난 기적을 기점으로 완전히 신발을 거꾸로 신고 말았다.

결혼하는 인연은 따로 있다?

세련남 K는 오 년 사귄 여자친구와 헤어진 지 채 일 년도 안 돼서 다른 여자와 결혼했다. 운명의 여인을 만나 여자친구를 뻥 찬 게 아니라 '여친'과 헤어진 뒤 바로 새로운 여자를 만났는데 생각지도 않게 모든 게 마하속도로 진행된 것이다. 인생이 참 오묘한 게 그는 원래 '오 년 여친'과 결혼할 계획이었다. 학교 선후배로 만나 쭉 사귀었고 양가부모도 둘 사이를 인정한 터라 다른 여자를 만날 생각은 추호도 없었다.

"아마 여친이 헤어지자는 말만 안 했어도 결혼했을걸. 그게 벌써 두 번째였는데 사실 그 말 듣는 순간 또 한 달 지나면 연락 오겠군 싶었어. 그럼 다시 만날 생각이었지. 예상대로 전화가 왔어. 근데 희한하게도 생각과 달리 다시 만나기가 싫더라. 그래서 내가 싫다 했지."

K의 레이더망에 포착된 뉴페이스는 새로 옮긴 회사의 같은 부서 후배였다. 얼굴은 예쁘장하게 생긴 편인데 어찌나 사교성이 없고 무뚝뚝한지 처음에는 '이상한 여자'라고 생각했다.

"회사 선배가 인사를 하면 반응이 있어야 하잖아. 근데 뚱한 얼굴로 고개만 끄덕 하고 말아. 진짜 황당하데. 옆자리에 앉았는데 매일 혼자 중얼중얼 혼잣말하는 게 완전 4차원이야. 하루는 출근길 지하철에서 우연히 봤어. 가서 아는 척하려는데 느닷없이 반대 방향 열차에 올라타더라. 무슨 일 있나 싶었는데 나중에 알고 보니 잘못 탄 거더군. 성격만큼 방향감각도 4차원이었지. 처음에는 좋아하는 타입도 아니라 별 관심이 없었는데 어느 순간부터 신경이 쓰이기 시작하더라구."

"그게 참 '아다리'가 딱 맞았다고 할까. 서로 인연이었는지 나도 아내도 사귀는 사람이 있었어. 근데 비슷한 시기에 둘 다 솔로가 된 거야. 몇 달 사귀었다고 하기도 그래. 함께 지방 출장 갔다 급격히 친해진 두 달 뒤쯤 프러포즈했나? 무슨 마음인지 그냥 연애 생략하고 결혼하고 싶더라.

어찌 보면 서로 도박을 한 거지. 내가 장모님을 세 번째 본 게 결혼식장이었으니까."

K의 초스피드 결혼에 '오 년 여친'은 '혹시 복수심에 불타 결혼하는 것 아니냐'며 근심 어린 전화도 해왔지만 K는 당시 하늘을 우러러 한 점 부끄럼 없이 답했단다.

"복수심은? 나 좋은 사람 만났어!"(그러게 왜 헤어지자 했어?)

너는 내 운명, 한국남, 일본녀를 사랑하다

모던남 J는 운 좋게도 첫눈에 운명을 알아봤다.

2000년 캐나다 벤쿠버, 그것도 상대가 일본인이라 말 한마디 통하지 않았지만 한국 유학생 무리 속에 앉아 있던 그녀를 본 순간 "바로 너!"라는 하늘의 신호를 받았다.

하지만 그놈의 영어 때문에 말 한마디 붙여보지 못했다. 어학연수 당시 그의 영어 실력은 '아임 어 보이' 수준이었다.

꿀 먹은 벙어리 신세로 앉아 있다 돌아온 며칠 뒤, 우연히 도서관 가는 길에 여자를 발견했다. 몰래 뒤따라가 자리를 확인했고 무려 한 시간 동안 이메일 주소를 어떻게 영어로 물어볼지 고민했다. 어렵게 알아낸 이메일 주소로 이른바 러브레터를 보냈는데, 그 내용이란 게 "I like you, what about you?"가 고작이었다. 자신의 영작 실력으로 그 이상의 내용은 무리여서 딱 용건만 물은 것이다. 그녀는 똑같은 내용의 두 번째 메일에 완곡한 거절 의사를 전달해왔다. 한마디로 그냥 친구로 지내자는 것이 요지였다. J는 대한민국 남아답게 조금도 굴하지 않고 또다시 메일을 보냈다. 이번에는 형의 도움으로 'yes/no' 질문지를 만들었다. 영작도 안 됐지만 듣기가 더 문제였기 때문이다.

"뭐 간단했죠. 1번 이번 주말 시간 있어? (예스/노) 2번 우리 집에 놀러올래? (예스/노) 뭐 이런 식이었죠."

필요는 발명의 어머니라고 J의 영어 실력은 하루가 다르게 일취월장했다. 매일 러브레터를 쓰다 보니 도무지 1형식 문장만으로 해결이 안 돼 2형식을 공부하고, 3형식을 공부하게 된 것이다. 그렇게 한 달 만에 교제 허락을 받아냈다.

"나중에 알고 보니 나 혼자 좋아한 것은 아니더라고요(으쓱). 하루는 여친이 내 옷장을 정리하다 어떤 옷과 신발을 발견하더니 '너 였구나' 하대요. 유학생 모임 전에 버스정류장에서 날 본 적이 있대요. 그때 호감을 느꼈는데 이후 내가 헤어스타일이 바뀌어서 못 알아봤대요."

두 사람은 결혼하기까지 항공사와 통신사의 연간매출에 큰 일익을 담당했다. 지금은 서울에서 보금자리를 꾸려서 '미스터&미시즈 해피'로 살고 있다.

천생연분도 그저 맺어지는 것은 아니다

천생연분을 만나는 건 운명이 점 지어주는 걸까? 그렇다고 하더라도 중요한 것은 일단 감이 오면 용기 있게 덤벼야 한다는 것이다. 결론적으로 앞의 세 사람은 자신들이 원하는 상대와 결혼해 남들보다 행복하게 살고 있지만 결혼 과정이 전부 순탄했던 것만은 아니다.

언급됐던 매력남 S는 십 년 만에 재회한 첫사랑을 선택한 뒤 한차례 소동을 겪어야 했다. 하루아침에 정리해고(?) 당한 당시 여친 입장에서는 그야말로 날벼락이라 순순히 받아들인다는 자체가 무리였기 때문이다.

'두 여자 불꽃 대면 사건'은 어느 날 새벽 세 시에 벌어졌다. 술 취한 여친이 새벽 한 시에 S의 자취방을 급습했고 '한 번은 꼭 만나야 한다'고 판단한 아내가 사태해결을 위해 인천에서 용산까지 총알택시를 타고 달려오면서 피할 수 없는 삼자대면이 이뤄진 것이다.

"아내가 빌었어. 너무 미안하지만 근데 어쩔 수 없으니 좀 봐달라고. 나? 완전 떨면서 소파에 앉아 바닥만 내려다보고 있었지."

삼각관계로 인한 극심한 스트레스로 몸살이 난 상태이기도 했지만 두 여자 간의 팽팽한 긴장감이 여간 무섭지 않았다나.

"진짜 어찌 할 바를 모르고 있는데 갑자기 철썩 소리가 났어. 여친이 아내 뺨을 때렸어. 그것도 두 번."

그날 밤 일로 삼각관계는 대단원의 막을 내렸지만 남자의 결혼에는 또 다른 복병이 기다리고 있었다. 연상의 아내보다 연하의 여친을 선호한 부모님 설득 작업이었다.

하지만 이 또한 두 사람의 용기 있는 대처로 무사히 극복했다. 결국 S는 스무 살에 만나 스물한 살에 헤어진 첫사랑과 서른두 살에 결혼함으로써 장장 십일 년 만에 자신의 반쪽을 품에 안았다.

모던남 J도 결혼에 앞서 'J 바람사건'으로 한바탕 소동을 치렀다. 두 사람은 서울과 벤쿠버를 오가다 나중에는 서울과 오사카를 오가며 연애를 했는데 연애 육 년차에 J가 한눈을 팔고 만 것이다.

"직장생활하다 우연히 만난 섹시한 여자와 순간 불꽃이 파팍 튀어 '엔조이'하는 사건을 저지르고 말았죠. 가족들이 다 알게 되면서 얼마나 지탄을 받았는지."

J의 아내는 결혼 전부터 J 가족의 든든한 지지를 받았다. 하늘이 맺어준 인연이었는지 일제강점기를 거친 할아버지도 일본인 예비 손자며느리를 어여뻐했다. J의 엄마는 말할 것도 없었다. 부족한 아들이 유학생 출신 엘리트(?)와 결혼한다는 자체만으로도 '우리 아들과 결혼해줘서 고맙다'는 입장이었다.

그런 상황에서 J가 곁눈질을 했고 공교롭게도 그 사실이 아내에게 발각되면서 두 사람은 사랑의 시험대에 오르게 됐다.

"불장난 상대였던 여자가 나 모르게 아내에게 전화하면서 밝혀졌죠. 불같이 화난 아내가 내일 바로 (일본으로) 넘어오라는 거예요. 정신이 아득했죠. 죽을죄를 졌는데 당장 달려갔죠. 비가 억수같이 내리는 날 일단 한 대 맞고 험악한 분위기 속에서 제가 무릎 꿇고 물었어요. 내가 이리 잘못했는데 나랑 결혼할거냐? 아내가 못 헤어진다. 너 없이 살 수 없다고 하더라고요."

J와 S를 보고 있노라면 천생연분이란 서로를 사랑하면서 그걸 소중하

게 키워가는 사람들을 일컫는 게 아닐까 싶다. 아직도 아내에게 존댓말을 쓰는 S는 가끔 아내와 다퉜다며 한숨을 내쉬곤 한다. 천생연분처럼 보이는 커플도 365일 언제나 평화 상태를 유지하는 것은 아니다. 그들도 여느 부부처럼 다투고 토라지고 상처 입는다. 다만 서로에 대한 신뢰와 애정, 배려로 장애물을 뛰어넘을 뿐이다. 그들이 여타 커플과 다른 점이 있다면 결혼에 앞서 상대에 대한 애정과 막연한 확신이 있었다는 것이다.

"천생연분이란 생각보다 그냥 결혼할 여자라는 막연한 기분이 들었어."

S는 말했다.

"지금 생각해도 왜 그리 빨리 결혼했는지 이유를 모르겠어. 시쳇말로 속도위반하지도, 또 서둘러 결혼할 생각도 없었는데 그냥 연애 통과하고 결혼하고 싶었어. 아내도 나도 그 마음의 소리를 따라 움직였을 뿐이야."

마하속도로 결혼한 K가 덧붙였다.

누가 내 반쪽인지 알고 싶은가? 그렇다면 마음의 소리에 귀 기울여라. 아주 미세한 신호든, 아니면 큰 계시든 환상의 복식조들은 공통적으로 마음의 소리를 들었다. 해답은 늘 내 안에 있다.

결혼한 언니들이 털어놓는

겁나는 결혼의
완벽한 비밀

part 02

결혼행진곡이 끝났고 결혼생활이 시작되었다. 드디어 내 맘에 드는 밥그릇, 내 맘에 드는 이불, 내 맘에 드는 남자와 함께 살게 되었다. 하지만 흥분과 기대로 시작한 결혼이 재미있는 소꿉놀이가 아니라는 사실을 깨닫는 데는 그리 오래 걸리지 않았다. 여자 A가 느낀 결혼 뒤에 숨어 있는 복병이야기. "나는 누구와 결혼했는가?"

결혼, 시작과 함께 울리는 굉음

그들만의 스위트 홈

애초에 결혼날짜를 잡기까지 두 번밖에 본 적이 없는 시어머니가 예물과 한복을 쇼핑하는데 같이 가고 싶다고 했을 때 거절했어야 옳았다. 처음에는 학교를 졸업하기 전에 취업에 성공한 A가 세상물정을 전혀 모를 것이라는 시댁의 배려가 다소 뜻밖이긴 했다. 하지만 별로 어려운 일도 아닌데 굳이 거절해 점수를 잃을 필요는 없다고 생각해 예비 시어머니와 단둘이 혼수시장을 돌아보기로 했다.

결혼 전 남편이 행복한 가정을 이루는 것이 꿈이고, 화목한 집안이 자신의 자랑이라고 말했을 때 A는 일종의 동경심을 품었다. 다정한 부모 밑에서 구김살 없이 자랐을 남편의 어린 시절을 상상하면 자신이 이뤄갈 가정의 모습이 눈에 그려지면서 아이를 낳으면 이상적인 엄마 아빠로서의 소임을 다할 수 있을 것이라 기대했다. 그래서 시어머니와의 쇼핑이 불편할 거라 예상했지만 화목한 가정으로 들어가는 통과의례 같은 거라고 믿었다. 대부분의 결정을 부모 개입 없이 내리던 친정에서의 성장과정이 너무 정이 없는 증거라는 피해의식까지 가지고서 말이다.

상냥하고 쾌활한 시어머니는 쇼핑에서 발군의 실력을 발휘했다. 천천히 따져보고 고르고도 자신이 잘 선택한 건가 고민하는 그녀와는 달리 가게에 들어가자마자 척척 거침없이 고르고 가격 흥정이란 것은 하지 않았다. 그저 종업원이 안목이 훌륭하시다란 칭찬 몇 마디만 거들면 통과되었다. 몇 번이고 흥정해서 부르는 가격의 30퍼센트 이상을 깎는 알뜰한 친정엄마를 보고 자란 그녀로서는 거품 가득 끼었다고 사료되는 물건에 뭉텅잇돈을 지불할 때마다 손이 떨릴 지경이었다. 남편은 회사에 있으니 구원을 요청할 수도 없었고 시어머니에게 또박또박 의견을 내놓을 만큼 그녀는 당차지 못했다. 그저 황당해하는 그녀에게 시어머니는 웃으면서 "얘가 공부만 하다 보니 순진해 빠져서 놀랐구나" 하는 식이었다.

그날의 쇼핑은 두 시간 만에 끝이 났다. 모조리 시어머니가 원하는 스타일의 물건에 예산은 이미 초과였다. 싫다는 말 한마디 못하고, 자신의 취향이 아닌 화려한 예물과 한복을 맞춘 것이다. 그녀가 그 일을 남편에게 하소연했을 때, 남편은 사람 좋은 웃음을 날리며 이렇게 말했다.

"우리 엄마가 그런 거 좋아하시거든. 며느리 데리고 다니며 얼마나 해보고 싶으셨겠어. 오늘 우리 엄마 정말 행복했겠다. 고마워."

예상과 다른 남자의 엉뚱한 반응에 그녀는 자신이 너무 옹졸한 건가 잠깐 헷갈렸다. 하지만 원하는 바를 똑 부러지게 주장 못한 자신에게 더 짜증이 나 있던 상태였으므로 이 사건은 그냥 통과했다. 다만 결혼식이 끝나고 두 번 다시 착용하지 않는 것으로 자신의 불만을 소극적으로 표현했다.

지금 생각하면 신부는 그녀였는데, 왜 시어머니 기분을 맞춰 혼수를 마련했는가 싶어 기가 막히지만, 당사자인 자신 말고는 아무도 부당하다 느끼지 않는 그 사건이 결혼제도의 복잡한 속사정을 상징하는 것 같다.

우리 집은 어디에 있나?

연애를 끝내고 일상을 함께하기 시작한 두 남녀가 서로의 습관이나 생활 패턴에 익숙해지기 위해서는 시간이 좀 필요하다. 아무리 사랑이 전제되긴 했어도 난데없는 룸메이트가 하나 생겼으니 적응과정이 필요한 것이다. 막상 한 집에 살고 보니 상대가 몇 시에 일어나는지, 화장실은 몇 시에 가는지, TV프로그램은 뭘 좋아하는지, 밤에 코를 고는지 등등 아는 것이 별로 없다는 생각이 들었다. 신혼은 밤마다 불타는 침대에서 자는 일이 아니라 엄마가 하던 일을 내가 하고, 아빠가 하는 일을 그가 흉내 내는 역할극이었다. 화장실을 가고 싶은데 밖에 앉아 있는 사람이 신경 쓰이는 것, 매운탕을 먹고 싶지 않은데 상대가 원하면 끓이게 되는 것 등 약간 불편한 감정이 섞인 가운데 점차 자연스런 질서가 잡혀가는 과정이었다. 그런데 이 과정보다 더 중요하고 급한 일이 있었으니 그것은 바로 새로 생긴

가족들과의 적극적 교류였다.

신랑이 좋아하는 육개장을 해놨으니 먹으러 오라, 새아기가 좋아하는 회를 떴으니 먹으러 오라는 식의 초대가 빈번히 이루어졌다. 제사 같은 집안 행사가 겹치는 걸 감안하면 주말을 편하게 보내는 일이 손에 꼽을 만했다. 피곤해서 못 가겠다고 완곡한 거절의 뜻을 전하기도 했지만, 집에 와서 편히 쉬면 되지 않느냐는 말에 두 번 거절하다가는 마음 상할까 봐 시댁으로 발걸음을 향해야 했다.

맞벌이인지라 제대로 신혼다운 신혼을 누리지도 못하고 바쁘게 돌아가는 생활인데 주말이면 시댁에 가서 화목한 가족애를 도모해야 하니 급조된 가족 입장에서는 피곤한 일이었다. 아이가 태어나자 '손자가 보고 싶을 부모님'의 마음을 배려해 시댁 출입은 더 잦아졌다. '누구 엄마'로 불리기 시작하는 것은 신혼의 끝을 알리는 신호음이기도 했다.

그렇게 A의 생애 첫 신혼은 정신없이 끝나버렸다(적어도 그녀는 그렇게 생각했다). 처음에는 이 모든 행동의 저변에 순수한 마음이 90퍼센트였다. 남편이 좋아하고, 부모님이 기뻐하니 덩달아 어렵지 않았다. 그러나 시간이 지날수록 그 일이 너무 당연시되는 것과 돌아올 때는 피곤한 자신과 달리 늘 흐뭇한 신랑을 보는 일이 불편해지기 시작했다.

드디어 분리수술을 하다

"나는 내가 결혼한 걸로 알았는데 알고 봤더니 시집을 간 거였어."

대대적인 전투 끝에 비로소 독립가정을 이루게 된 A가 소감을 피력했다. 그녀가 독립운동을 펼치기 시작한 것은 결혼한 지 오 년째 되는 연말 연휴에 있었던 일이 계기가 되었다.

"이번에는 가족끼리 연말연시를 보내자"라고 그녀가 남편에게 제안했다. 그 말은 해돋이를 보러 여행을 가거나 부산떨지 말고 집에서 보내자는 뜻이었는데, 남편은 즉시 "알았어. 집에다 전화해" 하는 것이 아닌가. "무슨 집?" 하니 "우리 집에 전화해야지, 가족끼리 보내자면서" 하는 것이다. 남편에게 가족은 아내와 아이로 이루어진 삼 인 가족이 아니었다. 결혼 전 그의 가족에 아내와 아이가 편입한 것이었다. 밥솥만 따로 내걸었지 남편의 의식 속에 그의 집은 아직 아버지와 어머니가 있는 집이었다. 그 자신이 한 아이의 아버지이면서 아직 '자신의 집'을 만들지 않은 아이였다.

A는 생각했다.

'그럼 우리는 지금 자취하는 거였어?'

역시 사태는 생각보다 더 심각했다. 그녀는 아이를 포함한 부부의 삶의 문화부터 만들자고 제안했다. 행복한 우리 집을 만들려던 꿈은 사라진 거냐고 물었을 때 남편은 제대로 대답하지 못했다. 그녀는 더 늦기 전에 부부가 중심이 되는 가정을 만들어가고 싶었다.

"우리나라 부모와 자식들은 왜 그렇게 엉기려드니? 아직도 심정적으로는 삼대가 모여 사는 대가족이야. 경제는 물론 정신이 같이 독립해야 진정한 결혼 아니니? 그런 의미에서 나는 시댁, 친정과 물리적으로 먼 거리에 사는 걸 추천해. 가까우면 영향력을 물리치기가 쉽지 않거든. 그 영향권에서 벗어나려는 모든 시도가 가족 간의 화목을 저해하는 철없는 며느리의 처신으로 규정되는 일이 비일비재하거든. 떨어져 살면 갈등의 소지가 훨씬 줄어든다는 게 내가 내린 결론이야."

우리는 며느리와 사위가 되기 위해서가 아니라 아내와 남편이 되기 위해서 결혼했다. 그러니 결혼하고 나면 큰소리로 외쳐라.

"남편, 이제 정신 좀 차려!"

"양가 부모님들, 제발 우리끼리 사랑하게 해주세요. 네?"

사람이 변했나, 사랑이 변했나

그의 선입견 vs. 그녀의 선입견

때는 1996년, 내가 선생으로 일하던 '죽자고 공부해라' 입시학원.

나는 원장 선생의 빈자리에 앉아 컴퓨터를 만지작거리던 그를 컴퓨터

수리공이라 생각했는데, 직원들과 함께 식사할 때 그가 원장의 오랜 친구

라는 이야기를 듣게 되었다.

참으로 어색한 분위기 속에서 한마디 말도 없이 마주앉아 면발을 끊어

먹고 있을 때, 그가 "내 짬뽕이 제일 양이 적네?" 하며 다 먹은 그릇 옆에

수저를 놓았다. 그때를 회상하면 그는 제일 먼저 먹어버린 것이 부끄러워

괜히 해보는 소리였는데, 내가 무심한 얼굴로 고개를 들며 "불어 터진 거

라도 괜찮으면 제 것 좀 드릴까요?" 했다. 사람들이 풋 하고 웃음을 터뜨

76

렸고 그가 당황해 손을 내젓는 걸로 그날의 대면은 끝이 났다.

여자가 처음 보는 남자에게 먹던 짬뽕 그릇을 내미는 것을 보고 남편은 잠시 당황했다고 한다. 슬쩍 훔쳐본 손톱에는 초록색 매니큐어가 발라져 있었는데 그의 고정관념 중 하나가 매니큐어를 바르는 여자는 '발랑 까진 여자'였다.

몇 개월 후, 원장이 남자를 소개해주겠다고 했다. 나는 예의바른 부하였던 고로 거절하지 않았다. 자기랑 놀고 소개팅을 거절하라는 친구의 제안을 "얘, 그래도 어떻게 그렇게 하니? 주선한 사람 미안하게시리" 하며 약속 장소에 나갔을 때, 상대 남자는 바로 짬뽕을 같이 먹던 그 아저씨였다. 그렇게 일생을 건 사기극의 첫 장이 시작되었다.

그는 나에 대해 이런 선입견이 있었다.

he : 정신세계가 보기 드물게 바람직한 아가씨. 가진 것이라고는 진실한 마음뿐이라는 남자를 거절하지 않았다.

she : 한 번 보고 말 건데 고민할 것 없었다.

he : 자신의 썰렁한 농담에 화답하는 100점 매너에다 배고픈 이에게 아낌없이 자신의 짬뽕을 나눠주는 자비로운 마음.

she : 나는 이왕 남길 거였다.

he : 구닥다리 남자들의 일순위 바람인 긴 생머리에 풀 스커트를 조신하게 차려 입은 데다 연약하고 다소곳한 목소리.

she : 코끼리 다리를 숨기려는 안간힘이었다.

he : 초록색 매니큐어를 떡 하니 바른 뜻밖의 용감함.

she : 초록색을 죽자고 좋아하는데 소심해서 겨우 손톱에다 좀 발랐다.

그리고 상사가 부연 설명한 기타 행실이 바르고 타의 모범이 되는 성격.
이거는 한 치의 오차도 없는 사실이다!

결혼 이전 vs. 결혼 이후

"결혼 전과 결혼 후 마누라가 어떻게 변했으며, 생각했던 것과 다른 점은
무엇이었는지요?"라고 물었을 때 남편은 혹시 덫에 걸리는 건 아닌지 잠
시 살피는 듯했으나, 내가 내건 경품(1박 2일 낚시쿠폰, 남편은 낚시에 사족을 못
썼다)에 눈이 멀어 진실을 토로했다.

"첫째, 조용하고 연약한 목소리의 여자도 강력 카리스마를 발휘할 수 있
다는 것. 원래 김 안 나는 물이 더 뜨거운 법이라는 사실을 깜빡했다. 나는
다소곳하고 내 말을 잘 들을 것 같은 여자와 결혼했는데 내가 다소곳하게
말을 듣게 될 줄은 진정 몰랐다.

둘째, 나는 원래 여자들은 다 우리 엄마나 여동생들처럼 지저분한 것
을 보면 진저리를 치는 줄 알았다. "먼지 좀 먹는다고 사람이 죽기라도 하

냐?" 이거는 원래 남자 측 대사 아닌가? 연속극을 봐도 그렇고 남의 집을 가도 그렇고, 연속극이 현실성이 떨어진다는 것을 처음 알았다.

셋째, 마음이 따뜻한 여자인 줄 알았는데 머리가 따뜻한 여자였다. 마음으로 가야 할 열이 머리로 다 올라갔는지, 울 마누라 열 받으면 나는 무섭다. 진정한 얼음여왕이다.

넷째, 초록, 초록, 초록 지겨워 죽겠다. 아침에 일어났더니 냉장고가 초록색으로 칠해져 있었다. 초록색 냉장고라니 정신세계가 좀 그렇지 않나? 내가 애지중지하며 만들어놓은 스피커 몸체도 초록색으로 칠해버렸다. 나 초록색 싫어한다. 조만간 또 무슨 초록이 나타날까 무섭다."

"각설하고, 다시 태어나면 지금의 마누라와 결혼하겠습니까?"
"머리에 총 맞았냐?"
남편이 깜짝 놀라며 대답했다.
나는 곧 반박문을 발표했다.

첫째, 나 원래 다소곳한 여자 맞다. 앞에 나서기 싫어하고 웬만하면 타인과 마찰 일으키지 않고, 내 의견 먼저 내세우지 않는다. 그런데 해결사이길 바랐던 남편이 나보다 더 앞에 나서기 싫어하고 타인과 마찰 안 일으키려 하니(시쳇말로 개기니) 내가 어찌 계속 다소곳할 수가 있나? 당신이 100의 힘을 내놓았다면 나는 개길 수 있었겠지. 당신이 80을 내놓았으면 나는 20을 썼겠지. 당신이 30을 내놓으면 내가 70을 쓰는 거고. 이치가 그렇지 않은가? 조신한 아가씨를 막강 전사로 키워낸 당신의 저력에 경의를 표한다(그때, 돈 빌려야 했을 때, 우리 집 사고팔 때, 전세 분쟁 일어났을 때 아저씨 어디 있었어?).

둘째, 먼지 좀 먹어도 사람 안 죽는 거 맞아. 그래도 '우리 집'을 청소한 횟수나 시간은 내가 훨씬 많을걸. 우리 집을 청소하는 의무가 나한테만 있는 거야?

셋째, 머리는 장식용이 아니다. 머리를 열심히 쓰다 보니 열이 나는 거지. 나 대신 머리 좀 쓰면 안 되겠니?

넷째, 초록이 싫으면 나 잠자는 사이 자기가 좋아하는 파랑으로 칠해보든가.

당신이랑 다시 결혼하겠냐고?

"아 놔!(놓아), 내가 전생에 무슨 죄를 지었기에 자꾸 이러니?"

역시 꿈보다 해몽

나 역시 남편이 변했다는 생각을 안 한 것이 아니다. 그런데 곰곰이 되새겨 보면 그를 보는 내 시각이 바뀐 것이라는 게 더 정확한 표현이다.

나는 그가 다정하고 섬세한 것이 좋았다(남자가 소심하기는, 왜 그리 사소한 거에 목숨 거냐?).

그리고 그도 나처럼 책과 음악을 좋아한다고 생각했다(그는 책 진열하기와 음악을 켜는 기계를 좋아하는 것이었다. 나는 음반을 사 모으고, 그는 호시탐탐 새로운 기종의 기계를 노린다. 우리 집에 있는 많은 책 중에서 그와 공유하는 것은 딱 두 권, 카탈로그와 전화번호부이다).

그는 예의 바르고 화를 잘 내지 않는다(좀 솔직해져라, 당신 이중인격이지?).

장남이라니 대범하고 추진력이 있을 거라 기대했다(장남이라 부모, 어른 말은 잘 듣는다).

동작이 재빠르니 부지런하겠다(왜 그리 촐랑대니? 좀 진득하지 못하고).

그는 가정적일 것 같다(사회성이 떨어져 어떻게 하나?).

처음에 그래서 좋았던 것들이, 그것 때문에 문제라는 생각을 하게 되다니 따지자면 가증스럽기 그지없는 변심이다. 내가 원하는 대로 해석하고, 내가 원하는 것만 바라보고, 사람이 완전하지 않다는 사실은 까맣게 잊어버리기 일쑤다. 그래놓고 사사건건 사랑이 식었다고, 나한테 사기 쳤다고 뒤집어씌웠다. "당신 덕분에 행복해" 하던 입술로 "당신 때문에 미치겠어"라는 말을 침도 안 바르고 했다.

그렇다면 나도 그에게 사기를 쳤던가(그래, 몸무게 2킬로그램 속이기는 했다). 단지 이성 앞에서 자동으로 작동되는 본능을 발휘한 것뿐이었다.

그렇다면 과연 이 사람 때문에 날마다 꽃밭이던 내 인생이 쑥대밭으로 변했나? 아니 그냥 난 쑥대밭을 같이 통과할 사람을 구한 것뿐이었다!

왕카리스마녀와 왕소심남은 지금 타협 중

여자는 생각한다.

"뭐 설마 사랑하겠지. 그러니까 아무리 힘들어도 잠 덜 깬 채로 출근하고, 월급을 통째로 갖다 주고, 우리 엄마를 장모라고 부르고, 내가 아프면 머리라도 짚어준다. 나보다 예쁜 김태희 따라가지 않고 꼬박꼬박 우리 집에 들어오는 것과 괴기스럽게 변하는 외모를 보고도 "당신은 늘 똑같아"라고 말해주는 인내심이 바로 사랑의 증거가 아닐까."

남자도 생각한다.

"뭐 가끔 믿기 어렵긴 하지만 사랑하고 있겠지. 그러니까 쥐꼬리만 한 월급이라 말하는 적 없고, 우리 엄마를 어머니라고 부르고, 내가 아프면 "나는 빌빌대는 남자랑은 못 살아" 협박하며 영양제를 챙겨준다. 나보다 양조위를 더 사랑한다고 누누이 말하면서도 작년 겨울 홍콩 여행 갔다가 눌러 앉지 않고 집으로 돌아온 것과, 황당한 노릇이지만 마흔이 넘은 나에게 아직도 가수 비가 입을 법한 옷을 사주는 것도 사랑의 일종이겠지."

처음 만났을 때 입력된 정보가 맞았다. 다른 사람이 아무리 아니라고 신호를 주어도 제 눈에 쓰인 안경은 맞다고 맞다고 주장했다. 사람마다 안경이 다르기에 망정이지 똑같았다면 세계평화가 흔들렸을 것이다.

사람은 쉽게 변하지 않는다(그랬다면 나는 벌써 44사이즈를 입는 백댄서가 되어 있어야 한다). 고로 사랑도 쉽게 사라지지 않는다. 다만 같은 모습으로는 지겨워서 진화하고 있을 따름이다. 변한 것은 없다. 서로 다른 안경을 끼고 서로를 바라보기 시작한 탓이다. 나이 들어 희미해지는 시력을 인정하지 않은 탓이다.

p. s. 시력이 변했든 안 변했든 간에 다음 생애 지금의 남편과 다시 만나고

싶지 않다고? 그럼 돋보기를 써서라도 얼굴만은 잘 기억하도록!

결혼과 동시에 남자는 다양한 배역을 소화한다.
1. 남편 2. 애 아빠 3. 소(소귀에 경 읽기?) 4. 벽(움직이지
않는다, 통하지 않는다) 5. 대변인(시댁 측) 6. 소파덮개
(언제나 그 자리에). 도무지 눈물 없이 들을 수 없는 결혼
십 년차 S의 남편나라 외국어 극복기.

남편의 언어를 이해하라

첫 만남부터 잘못된 해석

나는 남편의 유머 감각과 나의 풍부한 살을 눈치 채지 못하는 나쁜 시력
에 반했다. 처음 만난 날 집으로 데려다 주는 승용차 안에서 그가 갑자기
차창을 내리며 아무렇지 않은 목소리로, "나 방귀 꼈거든요"라고 말했다.
농담이라 생각하고 웃어 주었다.

　두 번째 만난 날, 남해 국도변을 드라이브했다. 그런데 남편이 갑자기
갓길에 차를 세운 뒤, 잠시만 자고 가자 말하고는 운전석에 앉은 채로 곯
아떨어졌다. 좁은 차 안에서 황당한 심정으로 앉아 있는데, 십 분 뒤 강시
가 환생하듯 눈을 뜨더니, "도대체 나한테 무슨 짓 했어요? 입술이 촉촉한
데?"라고 버럭 소리를 지르는 것이 아닌가.

그래서 결혼했다. 결혼 후, 그는 매일 방귀를 뀌어대고 병든 닭처럼 졸았다. 그 날카로운 유머는 나의 잘못된 해석에서 비롯되었던 것이다. 머리를 쥐어뜯으며 나의 '오버'에 대해 탄식했으나 사람들은 이런 '커뮤니케이션의 오류'조차도 '인연'이라는 말로 호도한다는 걸 이때 알게 되었다.

대화의 정석

'이야기 좀 해야 되는' 상황이 오면 남편은 침묵으로 대응한다. 뼈대 있는 가문의 후예라서 그렇단다. 처음에는 신중해서 그렇다고 생각했다. 그래서 참고 참았지만 한계가 왔다. 답답함을 견디지 못한 내가 이런저런 가설을 세워 공격하면 남편이 한마디 한다.

"너는 사람이 왜 그리 부정적이냐?"

당신의 침묵과 바디랭귀지로 추측하건대 내 가설이 맞다고 반격하면,

"그런 적이 없다" 한다. 사람 환장하고 미칠 노릇이다. 그럼 백배 더 긍정적인 당신이 대책을 세워보라 하면 촌철살인의 한마디가 나온다.

"나는 잘 모르겠는데~."

그러면 사태종결이다.

나는 진실을 드러내지 않는 그의 연막작전에 판판이 좌절하다가 암보험을 추가로 가입했다. 결혼 전, 앞날을 대비해 가입했는데 남편이 생겨서 또 하나 가입하게 될 줄은 몰랐다. 뭐, 의학적으로 제대로 된 선택을 한 건지는 나도 모른다. 어쨌든 남편이라는 직종의 남자와 이야기할 때는 꼭 암 걸릴 것 같은 기분이 든다. 침묵은 철학자의 것일 때 금이지 남편의 것

일 때는 살인병기가 된다.

남편, 몸으로 말하다

십 년 동안 이 같은 과정을 반복하자 그의 몸짓을 해독하는 내공이 쌓였다. 그도 생존을 위해 나름대로 막 몸부림치고 있었던 것이다. 다음은 남편의 바디랭귀지와 해석답안이다.

· 잠 잔다 ☞ 정상이다. 원래 집에서는 잠자는 게 일이다.

· 또 잔다 ☞ 낚시를 못 가는 날씨에 하는 정상적 일과다.

· 밥 먹자마자 잔다 ☞ 숟가락 든다고 과로했으므로 자야 한다. 여기까지 정상이다.

· 자꾸 잔다 ☞ 깨면 마누라와 하기 싫은 토론을 해야 하므로 모른 척하는 거다.

· 마누라에게 눈 한 번 부릅뜨고 잔다 ☞ 나 진짜 화났다. 나 삐진 거니까 그냥 놔둬. 전쟁모드야.

· 소파에 앉아 클래식 음반을 혼자 듣는다 ☞ 함부로 넘겨짚지 마, 나도 나름 고민 많은 사람이야.

· 음반을 켜놓고 차 마시자고 한다 ☞ 나 로맨틱한 남자다, 이 억센 마누라쟁이야.

· 기념일도 아닌데 꽃을 사온다 ☞ 누구 마누라가 바람났다는 소식을 들었다.

86

· 기념일도 아닌데 18K 이상의 장신구를 사온다 ☞ 그 마누라가 결국 가출했다.

· 시키지 않은 쓰레기 분리수거를 한다 ☞ 마음 풀어라. 걸레도 빨 각오다.

· 시키지 않은 집 안 대청소를 시작한다 ☞ 어떤 고난이 와도 나는 나의 길을 가리라. 좀 봐줘.

· 시키면 아양 떨어가며 청소한다 ☞ 나 이거 하고 낚시 간다.

· 아이에게 엄마 힘들다고 훈계한다 ☞ 눈치 없는 아들아, 분위기 파악 좀 하고 알아서 기어주라.

· 18금 채널인 낚시채널을 조심스레 켜본다 ☞ 마누라 상태 간보는 거다 (*18금: 18세 이상 시청 금지).

· 낚시채널을 태연히 켜둔다 ☞ 나 완전 막나간다.

여기서 좀 더 발전한 상태가 다음과 같은 이중플레이다.

· 요즘 장모님 무릎은 괜찮으셔? ☞ 나, 당신 몰래 울 엄마 보약 해줘서 찔려.

· 우리 주말에 가족끼리 남해 놀러갈까? ☞ 다음 주말에 밤낚시 좀 갔다 오면 안 되겠니?

· 당신은 왜 장모님 안 닮았어? ☞ 왜 내게 보양식 안 해주고 남자라고 떠받들지도 않고 돈을 열 배로 뻥튀기 못해?

· 부산(시댁)에는 명절 전날 가면 되겠지? ☞ 지금 당장 가자. 울 엄마 기다린다.

· 나는 이런 옷 안 어울리지? ☞ 나 이 옷 사주라.

· 나는 인제 옷에 아~무 관심없다 ☞ 그래도 안 사주니?

· 당신은 머리가 참 좋아 ☞ 대충 넘어가자. 피곤하다.

· 애들이 당신 머리 닮아야 할 텐데 ☞ 잘 보이고 싶어 용쓰는 거 안 보이니?

· 정말 우리 집은 웰빙 식단이야 ☞ 반찬 좀 잘해 먹자. 이렇게 편식해서 되
  겠니?

· 밥이야 배만 부르면 되지 ☞ 이걸로 또 때우자고?

· 인터넷 보니까 네 살이면 한글도 뗀다던데 ☞ 당신, 돈도 벌어오고, 울 엄
  마한테도 잘하고, 집안일도 대충 잘하면서 애들은 학원 안 보내고 영재
  로 키워줘.

· 당신은 뭘 입어도 잘 어울려 ☞ 지난번에도 옷 샀잖아. 바람피우는 거야?

· 내가 무슨 재주로 바람 피워 ☞ 용돈 좀 올려주라.

· 김혜수가 뭐 예쁘니, 이승연이가 어디 예뻐. 사람들이 눈이 삐었나? ☞ 너
  처럼 얼굴 동그랗고 눈 큰 여자는 다 싫어, 싫어, 싫어!

나는 결국 보험 약관에 급성심근경색의 보장을 추가했다!

언어를 통일해야 작전을 짤 수 있다?

결혼 10주년 애도일(우리 집은 매년 애도의 조기를 단다)에 남편에게 특별한 선
물을 해주고 싶었다. 공짜지만 비싼 거라고 했다. 비싼 거 공짜로 받는 걸
제일 좋아하는 남편이 박수를 치며 기뻐했다.

"자기야, 내가 자기한테 해주고 싶은 말이 있거든."

"뭐야, 해봐."

"가정의 평화를 위해서 약이 되는 말이니까 들어둬."

"걱정 말고 하셔."

　　⋮

"야, 이 '씹새'야!"

남편 눈이 동그래졌다.

"너 돌대가리지, 정신장애에다 언어장애지? 그거 모두 집안 내력이지?"

남편이 데굴데굴 구르며 웃기 시작했다.

"나한테 속이고 결혼한 거지? 너 사실은 내 말 못 알아듣는 거지?"

"너 울 엄마한테 일러준다?"

"니기미 씹이다. 다 덤벼!"

남편은 그날 웃다가 턱뼈 빠질 뻔했다. 나는 모처럼 개운하게 숙면했다. 십 년간 쌓인 울화를 복수하고 나니 원래 우리가 적이 아니라 동지로 시작했었다는 중요한 사실이 기억났다.

우리는 싸우려고 이야기를 시작하는 게 아니라 더 나은 방법을 찾으려 이야기했던 것이다. 그런데 하나는 화성, 하나는 금성 출신이라 커뮤니케이션에 문제가 생겼다. 금성 출신인 여자는 행간의 의미까지 읽어내는 놀라운 능력을 갖추고 있는데, 화성 출신인 남자는 동굴로 도망가기 바빴다 (알타미라 동굴의 벽화는 이런 남자들이 몽땅 그려놨는지도 모르겠다). 전장에서 좀 더 유리한 고지를 확보하려고 출발해놓고는 지휘관끼리 싸우느라 시간을 보내고 있었다. 작전을 짜야 할 판에 신호가 안 맞아 진을 다 빼니 뭔들 잘 될 리가 있을까. 내 경험으로는 여자가 굽어 살펴야 소모전에서 벗어나 진정한 전투체제를 갖출 수 있다. 다른 건 몰라도 정보통신 분야에서는 화성이 후진 동네인 것 같다. 애 하나 더 키운다고 생각하라는 어른들 말씀이 괜히 나온 게 아니다.

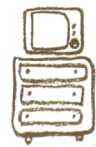

때로는 시트콤처럼

내 아내는 못 말려

결혼하고 나면 미처 몰랐던 배우자의 모습에 깜짝 놀라는 시기가 반드시 온다. 그게 한 달일지 육 개월일지 아니면 삼 일 후일지가 다를 뿐이다. 이혼을 고려할 정도로 결정적 단점이 아니라면, 그것은 때로 생활 패턴에 변화를 가져오기도 하며 배우자를 이해하는 또 다른 계기가 되기도 한다. 물론 친구들 모임의 술안주가 될 때도 있다.

남자는 정확히 99일 후에 그가 이상한 여자와 결혼했음을 통감했다. 지금은 익숙해져 그냥 "바보 짓 그만 하라"며 웃어넘기지만 처음에는 적잖이 기가 막혔다. 남자가 절친한 '남자' 대학동창과 오랜만에 술을 마시고 돌아온 어느 밤이었다. 그가 비몽사몽간에 세수를 하는데, 오랫동안 드러누워 머리가 메두사처럼 곤두선 여자가 알 수 없는 웃음을 지으며 다가왔다.

여자: "철이랑 했어?"

남자: "뭐?"

여자: "오늘 철이 만났다며? 걔랑 했어?"

남자: "무슨 소리야?"

여자: "낄낄."

여자는 남자의 엉덩이를 툭툭 두드리고는 랄랄라 손을 흔들며 침대로 돌아갔다.

남자: 으악(난 이상한 여자와 결혼했다)!

그뿐 아니다. 퇴근하고 돌아온 남자는 여자가 벽과 벽 사이에 머리를 처박고 있는 모습을 발견하고 간 떨어지는 줄 알았다(제발 머리라도 묶고 있으라고!). 도대체 뭐 하냐고 물어보니 저리 가라며 손짓만 하고 20분은 족히 같은 자세를 유지했다. 그런 뒤 아무 일도 없었다는 듯 십 대부터 머리가 아플 때면 해오던 버릇이라며 별일 아님을 강조했다(그 말 믿어도 되니?).

어느 날은 고양이 흉내 낸다며 접시에 물을 붓고 핥아먹는 모습도 연출했으며 또 어느 날은 TV 앞에서 머리를 푼 채 하얀 소복을 입고 기어 나오는 엽기 행각도 벌였다(공포영화 〈링〉의 사다코 흉내란다). 이후에도 여자는 자주 엽기공포나 코믹영화 속 캐릭터를 따라해 남자를 당혹스럽게 만들었다. 남자는 여자가 보여준 일련의 돌출 행동을 애써 외면하다 한번은 정색하며 "나는 네가 이렇게 이상한 여자인 줄 몰랐어"라고 힘주어 말했다. 그때 아내는 긴 숨을 한 번 내쉬더니 애처롭게 말했다.

"이 세상에 단 한 사람, 당신한테만 이런 모습을 보이는 건데 안 돼?"

그래서 그는 지금은 대충 웃어넘기고 만다. 때로는 박수 쳐주며 다른 것도 해보라며 부추긴다. 남들 앞에서는 절대 그런 모습 안 보인다는 말 믿고 개인전용 쇼걸 하나 둔 셈 치고 있다(섹시쇼가 아니라 좀 아쉽다).

제인을 만나 타잔으로 살다

오랜만에 나간 대학 동아리 모임에서 첫눈에 반한 후배와 결혼한 남자는 결혼을 한 달 앞두고 여자에게 벗는 버릇이 있음을 알게 됐다. 연애 기간이 길지 않아 여자의 자잘한 습관이나 버릇을 알 길 없었는데, 여자 쪽에서 먼저 오랜 자취생활로 생긴 '집에서 나체족 되기' 습관을 털어놓은 것이다.

"난 집에서 벗고 다니는데 결혼하면 어쩌지?"

당시 여자와 하루라도 빨리 자고 싶었던 남자는 "그게 무슨 상관이냐, 당신 너무 섹시한 거 아니야?" 하고 기쁘게 대답했는데…….

결혼을 하자 여자는 진짜로 아무 곳에서나 옷을 벗고 다녔다. 샤워하고 나와 벗고 다니는 것은 기본이고, 벗고 밥 먹고, 벗은 채로 베란다로 가서 빨래를 걸었다.

"제발 베란다 근처로 갈 때는 옷 좀 입어."

남자는 애원했지만 여자는 '누가 남의 집을 들여다보냐'며 콧방귀도 안 뀌었다. 남자는 하는 수 없이 베란다에 커튼을 달고 자신도 나체족이 되는 것으로 문제해결을 시도했다. 그런데 벗어보니 이보다 편할 수가 없다. 가끔은 생생한 방귀 소리를 배경음악 삼아 밥을 먹는 일도 발생했지만, 때로는 밥 먹다가 "밥상 치워라" 하는 전설 속의 신혼부부 시늉도 낼 수 있어서 짜릿했다.

아이가 태어나면서 나체족은 하나 더 늘었다. 아내는 벗은 채로 아이와 뒹굴다가 옆으로 누워 젖을 먹이거나, 낮잠을 자다가도 라면을 끓여 왔다. 벗은 채로 백분토론 보며 흥분해서 설전을 벌일 때도 있다. 목에 핏대 세우며 얘기하다가도 "이게 도대체 무슨 짓이야" 싶어 웃어버리는 적도 많았다.

두 남녀와 아이까지, 그들은 밀림에서 사는 타잔 가족 저리 가라 하고 산다. 문 닫으면 우리 가족만의 세상이다 싶어서 이제는 남들이 알까 전전긍긍하지도 않는다. 지금은 세상 어느 곳보다 집이 편해 일 끝나면 일 초라도 빨리 그 밀림에 가고 싶어 한다. 다만 아직은 애가 세 살인데 조금 더 크면 어떻게 해야 할지 그게 걱정일 뿐, 그들의 타잔 생활은 매우 행복해 보인다.

좀만 살살 걸어주면 안 되겠니?

연애 칠 년 동안 원 없이 걸으면서 데이트를 한 남자는, 결혼한 지 이 년이 된 지금도 여전히 '걸어서 세계로'를 체험하고 있다. 일본인 아내가 걷는 것을 유난히 좋아해 웬만한 거리는 걸어 다니기 때문이다. 이십 대만 해도 체력이 남아돌아 큰 문제라 생각지 않았다. 하지만 직장생활을 시작하자 아내의 산보가 여간 부담스럽지 않다.

주말이면 방바닥이나 비비며 쉬고 싶은데 그의 아내는 신발장 열고 신발 고르기에 바쁘다. 그럴 때마다 하이힐을 골라주면 좋겠다 싶은데 대부분 캔버스화고, 가끔 등산화를 고를 때도 있다. 등산화를 고르는 날 그는 등에서 식은땀이 난다.

"이런, 오늘은 다섯 시간 걷겠네."

캔버스화를 고르는 날은 세 시간이 기본이다.

가끔 살려 달라고 애원하면 아내는 어김없이 팔자(?)타령을 한다.

"부모 형제 하나 없는 이국땅에서 남편 하나 믿고 사는데, 대단한 거 해 달라는 것도 아니고 그저 바람이나 좀 쐬자는데……."

솔직히 그게 바람이나 살짝 쐬는 거냐고 말하고 싶지만, 아내 속에 흐르는 유목민의 피 덕분에 한국에서 신접살림을 시작한 터라 결국은 지고 만다.

여름휴가도 매번 모험이 넘친다.

"이 년 전에 베트남을 갔는데 내 생애 최악(?)의 여행이었죠. 리조트에서 절대 느긋하게 안 쉬죠. 주로 원주민들이 모여 있는 골짜기로만 가요. 밤기차 열한 시간도 모자라 폐차 직전 버스 타고 비포장도로를 네 시간이나 더 달리는데 죽는 줄 알았어요. 올해는 말레이시아를 가자는데 무서워요."

입으로는 불평했지만 어느새 아내와의 생활에 적응한 듯 남자의 얼굴은 밝았다.

이처럼 두 사람이 만나 이룬 가정은 그냥 밥만 먹고 사는 '하우스'가 아니다. 직장에서 부서원이 새로 바뀌어 직장 분위기가 달라지는 것처럼, 학교에서 새 학기 반 편성에 따라 수업 분위기가 달라지는 것처럼, 부부의 공간도 어떤 사람들이 모였느냐에 따라 분위기가 달라진다. 때론 시트콤처럼, 때론 다큐멘터리처럼 단 하나밖에 없는 내 남편, 내 아내와 추억을 쌓아 세상에 둘도 없는 즐거운 '우리 집'을 만들어가는 곳이다.

결혼해도 기름진 눈빛은 필요해

결혼하면 오히려 애정결핍에 시달린다?

"애 학교 보내놓고 집에서 왔다 갔다 하는데 라디오에서 노래가 나오는 거야. '이 세상에 하나밖에 둘도 없는 내 사랑아~' 하는 나훈아 노래 있잖아. '보고 또 보고, 또 쳐다봐도, 보고 싶은 내 여인아' 하는 그 노래를 듣는데 갑자기 온몸이 찌르르 하면서 막 서럽고 기분이 이상한 거야. 나도 저렇게 온전한 사랑 한번 받고 싶은 거야. 마음이 울컥 하면서 눈물이 줄줄 나오더라고. 거울을 보니 시들어 가는 얼굴에 윤기 없는 머리카락에 내가 봐도 누가 사랑해줄 것 같지 않은 서른여덟 살짜리 여자가 거기 있어. 그냥 내 얼굴 보고 서서 미친년처럼 엉엉 울었지."

봄꽃이 너무 현란해서 계절 타나 하고 한숨을 내쉬며 친구가 말했다.

"어디 봄꽃 때문이겠어? 훈아 오빠한테 삘 받은 거지. 그 약간 느끼하면서도 상냥한 살살 달래주는 듯한 눈빛 있잖아. 나 예전에는 그런 노래 들으면 닭살 돋고 거북했거든. 그런데 요즘은 왜 사람들이 트로트를 그렇게 좋아하는지 조금 알겠어. 우리에겐 그 기름진 눈빛이 필요해. 기름기 결핍에 의한 눈물이라고나 할까?"

나도 맞장구쳤다. 결혼을 하고 나서 도리어 애정결핍에 시달린다. 아무도 진심으로 나를 들여다보지 않는다 말했더니 아직 미혼에다 애인도 없는 친구가 "아주 염장을 질러요"라며 비아냥댄다. 그러면서 수도꼭지 하나 갈아줄 남편 없는 자신의 박복함을 하소연하기 시작한다. 그래, 울 신랑이 수도꼭지 정도는 눈감고도 갈아 끼운다. 그렇다고, 그 수도꼭지가 기혼자도 사실 외롭다는 사실을 없애기라도 하냐?

일상생활 속의 나조차도 지극한 눈빛으로 봐줄 거라고 공감했던 남편은 결혼과 동시에 소파와 TV 리모컨과 사랑에 빠졌다. 리모컨이 없으면 금단현상을 일으키는 것이 연애시절 내게 잠시 보여주던 열정의 후유증과 유사하다. 뜨거운 레이저광선을 눈으로 쏘아대기에 소파랑 TV세트 사들고 따라왔더니 별책부록을 더 끼고 도는 격이다. 그렇다고 내가 소파를 질투할 수는 없지 않은가. 그래서 나도 신랑보다 양조위를 더 사랑하게 된 거다.

누가 아줌마를 사랑하는가

어린 시절 '아줌마'로 통칭되는 여인들은 과연 누가 좋아해줄까 하고 궁

금했다. 아줌마는 철없는 아이 눈에도 별로 사랑스럽지 않은 캐릭터였다. 우리 엄마와 이모를 비롯한 아줌마들은 공통점이 많았다. 남편들은 그녀들에게 시들해하고, 아이들은 툴툴거렸다. 얼굴은 번들거렸고 눈썹 모양 또한 다 똑같았다. 웃으면 덧씌운 어금니가 보여 괴기스러웠으며, 밥을 너무 많이 거침없이 먹고, 지나치게 컬러풀한 옷을 즐겨 입었다. 머리 모양은 어떻게 해도 이상한데 내 머리 이상하지 않느냐고 귀찮게 물어댔다. 항상 큰 목소리로 웃었으며 간혹 그렇지 않은 아줌마들은 늘 신경질을 부려댔다. 한마디로 우리 아빠가 이웃집 처녀에게 친절하게 대하는 심정이 이해가 될 지경이었다.

세월이 흘러 내가 아줌마가 되자, 나는 그들과 다르다고 생각했다. 피에로는 나를 보고 웃지 풍의 화장은 하지 않았다. 처녀시절과 같은 스타일의 옷을 여전히 사 입고 밥은 고양이 눈물만큼 먹고 있다. 갑자기 실용 파마를 하지도 않았고 목소리는 아직도 가늘고 우아하다. 할인점 반짝 세일에 달려가지 않으며 재래시장에서는 물건 값으로 실랑이를 하지 않는다. 더구나 신랑이나 애들에게 침묵으로 겁을 줄지언정 잔소리하지 않는다. 그런데 이 모든 반 아줌마적인 조건을 갖췄는데도 왜 다들 나를 척 보면 아줌마라 할까? 왜 남편은 나를 자기 형님처럼 쳐다볼까? 애들은 "밥 먹어라"라고만 해도 잔소리한다 투덜대고, 울 엄마는 신경질쟁이라고 일기장에 쓸까? 아무래도 내가 어른이 되는 사이 아줌마에 대한 정의가 바뀌기라도 한 것 같다.

그러면서 신랑이 살짝 이해가 간다.

TV에는 레이저광선 쏘아주고 싶은 여자들이 끊임없이 등장하잖아? TV에 나오는 여자들은 아줌마라도 때깔 좋잖아? 내 아무리 '생얼'들이대며 청순 미녀라고 주장질을 해도 어디 아프냐는 인사 듣기 바쁜 현실, 나도 알아도 너무 잘 알거든. 나 역시 브라운관 속의 차승원에 빠졌다가 옆에 거치적거리는 남편 얼굴 보면 짜증이 확 솟긴 하더라. TV 쳐다보면서 팍팍한 현실 잊어버리고 싶더라. 남녀 간의 정이 인력으로 안 되는 일이긴 하지. 차승원 보다가 신랑 얼굴 쳐다보면 나, 무진장 외롭다!

사람이 원래 외로운 거라니깐!

스물다섯 살에 열렬히 연애해 결혼한 친구가 말했다.

"어릴 때 밖에서 놀다가 저녁 으스름 되면 막 집에 가고 싶고, 가을이 오면 못 견디게 외로워지던 마음 있지? 그거 결혼해도 그대로더라. 나는 이 사람과 결혼하면 그런 감정도 싹 없어지는 줄 알았어. 사람이 원래 그런 존재인가 봐."

혼자 있을 때보다 좋을 것 같아서 막연한 불안감도 없어질 것 같아서, 사랑이 뭔지 자세히는 몰라도 좋은 것이라기에 결혼을 선택했다. 둘이 함께하면 해지는 저녁에 느끼는 외로움이 덜할 줄 알고 저질렀는데 결국엔 갑절로 외로워지는 길이 결혼이었다. 내가 집에서 밥하다가 느끼는 외로움을 그는 회사에서 일하다가 느낄까?

어느새 나는 예전에 이상한 인류로 보이던 그 어른이 되어 있다. 남편들이 시큰둥해하는 존재, 아이들이 툴툴거리는 존재, 리모컨보다 애착을 덜

받는 존재로서 말이다. 게다가 내 등짝 두툼한 거 믿고 아이나 부담백배의 부모나 손발 안 맞는 남편이나 모두 한없이 개개려 든다. 그들은 나를 조건부로 사랑한다(고 느낀다). 그 조건 맞춰내기 쉽지 않아서 나는 좌 남편 우 자식 둘을 거느리고도 왠지 모를 결핍을 느낀다. 어른인 척 뻐기고 있지만 어느 날 훈아 오빠가 내 허약한 심금 한번 튕겨주면 사정없이 쓰러지는 거다. 나, 사실은 약하거든? 나도 한 마리 어린 새 모드로 보호받고 싶거든? 그동안 이 말이 하고 싶었다.

막강한 누군가가 내 손 잡아주며 뜨거운 레이저광선 쏘아주기를 아직도 기대한다. 그래도 인생은 아름다운 거니까 참아보라고? 알쏭달쏭 추상적인 수사로 일렁뚱땅 넘어가지 말고, 누가 구체적으로 어떨 때 아름답다는 건지 알려줬음 좋겠다. 이 막연한 부담감, 패스하고 날아가 버리고 싶을 때가 한두 번이 아니다(그러게, 내가 천상 선녀 출신임을 속일 수가 없다니까!).

2지망생의 생존전략

여자 S의 2지망과 사는 법

남편과 나는 서로 1지망 지원에서 물먹고 2지망 하향지원에 성공한 커플
이다. 19세기형 순정파 남편이 멀리 떠난 1지망을 그리워하며 방구석에서
잠으로 시름을 달래다가, 순정파로 위장한 유사품을 만나 잠시 혼란을 겪
다 깨어보니 결혼해 있더라는 슬픈 전설이 우리의 스토리다.

　남편의 그녀는 첫눈에 내 맘에 쏙 들 만큼 분위기 있는 독특한 매력의
여자였다. 남편 앨범에 남아 있는 한 장의 사진을 봤을 때, 젊은 남편의 머
쓱한 얼굴과 약간 어색해 하면서 흔들리는 눈빛을 한 그녀의 모습은 안타
까우면서도 묘한 청춘의 한때를 느끼게 했다. 남편은 당황해 했지만 나는
오히려 남편의 안목에 안심했다고 할까? 결혼하고 몇 년 지났을 때, 남편

102

과 같이 있는 차 안에서 공교롭게도 그녀의 전화가 걸려왔다. 잠시 한국에 들렀는데 내일이면 다시 돌아간다는 안부 전화였다. 남편은 나를 의식해서인지 '그래, 건강해라'라는 마음에도 없는 인사를 하고 서둘러 전화를 끊었다. 그의 마음속이 불타는 자갈밭이 되었음을 모를 리 없었다.

"왜 만나자고 안 했어?" (내가 다 안타깝네.)

"아니, 괜찮아. 시간도 늦었고~." (정말 괜찮니? 울고 싶으면서.)

"늦긴 뭐가 늦냐? 지금 해운대까지 가면 한 시간 반. 열 시 반이면 도착이네. 한 시간은 볼 수 있겠네. 나 내려주고 빨리 갔다 와. 인제 가면 또 몇 닌일 텐네." (영원히 못 볼 수도.)

"진짜 가도 괜찮아? 그럼 나, 간다." (눈치 없이 마누라 훌륭하다는 얘기는 하지 마.)

남편은 내 반응에 놀랄 겨를도 없이 휑하니 달려갔다. 그에 앞서 나는 얇은 그의 지갑에 돈을 넣어줬다. 멀리서 왔으니 좋은 곳에 가서 밀린 그리움 마음껏 발산하고 아쉬움을 남기지 않았으면 하는 바람에서 말이다.

놓친 물고기는 항상 더 크다

남편이 남자가 아니라 '가족'이 되어서일까. 나는 질투를 느끼지 않았다. 그가 내 가까운 친구인 듯, 혹은 우리 오빠가 옛사랑을 만나듯 그의 감정에 공감을 느꼈을 따름이다. 내가 일상의 지루함을 견디면서, 만약에 시리즈를 엮어보는 것과 마찬가지로 그 역시 약하디약한 사람임을 인정하는 마음이었다.

만약에 그 남자와 그 여자가 살았더라면 우리는 좀 더 충만한 삶을 살게 되었을까? 더 따뜻한 식탁을 마련하고 더 감동적인 키스를 하고 빛나는 미래를 향해 꿈을 키워갔을까? 내 지겨운 나쁜 습관을 고치고, 목에 칼이 들어와도 할 수 없는 '사랑해' 소리를 남발하며 살고, 네 엄마, 우리 엄마 싸움질하지 않고, 애가 누굴 닮아 이러냐 소리치지 않고, 내 허리는 두꺼워지지 않고, 당신 능력은 일취월장해 사회적으로 성공가도를 달리고 날마다 뼈와 살이 타는 밤을 보냈을까?

남편이 그의 놓친 물고기를 만나러 갈 때 지금 이 순간 느낄 수 있는 모든 미묘한 감정을 다 느껴보기를 바랐다. 그다지 흥분될 일 없는 그의 일상에 '몰래 꿈꾸었을지도 모르는 순간'이 다가왔는데 눈치 없는 방해꾼이 되고 싶지 않았다. 혹시 그녀를 두고 잠시 다른 꿈을 꾼다 한들 그의 추억까지 지배할 수는 없는 노릇이었다. 원래 놓친 물고기는 기억 속에서 점점 더 빛나다가, 내 필요만큼 왜곡되다가 늙어가는 뇌세포따라 잊히게 마련이다.

내가 그의 엄마도 아니면서 엄마 같은 마음이 드는 것은 아마 한 팀이 되어 여행을 하게 된 동반자로서의 배려였을 것이다. 긴 인생에서 이 또한 지나가는 순간이 될 것이란 진리는 남의 것이라도 가슴 아프다.

남편도 안개 속에 쌓여 있는 나의 1지망들(!)을 질투하지 않는 것 같다(나는 "나름대로 퀸카"였다고 십 년째 우기고 있다). 살면 살수록 그 1지망들을 원망하는 일이 늘어난다는 부작용이 있을 따름이다.

"그 똑똑한 놈들이 눈치는 빨라서 이래 남을 고생시키네."

"눈치 없는 게 인간이가?"

"위조품 만드는 인간들은 천벌을 내려야 해. 내가 유사품에 속아서 인생 종치고 막 내렸다."

"어허, 유사품에도 급수가 있지. 난 AA급이거든. 당신은 진품이었던 적 있어?"

"나야말로 오리지널 럭셔리 진품이었지."

"오리지널 재고품 땡처리 때 건진 기억인데?"

"어쨌든 너는 땡 잡은 거야."

"웃돈 얹어서 반품은 안 되겠니?"

처음에는 좋아하는 노래만 들어도 그 노래 가사에 뭔 사연이 있나 유심히 살피던 남편이 한 십 년 살고 나니 갖은 협박 공갈에도 꿈적 안 한다. 나날이 늙어가는 마누라 얼굴을 보며 슬퍼하기는커녕 회심의 미소를 짓기까지 한다. 사실 나는 그의 그런 모자람이 귀엽다. 나보다 더 빨리 늘어나는 자기 뒤통수의 흰머리를 못 보는 순진함은 예나 지금이나 한결같다.

한번 잡아당기면 각기병 환자처럼 느린 속도로 돌아오는 자신의 피부를 보고 놀랄 때도 마찬가지다.

분명히 뭔가 좋아서, 웃는 모습 하나라도 사랑해서 결혼했을 텐데, 옆에 늘 있다고 기억상실증에 걸린 사람처럼 군다. 사랑해서가 아니라 일이 꼬이다 보니 이렇게 됐다고 우기면서 말이다. 옆에 있는 사람은 내팽개치고 잡히지 않는 다른 고기들 구경하는 재미로 산다. 신성우니, 김주혁이니, 물 건너 조지 클루니 오빠까지 다들 왜 결혼을 안 하고 산다니? 고맙게시리. 요즘은 이선균 추가다. 가끔 남편은 이런 나에게 불평한다.

"너는 잡은 물고기라고 밥도 안 주나?"
"예쁜 것들은 원래 그래. 팔자려니 하고 살아!"
"나는 산소발생기까지 켜놓고 사는데."

웃다가 쓰러졌다. 산소발생기 켜두고 근근이 유지하는 사랑? 산소호흡기를 껴야 할 판이다. 이상, 2지망끼리는 이렇게 살고 있다. 1지망끼리 사는 사람들에게 물어보고 싶다. 그대들은 산소발생기도, 산소 호흡기도 필요 없이 자체 무제한 산소발산하며 잘살고 있는지? 남편, 혹은 아내가 너무 소중해서 서로 처음 만난 그 순간을 국경일로 정해놓고 살기도 하는지? 가끔 배우자가 택배아저씨보다 덜 반가울 때도 있는 2지망 합격생은 이것이 늘 궁금하다.

결혼한 언니들이 털어놓는

오빠들에게
말하지 못한
잠자리 뒷담화

part 03

어떤 부부도 권태기를 피해갈 수 없다. 그저 애정의 보릿고개라 치고 묵묵히 견디는 게 살아본 언니가 내린 최선의 결론이다. 다만 이 시간을 어떻게 통과하는지에 따라 부부간 애정의 형태가 달라질 수 있다. 결혼 십 년차 P는 몇 년 전 호환마마보다 더 무섭다던 권태기를 통과했다. P양의 권태기 극복법.

권태기, 피해갈 수 없는 그 무엇

같은 날 결혼해도 다른 날 찾아오는 권태기!

따지고 보면 불행(?)의 씨앗은 주례자를 잘못 선정한 데 있었다(고 주장하고 싶다). 생각지도 않게 사내결혼을 하게 됐는데 하필 부서가 같아 잘 보이기 위해 회장님께 주례를 부탁했기 때문이다. 결혼 이후에도 둘이 함께 회사를 다니게 해달라는 다분히 검은 의도였다. 단 한 번도 주례를 맡아본 적이 없던 회장님은 우리의 제안에 매우 기뻐하며 기꺼이 주례를 섰고 우리는 직장을 보장받았다. 아니 보장받은 줄 알았다.

하지만 막상 결혼을 하자 그분은 주위 여론을 의식하더니 은근히 여자인 내가 회사를 관두길 바랐다. 당시 대한민국 경제는 IMF로 한창 바닥을 기고 있었다. 즉, 열 받아 둘 다 회사를 관두면 당장 곤란한 건 갓 신접살림을 차린 우리였지 결코 그분이 아니었다. 하지만 하도 혈기가 왕성하던 때라 나는 "굶으면 굶었지 그분이 주는 월급으로 비굴하게 살 수 없다"며 남편에게 동반사직을 주장했다. 급하게 이직을 결정한 거라 조건 좋은 회사는 기대조차 할 수 없었다. 더구나 IMF라 거리에는 실업자가 넘쳐났다. 남편은 급한 마음에 월급을 대폭 삭감한 뒤 구멍가게 규모의 회사로 자리를 옮겼고 나는 실업자가 됐다.

지금도 생생히 기억난다. 남편이 출근한 뒤 혼자 앉아 통장을 뒤적이는데 덜컥 겁이 났다. 백만 원 조금 더 되는 월급으로 앞으로 둘이 어떻게 사나 싶은 게 하루빨리 직장을 잡지 않으면 금방 저소득층으로 전락할 것 같았다. 다행히 삼 개월 뒤 내가 재취업을 함으로써 숨통이 트였다.

대기업을 다니다 여러 이유로 '그분 회사'로 이직했던 남편은, 뒤돌아보면 이때를 기점으로 직장 운이 꼬이기 시작했다. 몇 년 뒤 운 좋게 규모 있는 회사로 옮겨 안정화 단계로 접어든 나와 달리 남편은 본인 의지와 상관없이 이직을 거듭했다. 회사가 망한 경우도 있었고 도무지 미래가 안 보이는 회사인 경우도 있었다. 월급은 고만고만한데 가는 회사마다 일이 많아 피곤해하니 지켜보는 내가 더 답답했다.

권태기가 겹치면서 둘의 관계는 조금씩 어긋났다. 남편은 시쳇말로 자기 앞가림이 급해 다른 것을 돌볼 체력이나 정신적 여유가 없었다. 반면 상대적으로 배부른(?) 나는 나 홀로 권태기에 돌입했고 잡생각에 우울해졌다. 그 우울증은 별의별 생각을 다 하게 했다.

1. 왜 나는, TV드라마에서만 킹카가 존재한다고 생각했나?

   → 아마도 그들의 부모가 무서웠던 것 같다.

2. 왜 나는, 차 가진 남자와 단 한 번도 연애하지 않았나?

   → 그러게 말이다.

3. 왜 나는, 영리하게 조건 따져가며 결혼할 생각을 못했나?

   → 선비 집안 출신이라 조건보다 사랑이라 생각했다.

4. 왜 나는, 그 흔하디흔한 부킹이라는 것도 안 해봤나?

   → 그러게 바보야, 원 없이 놀았어야지.

5. 왜 나는, 허벅지 굵고 가슴 단단한 남자 고를 생각을 안 해봤나?

   → 선비 집안 출신은 이게 문제라니까.

6. 왜 나는, 남들보다 일찍 결혼했나?

   → 세상은 넓고 남자는 많구나.

나중에는 옹색하게도 결혼 전 언니가 소개해준 선 자리까지 떠올랐다. 동국대 한의과 졸업에, 비록 지방이지만 부모에게 건물 한 채 정도는 물려받을 수 있던 그 남자. 당시 남편과 결혼을 결심한 터라 눈길도 안 줬는데 '어떤 사람이었을까?' 한번 만나볼 걸 하는 뒤늦은 후회가 밀려왔다.

버릴 수 없다면 가져라

권태기는 소문대로 무서웠다. 세상 누구보다 남편과 함께하는 게 제일 좋았는데, 어느 날부터 집에 들어가기가 싫어졌다. 그런 나를 두고 후배들은

"요즘 바람났냐?"라며 놀려댔다. 예전에는 온기가 감돌던 집이 어느 순간 생경하게 느껴졌다. 결혼할 때와 똑같은 냉장고, 똑같은 이불, 똑같은 그림이 그 자리에 그대로 있는데 어디로 갔는지 온기만 사라졌다. 지금 생각해도 신기하고도 이상한 경험이었다.

때로는 출근하는 지하철 안에서 이유 없이 눈물도 났다. 내 인생이 제대로 굴러가는지 확신도 서지 않았고 주위의 화려한(?) 싱글을 보면서 일찍 유부녀가 된 내가 바보처럼 느껴지기도 했다. 결혼한 지 삼 년 만에 "더이상 서로 남자와 여자로 보이지 않아서 이혼했다"던 한 선배의 말도 귓가에 맴돌았다.

번뇌와 갈등을 서듭하나 스스로에게 질문을 던졌다. 나는 진정 남편과 헤어질 수 있나? 처음에는 선뜻 답이 나오지 않았다. 하지만 그간 내 것이었던 걸 포기한다 생각하니 남편의 장점들이 소중하게 다가왔다.

장점 1. 남편은 성실하다. → 운이 좀 안 따라줘서 그렇지 능력은 있다.

장점 2. 남편은 자상하다. → 아직도 내 숟가락에 반찬을 얹어준다.

장점 3. 남편은 비위가 좋다. → 집안에서 내 몰골은 거의 가공할 수준이나 아직도 예뻐하는 것 같다.

장점 4. 남편은 있는 그대로의 나를 받아준다. → 지금보다 더 좋은 아내, 더 좋은 며느리가 되길 강요하지 않는다.

장점 5. 남편은 알코올 중독도, 도박 중독도, 게임 중독도 아니다. 낭비벽도 없다. 또한 상습적인 바람으로 마누라 마음고생 시킬 타입도 아니다.

장점 6. 무엇보다 나는, 그를 아직 좋아하는 것 같다.

단점 대신 장점 리스트를 작성하자, 날로 어깨가 축 쳐져가는 남편의 뒷모습에서 '연민'이라는 감정이 싹트기 시작했다. 더불어 지금의 위기는 내가 남편에게 무엇을 기대한 것에서 비롯됐다는 생각이 들었다. 있는 그대로의 나를 받아주는 남편과 달리, 나는 다정하고 돈도 잘 벌고 사랑도 잘하고 유머도 있고 위기대처능력도 뛰어난 '퍼펙트 가이'를 원했던 것이다. 그 기저에는 결혼이 보험이라는 기대, 남편은 액션영화의 영웅이어야 한다는 착각, 남자는 여자보다 우월한 존재라는 이데올로기, 그 가치관을 나에게 심어줬던 엄마의 교육, 그 모든 것이 자리 잡고 있었다. 정작 엄마처럼 남편에게 따뜻한 밥 한 그릇 해준 적도 없으면서 말이다.

권태기를 통과한 후

인생 선배 말씀이 부부는 처음에는 사랑으로 살다 나중에는 정으로 산다 한다. 살면서 부딪히는 사건사고를 해결해 나가면서 사랑이 시드는 것에 대한 변명으로 정이라 이름 붙이는 거라고 생각했다. 사랑보다 상위개념이라고 주장하는 그놈의 정이란 게 뭔지, 권태기를 통과하자 그것의 정체를 조금 알 것 같았다. 이전에 느끼던 설렘과는 약간 성질이 달랐으나 나쁘지 않았다.

나는 부부를 위기에서 구해내주는 것은 정으로 귀결되는 연민이라고 생각한다. 내 남편이 아닌, 한 인간에 대한 연민이야말로 사랑으로 시작한 두 사람의 관계에 따뜻한 피를 흐르게 한다.

"너도 산다고 힘들지?"

남편에게 그런 마음이 든다면 관계회복의 가능성은 충분히 있다.

p. s. 권태기 극복법

"심장이 덜 뛴다고 애정이 사라졌다 의심 마."(안정된 관계라는 증거야.)

"상대에게 무덤덤해진 자신을 즐겨."(왠지 쿨해 보이잖아.)

"단점 대신 장점 리스트를 작성해."(어차피 새로 구해도 이 단점 사라지고 저 난섬 새로 생기는 거 아니겠어?)

그래도 잘 안 되면? 새 남자 리스트를 작성해라. 의외로 대안 없는 현실과 직면하면 남편이 조금은 달리 보인다.

단지, "우리가 너무 달라서" 또는 "같이 살기에는 너무 멀어져서" 헤어져 사는 부부들이 있다. 그들이 따로 사는 이유는 이혼하지 않기 위해서라고 하는데, 부부는 일심동체가 아니라 이심이체임을 확인해버린 사람들의 생존방식이 바로 별거다.

별거, 잴 수 없는 마음의 거리

정 떨어진 남편과 거리 두기

S는 지난해 세 아이를 데리고 필리핀행 비행기에 올랐다. 남들처럼 자식들 영어교육이 가장 큰 이유이나 어학연수를 결정한 배경에는 남편에 대한 쌓이고 쌓인 불만도 한몫했다.

그녀는 대학 졸업한 이듬해 열다섯 번째 선본 지금의 남편과 삼 개월 만에 결혼했다. 당시 별다른 계획도 없었고 부모도 결혼을 권유한 데다 사는 게 다 비슷하지 싶어 주저 없이 결혼했다. 허나 막상 살아보니 너무 다른 취향부터 걸림돌로 작용했다.

그녀는 남편과 서로 다른 인종이다 싶을 정도로 취향이 정반대다. 십 대 시절부터 두꺼운 철학책을 안고 살던 그녀와 달리 남편은 소설도 책으로 취급 않고 오로지 실용서만 읽는다. 또 그녀는 운동이라면 질색인데 남편은 밤이면 밤마다 운동을 한다.

"전직 카레이서 출신의 진정한 스포츠맨이랄까. 우린 영화도 같이 못봐. 난 프랑스 영화처럼 심리 위주 드라마가 좋은데 우리 남편은 블록버스터밖에 안 봐."

그들의 관계를 해치는 결정적인 차이는 돈에 대한 서로 다른 가치부여이다. 그녀의 남편은 삼형제 중 막내인데 씀씀이 큰 큰형이나 돈 개념 없는 작은형과 달리 가장 알뜰살뜰했다. 매일 재테크 책을 탐독하면서 적어도 제 밥벌이는 하지만 문제는 갑갑할 정도로 지나치게 검소했다.

"이십 년 된 물건 못 버리게 하는 것까지는 좋아. 근데 가족을 위해서는 좀 써줘야 하는 거 아냐? 가족들한테도 돈 안 쓰고 벌벌 떠는 게 너무 얄미워."

짠돌이 남편은 경제권도 쥐었다. 남편은 매달 그녀에게 생활비를 주는데 그 생활비에는 '네 영역, 내 영역'의 개념이 철저히 적용된다. S가 책임지는 영역은 가족의 생활비와 아이들 교육비다. 그러니까 남편 돈과 시어머니 돈(부자 시어머니가 결혼 이래 지금까지 매달 생활비를 준다)을 합해 자신이 책임진 영역의 살림을 꾸리는 것이다. 비교하자면 맞벌이 부부가 공동 생활비를 낸 뒤 각자 돈 관리하는 것과 유사한 시스템이다. 뭐 그리 불합리한 것은 아니나, S의 불만은 딱 반으로 나눌 수 없는 부분에 있어서의 남편 태도다.

내 집 마련을 한 뒤 그녀는 이사도 했으니 집안을 새로 꾸며보자고 제안

했다. 그러자 '집안문제는 네 영역이니 네 돈으로 해결해라'는 답이 돌아왔다. 누구라도 열 받을 말이다.

"자기는 이 집에서 안 살아? 내가 소파 바꾸면 거기 안 앉을 거야? 경제 개념 없어 아내 몰래 카드빚이나 지고 다니는 남편보다 낫다는 거 인정해, 훨씬 낫지. 하지만 그렇게 알뜰하게 모으는 목적이 뭐야? 가족들과 행복하자고 하는 거 아니니? 그렇게 모은 돈은 어디에 써야 우리 신랑 보람찰까?"

그러다 어학연수 문제가 불거졌고 S는 남편에게 만정이 뚝 떨어졌다.

"그간 친정엄마가 찔러둔 목돈에 생활비 아껴 비상금으로 모인 돈이 꽤 쌓였는데, 문득 이렇게 모으기만 하면 뭐 하나 싶더라고. 그래서 애들 공부나 시켜주자 싶어서 어학연수를 가겠다고 했지. 그랬더니 대뜸 첫 마디가 돈 한 푼도 줄 수 없대. 교육비도 네 책임이니 네 돈으로 가란다. 진짜 내가 이 인간이랑 같이 살아야 되니?"

우리 무늬만 부부예요

좀 다른 경우지만 여자 P는 남편과의 불화로 홧김에 여행을 떠났다가 캐나다에 정착한 지 삼 년째, 서울로 돌아오고 싶은 마음은 굴뚝같지만 남편과 부딪히면 곧 사단이 날 것 같아 외로운 타국생활을 감내하고 있다. 결혼 당시 그녀 남편은 엔터테인먼트업계에 종사했는데, 업종의 특성을 십분 살려 프러포즈만은 스펙터클하게 해줬다.

그 프러포즈는 그녀를 잡기 위해 무려 한 달 동안 일 톤 트럭 가득히 꽃을 담아 배달을 시킨 것이다. 그녀 엄마는 '강남녀'인 그녀와 달리 상대적으로 평범한 집안에서 자수성가한 남편을 별로 탐탁지 않아 했지만 여자들이 선물에 약하긴 한지, "이 정도로 너를 사랑한다면 한번 믿어보자"라며 결혼을 승낙했다. 그렇게 연애로 쌓인 정과 그간 보여준 대단한 열정 그리고 엄마의 승낙에 힘입어 그들은 결혼에 골인했다. 신접살림은 그녀 엄마 명의로 된 강남구 삼성동에 위치한 아파트에 차렸다.

그러나 남편은 사업하느라 바쁘다며 신혼이 무색하게 집을 그야말로 띄엄띄엄 들어왔다. 남편의 사업은 큰 폭으로 오르락내리락 했고 급기야 장모에게 "투자 한번 해보라"며 사업자금까지 조달해달라고 했다. P는 결혼의 이유마서 의심케 하는 남편의 태도에 화가 나 이렇게는 못 살겠다며 도망친 게 지금의 캐나다에 안착하는 꼴이 돼버렸다.

"그 열정적인 프러포즈의 목적을 의심하는 내가 나쁜 년이니? 내가 미친년인 건 맞아. 장미를 일 톤 트럭으로 보낸다는 발상이 사실은 정상이 아닌데, 그 열정을 사랑이라고 믿었으니. 인제 그 장미 값 밑천은 다 뽑았네. 나쁜 놈."

P는 한 번 생긴 불신의 벽을 깨기가 쉽지 않다고 했다. 남편이 벌여놓은 일들이 성공적으로 수습되어야 친정에서 투자한 돈 회수가 될 것이니, 자신의 행동이 자유롭지 않았다. 무엇보다 딸아이에게는 멀쩡한 아빠인 남편과 이혼을 하기도 쉽지 않았다.

"아이가 여기 학교를 졸업하고 남편의 사업이 잘되기만 기다려. 그것 말고는 할 수 있는 게 없어."

원하지 않는 기러기 엄마가 된 그녀의 푸념이었다.

한 지붕 밑에 팔자 다른 두 사람

K는 남편과 딸을 두고 혼자서 짐 싸들고 서울로 돌아갔다. 뉴질랜드 생
활 칠 년 만에 내린 결단이었다. 이 부부의 문제는 시골 체질인 남자와 달
리 여자가 도시형 인간이라는 데 있었다. 뉴질랜드는 알려진 대로 대자
연이 아름다운 나라다. 노인들이 살기에는 딱 좋지만 혈기왕성한 젊은이
나 도시형 인간은 숨 막혀 죽기 십상인 곳이다. K가 딱 그런 경우였다. 그
녀의 남편은 너무 이른 퇴직을 하고 뉴질랜드로 이민을 와서 쭉 파트타
임 일만 찾아 했다.

남편은 '내일은 없다'주의자로 그렇게 번 돈은 아낌없이 다 써버리고,
부자 부모에게 생활비를 받아썼다. 그녀는 남편의 라이프스타일이 갈수
록 끔찍하게 느껴져 몇 년 전부터 서울 귀환을 목청껏 외쳤지만 시골 체
질인 남자는 꿈쩍도 하지 않았다.

"자연과 더불어 안빈낙도 하는 게 왜 싫으냐고 하는데, 그래, 남들이 들
으면 배부른 투정이겠지만 그건 남편 인생관이고. 나는 젊은 시절은 뭔가
시끄럽게 도전하면서 전투적으로 살아야 한다고 생각해. 내가 생면부지
뉴질랜드에 와서 벌써부터 은퇴한 노인처럼 사는 거 답답했어. 남편은 자
기 꿈을 이룬 거지. 하지만 나는 더 이상 내 모습대로 살아보는 걸 미룰 수
가 없어. 더 나이 들면 도전도 못해보잖아? 아이는 여기 학교가 맘에 든다
하니, 나는 서울로 돌아가 좀 복잡하게 살아보겠어. 뭐, 남녀 성별이 바뀌

었을 뿐이지 기러기 엄마라고 생각하면 무리 없지?"

속사정을 들여다보면 무늬만 부부인 경우가 꽤 있다. 화해 가능성이 엿보이는 커플도 있지만 이미 진단 끝난 부부도 있다. 그런데 '무늬만 부부'를 유지하는 이유는 뭘까?

대부분 이혼이 결혼보다 더 두렵고 힘들기 때문인 듯하다. 이 경우, 세월이 약이 될지, 아니면 불이 난 벽장을 보고도 문만 닫아버리는 임시방편을 쓰는 게 나을지 사실 잘 모르겠다. 분명한 건 같이 살든 따로 살든 행복하든 불행하든 시간은 계속 흘러간다는 것이다. 그 시간을 어떻게 채울지는 결국 각자의 몫이다.

외도 꿈꾸기

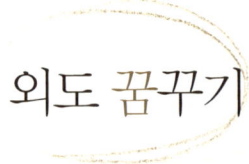

'정사'를 욕망하다

눈뜨고 밥 먹고 다시 잠잘 때까지 오로지 연애만이 주 관심사이던 시절이

있었다. 그러나 그 생동감 넘치던 감정의 소용돌이는 결혼을 기점으로 오

래된 벽장 속에 처박아둔 보물 상자가 되었다. 까맣게 잊고 살다가 우연

히 발견하는, 한때는 그것이 전부였는데 지금은 없어도 불편하지 않은 것

으로 변한 보물 상자.

"예순이 되면 새로 연애한다."

이십 대의 어느 날 일기장 한 귀퉁이에 적어둔 인생계획표 중 하나이다.

여자라는 성별이 무색해질 거라고 믿었던 예순에 꼭 새로운 연애를 해보고 죽으리라는 거창한 목표를 세워두고, '연애감정이 생길 만한 할머니'로 늙기 위한 세부계획을 세워보았다.

일단 여러모로 잘 늙어야 한다는 결론에 도달했다. 천신만고 끝에 별탈 없이 예순까지 살아남긴 했는데, 혹 디스크라도 걸려 침대에 누워 있기만 한다면 큰일이다. 누워 있는 상태로 애인을 만들기는 안젤리나 졸리라도 힘들지 않겠는가.

유부녀가 되고 나서 주변의 남자들이 남자로 보이지 않는 기간이 지속되었다. 남편이 워낙 탁월해서가 아니라 가능하지 않은 일에 신경 쓸 여력이 없을 만큼 바쁘게 돌아가는 생활 때문이었다. 수변의 남자들은 그냥 누구의 남편이거나 애들의 아버지, 무슨 일을 하는 사람 등등, 그들만의 타이틀을 갖는 불특정 다수 이상도 이하도 아니었다. 하긴 결혼하고 나서 좋은 점이 뭐냐는 질문에 "더 이상 상대를 찾으려고 고민하지 않아도 되는 홀가분함"이라고 대답하는 기상천외한 사람도 있다.

그런데도 연애 한 번 해봤으면 하는 마음이 생길 때가 있다. 그렇다고 '바깥 길'을 걸어야겠다는 건 아니고 영화나 드라마 보면서 감정이입이 너무 잘돼 몸서리치는 일이 조금씩 많아질 때가 그렇다. 이제 조금 한가하다는 뜻이다. 그리고 보면 결혼하고 아이를 키우고 하는 동안에는 영화를 본 기억도 없다. 일상생활에서 충분히 '호러영화'를 찍던 시절이라 따로 영화가 필요하지 않았다.

그러던 어느 날 케이블에서 영화 〈정사〉를 보았다. 자신을 피하는 서현(이미숙)의 집에 충동적으로 찾아온 우인(이정재)이 동서가 될 서현의 남편과 술을 마신 뒤 돌아가는 장면을 보고 있을 때였다. 엘리베이터 속에서 애써 외면하며 돌아서 있는 듯한 이미숙을 쳐다보는 이정재의 눈빛에 내 심장이 다 오그라드는 것 같았다. 말 한마디 없었지만 전할 수 있는 모든 말이 다 들어 있는 그 눈빛 연기를 보고, 이정재라는 배우 정말 명배우라고 감탄했었다. 현실과 가상을 혼동하게 만드는 그들의 뜨거운 교류가 무덤덤한 내 심장에 '팟' 하고 불꽃을 터뜨린 것이다. 그래, 사람이 저러고도 살지, 참 사는 것 같이 사네 하는 부러움에 그들이 느끼는 고통마저 행복으로 보였다. 그들이 비행기를 타고 떠나 다시 지루한 일상을 엮으며 살든, 파멸의 길을 걷든 '사랑' 때문에 천당과 지옥을 오가는 그 과정이 부러웠다.

다만 절망적인 것은 드라마나 영화에서 등장하는 유부녀 주인공은 처녀 못지않은 몸매에 "저는 (당신이) 아줌마인 줄 몰랐어요"라는 인사를 듣는 완벽한 외모를 가지고 있다는 것이다. 만약 이미숙이 그토록 여릿여릿하지 않았다면 오락실 장면에서 보이는 가슴선이 그토록 매력적이지 않았다면, 이정재도 '깨고' 관객들의 몰입도 방해했을 것이다. 그러다 보니 처녀 때도 완벽하지 않았는데 하물며 지금에야 도대체 뭘 가지고 수를 써 보나 하는 우울한 과제가 남는다. 세상의 모든 남자와 심지어 여자마저 꼬드길 수 있는 돈도 없는데 말이다.

영화가 끝나고 나면 이토록 냉혹한 현실만 남는다. 그래, 그래서 사람들이 영화를 보고, 그래서 또 "영화 같다"라는 말도 생기는 거다.

그건 그렇고, 살짝 손만 스쳐도 오소소 소름이 돋던 그런 시절의 신경줄은 언제 다 끊어졌을까?

남편 마음 엿보기

오랜만에 온가족 나들이 길에서 간단한 식사가 나오는 찻집에 들렀다. 첫 번째 손님인 듯한 우리 가족을 맞이하기 위해 안주인이 나오는데 순간 '헉' 했다. 수정같이 크고 맑은 눈망울에 호리호리한 몸짓을 한 매혹적인 여자가 나왔기 때문이다. 기품 있는 자태에 나도 모르게 자꾸 눈이 가는데, 주문을 하느라 이것저것 질문하는 남편의 얼굴에 살짝 홍조가 피었다. 마흔이 넘은 남자가 순식간에 사춘기 소년 같은 청순한 표정이 되면서 테이블에 마주 앉은 마누라도, 아이들도 말끔히 잊은 얼굴이었다.

"너무 괜찮지?"
"응."

남편은 상대가 마누라인 것도 잊고 설레는 표정으로 조용히 말했다. 예쁜 도자기에 팥죽이 담겨 나왔고 물김치에도 꽃모양 당근이 떠 있었다. 남편은 팥죽 한 숟갈 한 숟갈 황송해하며 먹더니, 맛이 어떠냐는 인사에 아주 맛있다고 거듭 칭찬을 했다(실제로는 약간 싱거웠다). 그 집을 나올 때는 마당에 있는 야생화를 이것저것 살피더니 다시 안으로 들어가 질문을 하기도 했다. 꼭 칭찬 들으려고 선생님께 바람직한 질문을 하는 소년 같았다.

흰머리가 난 소년이라……. 나는 남편이 그렇게 생기 있는 모습을 근래에 본 적이 없기에 신기해서 혼자 웃었다. 무엇을 해도 바꿀 수 없었던 심드렁한 중년 남자의 얼굴을 삼십 년 전으로 돌려놓는 힘이 바로 '새로운 여인'에게서 나왔기 때문이다.

만약 남편이 저 여자와 바람이 난다면? 여자가 남편을 거절하면 같이 막 속상할 것 같았다. 사랑의 감정이란 느닷없이 찾아와 세상을 확 바꿔놓는 것인데 내 남편에게 그런 순간이 온다면 왠지 동지애 때문이라도 그만두라 소리 못할 것 같은 마음이었다. 아, 세상 참 야박하다. 이렇게 좋은 일을 앞에 두고도 일대일 상거래만 하도록 법을 정해놨으니, 한편으론 편리하고 한편으론 잔인하구나(나도 한때는 야성적이었는데, 이놈의 제도가 야성을 죄다 죽이는구나. 내가 좀 봐주고 싶어도, 그러게 애는 왜 둘이나 낳자고 한 거야?).

그건 그렇고 참 이상했다. 연상의 아내도 아닌데 왜 나는 누나처럼 이해가 다 되지? 늙었다는 징조인가? 남편이 큰아들이라고 생각되나?

'외도'라는 표현을 머릿속에 떠올릴 때는 참을 수 없을 것 같았는데, 남편이 부끄러워하는 모습을 보고 '참 좋겠다'라는 생각이 드니 아이러니 했다. 이제는 한 이불 속에 누워 있어도 아무런 유혹도 위협도 되지 않는 남자가 낯선 여자 앞에서 저런 표정을 지을 수 있다는 사실을 깨닫자 새삼 신기했다.

"자기, 나한테 들키지만 말고 연애 한번 해봐."
"들키면 왜 안 돼?"

"이혼하기 번거롭잖아. 나누기 애매한 게 얼마나 많은데? 작년부터 넣는 변액보험은 깨면 말짱 꽝이야."

"들켜도 이혼 안 하면 되겠네."

"아이, 그러면 자존심 하나 남은 내가 그건 못하지. 안 그래도 지겨운 판에 딴 여자한테 마음 간 남자랑 왜 사냐? 일단 들키고 나면 나랑은 끝난다고 봐야지."

"내가 그렇게 필요한 존재였어?"

"필요악이지."

그래, 그 '필요악'도 한때는 나를 설레게 하는 존재였다!

사랑보다 강력한 세월의 위력

친구의 사촌형부가 바람을 폈다. 수상한 문자가 오고가는 것을 발견한 언니가 평소 각별하게 지내던 시어머니한테 하소연했다. 시어머니는 사촌언니에게 "설마, 자식을 셋이나 두고 그럴 리가 있겠니? 별일 없을 거야"라고 며느리를 위로하더니 곧 우스갯소리를 하더란다.

"인제 나이도 쉰이 다 됐는데, 뭐 '짜다리' 아쉽나. 좀 갈라 묵어라."

다른 건 다 나눠도 남편 아내만은 못 나눠서 지리멸렬하게 살아도 사는데, 마흔 넘으면 갈라 먹어도 될 만큼 시들한 사이라고 사람들은 생각하는 걸까? 그렇다면 남편도 아내도 서로 모르는 애인 하나씩 만들어 엔도르핀 팍팍 오르게 사는 것이 서로 행복한 가정을 만드는 비결이 된다는 말인가? 저녁이면 집에 돌아와 서로 애인 자랑하고 싶은 거 꾹꾹 참고, 스트레스 싹 날아간 상태로 즐겁게 밥 먹고 청소하고 돈 벌러 가면 아이들도 엄마 신경질에 안 시달려서 더 잘 자라려나?

나는 가끔 협박한다.

"당신 자꾸 그러면 언젠가 내가 바람 확 피운다."

"그 몸매로는 불가능할걸?"

"바람을 몸매로 피우는 줄 아나? 고수들은 말로 피운다."

"말도 몸매 되는 애가 잘해야 먹히는 거걸랑?"

"그래? 조만간 당신 신세 따분하게 만들어주지."

그래봤자 남들 다 있다는 애인 하나 만들 주변머리 없다는 거 믿고 까불다가, 너도 나도 애인 하나씩 생기면 그때는 뭐라고 변명할까?

'네가 너무 여자 같지 않아서' 어쩔 수 없었어.

'당신이 나를 돌 보듯 해서' 어쩔 수 없었어.

'네가 내 말 안 들어줘서'

'(그 혹은 그녀가) 나를 인정해줘서'

'나하고 말이 통해서' 어쩔 수 없었다니까!

원래 이 같은 이유로 서로 결혼했었다. 그런데 이제는 그렇지 않다고 상대에게 책임을 뒤집어씌우며 '바깥 길'을 기웃기웃한다. 사람이 변했나, 사랑이 변했나? 바위를 모래로 만드는 세월의 위력은 이렇게도 우리를 슬프게 한다.

원래 멍석 깔아주면 하던 지랄도 안 한다 했던가. 여관비 아끼려고 결혼하고 대출받아 집도 샀건만 섹스는 점점 멀어져가는 그대일 뿐이다. 역시, 섹스는 집안일(?)이 아니었다!

외도 꿈꾸기 2

결혼하면 매일 하는 줄 알았다

서른네 살 늦은 나이에 결혼한 여자 A. 드디어 바라던 유부녀가 되었는데 불과 일 년 만에 섹스리스 부부 명단에 이름을 올렸다. 실전의 그날을 위해 허벅지에 바늘 찔러가며 참아왔더니 정작 합법적 파트너가 생겼는데도 매일 밤 '그냥 잔다'는 것이다. 결혼한 지 좀 된 친구들이 그냥 잔다 할 때 믿지 않던 그녀였다. 평소에도 유독 타인의 성생활에 관심이 많았던 그녀는 웬만한 친구들의 첫 키스 장소나 첫날밤 이야기들을 꿰고 있었고, 낯 뜨거운 질문을 거침없이 하기로도 악명 높았지만 정작 자신은 꿋꿋하게 처녀성을 견지한 '수절녀'였다.

그런 그녀가 드디어 동갑내기 짝을 만나 결혼을 하고 예쁜 딸아이도 낳

왔다. 수절녀답게 거룩한 첫날밤을 치렀는가 물어보는 친구들에게 그녀가 한 말,

"영화에선 멋있더니 직접 해보니 좀 웃기데. 인제 부지런히 해서 곧 너희들 기록을 경신해주지."

하지만 아이를 키우면서 그녀 부부의 성생활은 곧 '개점휴업' 상태로 돌입했다. 처음에는 둘 다 아이한테 푹 빠져서 자신들이 하지 않고 산다는 것을 느끼지도 못했다. 예쁜 짓하는 아이 보는 재미에 '부모노릇'하느라 그 중요하다는 '부부노릇'을 멀리하게 된 지 어언 삼 년. 그렇다고 사이가 나쁜 것도 아니고, 신랑이 바람을 피우는 것도 아니다. 우리 이렇게 안 해도 부부 맞냐고 그녀가 물었더니 "꼭 그걸 해야 부부냐?"라고 남편이 대답했단다.

그녀 자신도 딱히 몸이 뜨거운 체질이라고 생각되지는 않기에 안 하고 살아도 별 문제는 없다. 하지만 그렇게 세상이 떠들썩하게, 살아가면서 사람에게 중요한 욕구라는 '섹스'가 전혀 중요하지 않은 순위로 밀리고, 단지 밥만 먹고 산다는 게 과연 정상인가 하는 의문이 든다. 당연히 누려야 할 것을 못 누리고 사는 억울함 같은 느낌 말이다.

성생활에 소극적인 남편이라 그녀는 아직 그 유명하다는 '오선생'을 영접해보지 못했다. 남의 얘기나 영화에서 대리만족을 느끼던 생활에서 한 치의 진전이 없다. 오히려 경험 없이 상상할 때가 더 자극적이었던 것 같다고 고백했다.

"엄마가 하도 남자랑 연애 잘못하면 신세 망친다고 교육해서 내 몸을

신주단지 모시듯이 했더니, 신랑도 나를 신주단지 모시듯이 하네. 내가 바람 안 피우는 다음에야 평생 이럴 거잖아. 지금보다 더 나이 들어 기운 없을 때 뭐 열심히 하겠냐? 에이구, 이럴 줄 알았으면 그때 나 좋다던 남자가 들이댈 때 못 이기는 척 넘어가줄걸. 뭔 영화를 보겠다고 죽자 사자 밤길 무서워하며 다녔는지… 아끼다가 똥 됐다."

변강쇠 영화가 좋아지는 이유

여자 P는 남달리 예민한 남편 덕분에 '제대로 못하고 사는' 주부이다. 그녀는 남편의 섬세한 감수성과 예술가적인 기질에 반해서 결혼했다. 연애 시절 남편은 남다른 감수성으로 데이트를 즐겁게 이끌었고 정기적으로 보내주는 다감한 편지글은 '문민'을 숭상하는 그녀를 혹하게 했다. 특히 남편은 키스를 잘했다. 집으로 돌아갈 시간에 작별키스를 한다고 입을 맞췄다가 워낙 감미롭게 혀를 놀리는 통에 그만 다리 힘이 풀려 못 들어갈 뻔한 적도 많았다. 그래서 그녀는 섹스라이프만큼은 절대 생활습관의 하나로 전락하지 않을 줄 알았다. 간혹 유부녀들이 남편의 섹스에 대해 장난스럽게 표현하는 말을 들으면 "저러니 사랑을 못 받지" 하고 속으로 흥을 봤었다.

그런데 남편의 너무 뛰어난 감수성이 문제였다. 직장에서 동료와 마찰이 생겨도, 그녀가 시어머니와 알력이 생겨도, 김장을 담근 날 그녀 몸에 배인 김치 냄새에도 남편의 마음은 '상처'를 입었다. 그러면 일주일 이주일씩 잠자리는 꿈도 꾸지 못했다.

살다 보면 그놈의 상처 입을 일이 어디 한두 가지일까. 그래서 그들은 밥 먹듯이 하다가 어느새 밥 굶듯이 하는 사이로 변했다.

한번은 그녀가 상담이랍시고 친정언니에게 섹스 문제를 물어봤다는 사실을 남편이 알고 난 뒤, 남편은 한 달 동안 그녀를 '불가촉천민' 대하듯이 했다. 어떻게 그런 사적인 이야기를 남에게 터놓을 수 있냐는 것이다. 정작 그녀의 불만은 그 사적인 이야기를 당사자인 남편에게 할 수 없다는 데 있었는데 말이다.

한때 예술영화를 좋아했던 그녀는 옛날 이해 못했던 변강쇠 영화류, 즉 스토리 단순하고 오로지 모든 설정은 '섹스'를 하게끔 만들어진 비디오영화 보는 걸로 시름을 달랜다. 왜 저렇게 감정의 연결이 안 되고 스토리도 뻔한 영화를 사람들이 좋아할까 생각했는데, 섹스 없는 결혼생활을 하면서 그 이유를 알게 되었다.

영화 속의 주인공들은 오로지 섹스만 하고 산다. 복잡한 인간관계도, 민감한 부부싸움도, 손 많이 가고 잠 안 자는 아이도 없다. 더구나 감수성 예민한 남편 같은 캐릭터는 절대 출연 안 한다. 단지 철저히 '수컷'으로서의 남자와 '암컷'으로서의 여자가 나와 고민 없는 원초적 행위를 하고 살 뿐이다. 불륜에 대한 고민도 없다. 그냥 폭포 밑에서 오줌 누다가 우연히 마주친 행인 1과 '한판 뜨는' 장면에서도 '오선생'은 폭포처럼 내린다. 과연 단순 무식 행복한 섹스의 결정판이다.

P는 감정이 동해야 행복한 섹스를 할 수 있다고 믿었다. 결혼하고 나니 그 감정이라는 것 때문에 섹스가 걸리다니 도대체 어느 장단에 춤을 춰야

옳단 말인가. 오늘도 그녀는 과장되고 희화화된 영화 속의 섹스를 감상하며 온몸이 뻐근해질 정도로 뜨거운 섹스를 꿈꾼다.

결혼하면 방해하는 자 아무도 없어도 서로를 소 닭 보듯 한다. 시간이 지날수록 아무 일도 일어나지 않는 밤은 늘어만 간다. 이 년 열애 끝에 결혼한 오 년차 유부녀 M도 이런 전철을 밟고 있었다.

섹스, 궁하면 통하게 하라

아줌마, 딜도를 사다

M은 예의 솔직하고 거침없는 태도로 카페에 앉자마자 폭탄발언을 했다.

"딜도 써봤어? 그거 어떻게 사야 돼?"

취미가 다채로워 심심할 틈이 없는 그녀의 친구 K는 언제나처럼 신상품 얘기로 화제를 돌린다.

"그 돈 있으면 이번에 새로 출시된 '그라벨로'나 사겠다. 소식 들었어?《신의 물방울》13편에 나온 김치와인이 출시됐다는 거 아냐?"

엉뚱녀 S는 오늘도 아리송한 동문서답이다.

"〈섹스 앤더 시티〉 샤롯이 한때 애용하던 그 토끼(바이브레이터)? 사만다에게 물어봐."

결국 아무도 사용해보지 않았다는 결론이 나왔다. 서로 민망한 듯 메뉴판을 뒤적거리자 목소리 크고 성격 급한 M이 버럭 화를 냈다.

"도대체 인생 선배들이 이렇게 실험정신이 없다니 실망이야."

그러더니 자리를 박차고 나가면서 덧붙였다.

"내 지금 당장 사올 테니 꼼짝 말고 기다려."

빈 수레가 요란하다고 M은 그날 아무리 기다려도 돌아오지 않았다(도대체 왜 만나자고 한 거야?).

바람처럼 사라졌던 M이 세 여자 앞에 다시 나타난 것은 한 달 뒤쯤이다. 그는 칸막이 쳐진 조명 어두운 술집으로 친구들을 데려가더니 가방에서 뭔가를 주섬주섬 꺼냈다.

그것은 말로만 듣던 딜도. 하나도 아닌 두 개의 딜도였다.

M은 그날 허름한 건물 이 층에 자리한 성인용품점으로 뛰어 들어가려다 아무래도 용기가 안 나 인터넷 쇼핑으로 두 놈을 샀단다. 하나는 아무 장치도 없는 가지 모양의 물건이고 다른 하나는 건전지가 내장된 로켓 모양의 반투명 딜도였다.

"이 가지는 좀 굵지 않냐? 우리 남편 꺼 두 배는 되겠다."

"그래? 두 배까지는 아니고 1.5배쯤 될 것 같은데."

"지랄. 크다고 자랑이냐? 근데 끝이 이렇게 뭉툭한데 과연 들어갈까? 그냥 장식용 아냐?"

"이 로켓은 비주얼이 좀 그렇다. 모터가 다 보이네."

꼴 품평만 하고 선뜻 손을 못 대고 있는데 엉뚱녀 S가 처음으로 로켓을 들어올렸다. 시선이 집중된 가운데 전원을 켰고 진동 조절까지 해가며 성능을 살폈다.

"야 제법 (손이) 떨리는데. 이거 복부에 올려두면 살 좀 빠지려나?"

이날 M은 S에게 카드와 펜을 내밀더니 다음과 같이 쓸 것을 종용했다.

'M아, 결혼 3주년을 축하해. 이 귀염둥이들이 너와 네 남편의 좋은 밤 친구가 되길 바라. p.s. 가끔은 혼자 써.'

M은 카드를 쥐고 만족스러운 듯 말했다.

"남편에게 사달라고 하기엔 좀 그렇잖아. 그렇다고 내가 샀다고 하기도 그렇고. 선물 받았다고 하면 이상하지 않잖아?"

아줌마, 딜도를 사용하다

영리한 데다 뻔뻔하기까지 한 M은 그날 딜도를 남편에게 척 내밀었다.

"S가 글쎄 결혼기념일이라고 딜도를 샀대. 나 참 기막혀서. 암튼 엉뚱한 애라니까."

지난 한 달 동안 피곤하다며 집에 들어오면 눕기 바빴던 남편은 딜도라는 말에 부리나케 일어나 포장지를 휙 뜯었다.

"진짜네. 근데 이 가지는 뭐야?"

"무슨 가지? 가지도 있어?"

가지를 휙 던진 남편은 곧 로켓에 관심을 보였고 전원까지 켰다.

"이거 너무 단순한 구조잖아. 근데 생각보다 안 크네. 한국인 체형에 맞췄나?"

그날 밤 두 사람은 난생처음 딜도 초빙 섹스를 했다. M의 표현에 따르면 백만 년 만에 흥분한 남편이 이백만 년 만에 전희라는 것을 하시더니 딜도를 한번 넣어봄이 어떠시겠냐고 조심스레 묻더란다. 물건의 성능이 궁금하던 M도 변태 같다고 놀린 뒤 못 이기는 척 개시를 허락했다.

정작 무대의 막이 오르자 둘은 살짝 긴장해 마치 첫 경험 치르는 초보 연인처럼 잠시 허둥댔다. 그것도 잠시 남편은 의사 놀이하듯 "긴장하지 마" "어때? 아파?" "느낌은 어때?" "포르노 영화 찍는 것 같아?" "우리도 비디오나 찍어볼까?" 기타 등등 침실토크(!)까지 해가며 흥분했다(뭐, 그날 밤이 어땠는지는 상상 그대로다).

M의 남편은 이후에도 몇 차례 딜도를 갖고 놀다 곧 옛 모습으로 돌아갔다. 새 프로젝트가 시작되면서 야근이 늘자 자연스레 장난감보다 잠을 찾은 것이다. M은 남편의 시들해진 반응에 크게 실망 않고 궁할 때면 침대로 장난감을 끌어들여 혼자서 즐거운 시간을 보냈다.

"어차피 혼자 갖고 놀 목적으로 샀는데 뭐. 급한 불 진화에는 나쁘지 않은 것 같아."

꿋꿋하기까지 한 M이다. 그건 그렇고 가지는 이후 어떻게 되었을까?

M은 주로 로켓과 놀다 하루는 가지를 꺼내들었다 한다. 전원만 켜면 덜덜덜 돌아가는 적당한 사이즈의 로켓과 달리 가지는 완전 수동식에 굵기가 남달랐다.

"끝이 날렵한 로켓과 달리 가지는 너무 뭉툭했잖아. 도대체 어찌 입장시켜야 할지 감이 안 잡히더라고. 최대한 긴장을 풀고 조심스레 밀어넣었는데 음, 크기 콤플렉스에 시달리는 남자 마음이 조금은 이해가 될 것 같아. 존재감이 너무 커. 근데 솔직히 재미는 좀 없어. 섹스는 아무래도 살과 살이 부딪히는 게 제 맛이야."

M은 요즘 각종 몸보신 음식에 관심을 기울인다. 딜도에, 싱글녀 틈에 끼어 '원나잇스탠드'도 시도해봤으나 자신의 욕구를 해소할 가장 좋은 방법은 남편의 체력회복이란 결론에 도달했다.

"남자의 섹스는 일단 체력이래. 회사를 관두게 할 수는 없으니 몸보신이라도 해주려고. 혹시 남 좋은 일만 시키면 어쩌냐고? 만의 하나 그래도 건강 잃은 남편 병수발 드는 것보다야 낫지 않겠어?"

포기를 모르는 M이기도 하다.

"사십 대는 한 달에 몇 번 해요?" 이제 막 쉰이 된 남자가 물었다. "어머, 가족끼리 무슨 섹스를?" 여자가 대답했다. "아이, 나는 이 년 동안 한 번도 못했네." "그럼, 부인은 요?" " … 아마, 저랑 비슷할걸요?"

일부일처제는 미친 짓이다?

유부녀의 섹스딜레마

"영화나 드라마 보면 남자들은 여자들과 못 자서 안달인데 우리 남편은 왜 안 그래?"

아직 애가 없는 결혼 삼 년차 여자 후배 A는 굶주림에 지쳐 푸념을 늘어 놓기 시작했다. 벌써 한 달째 하늘을 보지 못했다는 것이다. 신혼 초에는 그나마 일주일에 한 번은 했는데 이제는 한 달에 한 번으로 굳어가고 있다. 셈을 하면 일 년에 열두 번꼴인데 연애할 때도 두서너 달이면 달성하던 횟수를 일 년에 걸쳐 하고 있어 가끔은 왜 결혼했나 싶단다. 무릇 남녀 관계에서 섹스를 빼면 '앙금 없는 찐빵'과 매한가지 아닌가.

"남편이 권태기냐?"라는 질문에 A는 고개를 가로저었다. 섹스를 안 할 따름이지 남편은 여전히 다정하고 스킨십도 넘친단다. 다만 자신만큼 섹스에 비중을 두지 않는 것 같다고 덧붙였다.

"난 남자는 무조건 여자보다 성욕이 강하고 섹스를 더 좋아하는 줄 알았어. 근데 남편을 보고 있으면 그렇지 않아. 하루는 아예 대놓고 남편에게 물었어. 내 매력이 수명을 다했냐고. 남편이 아니래. 그럼 섹스 자체가 별로냐고 했더니 좀 그런 편이래."

A는 혹시나 하는 마음에 남편 몰래 핸드폰 통화기록도 훔쳐봤지만 바람으로 추정되는 이상 징후는 전혀 발견되지 않았다. 남자는 숟가락 들 힘만 있어도 여자를 찾는다던데, A의 남편에게는 해당되지 않는 사항이었다. 아니면 그 힘은 단지 내 여자가 아닌 다른 예쁜 여자일 경우에만 통하는 것인가? 전혀 설득력 없지 않은 게 A도 흥분하는 속도가 예전 같지 않다는 걸 느끼고 있었다.

연애할 때는 밀폐된 공간에만 들어서도 흥분됐지만 지금은 젤의 힘을 빌리고 싶을 때가 있다. 너무 안전한 공간과 익숙한 몸 그리고 반복되는 패턴에 만족도 그래프가 오르락내리락하는 건 결혼한 언니들에겐 어쩌면 당연할지도 모르겠다. 결혼이란 게 한 남자와 하겠다고 서약을 하는 것도 포함되니 애인을 만들 수도 없는 노릇이다.

"섹스 측면에서만 보자면 일부일처제는 미친 짓 같아. 내 입장에서 이건 한 남자하고만 평생 어떻게 하느냐가 아니라 한 남자하고 할 기회가 이렇게 적은데 어떻게 하라고? 가끔씩 '그분'이 진하게 오시는데도 나의 유일한 윤리적 파트너가 게임만 하고 있으면 대문을 박차고 나가고 싶다

·

니까."

'어설픈 사만다'의 사정

여자 후배 C는 자신이 섹스에 일가견이 있다는 것을 일찍부터 알게 된 보기 드문 여자다. 그는 스무 살이 되기 전에 자발적으로 처녀 딱지를 뗐다. 고등학교 3학년 때 남자친구를 사귀었는데 서로 대학 입학하면 기념으로 '주고받기'로 약속했단다. 약속 시간이 돌아오자 C는 주저 없이 거사를 치렀는데 놀라운 건 첫 경험인데도 별다른 통증을 느끼지 않았다. 오히려 남자친구가 겁을 내면서 진짜로 아프지 않느냐고 몇 번이나 물었다는 게 그녀의 설명이다.

C는 미혼 시절 남자친구를 사귈 때마다 속궁합을 우선순위로 따졌다. 서로 마음을 맞춰보기 전에 몸부터 맞춰본 뒤 몸이 맞으면 사귀고 아니면 관뒀다. 남의 눈 의식하지 않을 정도로 프리섹스주의자는 아니라 결혼 전에도 양다리 걸치는 일은 하지 않았다. 대신에 남자친구 꼬드겨 부지런히 섹스를 했고 상대가 지치면 헤어지고 다른 남자를 사귀는 것으로 양심도 사수하고 자신의 욕망도 채웠다.

"난 섹스가 좋아. 열심히 사는 내게 주는 선물이랄까. 섹스 없는 삶은 생각할 수 없어."

그런 그가 일부일처제의 세계로 들어온 지 어언 오 년이 넘었다. C의 남편은 남들 보기에 괜찮은 스펙의 남자로 돈도 잘 벌고 인물도 좋은 편이다. 다만 성격이 잘 맞지 않아 어떨 때는 꼴도 보기 싫은데 마음과 별개로 섹스는 당긴다는 것이 불행 중 다행이랄까?

"보통 여자들은 마음, 마음 하는데 나는 몸만 따로 동해. 좋아하는 마음이 덜하니까 오히려 맘 편하게 잘 보이려고 신경 안 쓰고 내 만족을 위해 섹스해. 남편도 그렇겠지? 어차피 불 끄면 얼굴도 안 보이잖아."

C의 희망사항은 딴 남자와 해보는 것이다. 양심상 실행에 옮긴 적도 없고 앞으로도 옮길지 미지수지만 연애 감정 필요 없고 그냥 동물적으로 신나게 몸만 엉켜보고 싶단다.

"결혼하니 더 이상 남자를 바꿀 수 없다는 게 딜레마네. 내가 좀 더 확실한 사만다였으면 아예 결혼 안 하고 즐기면서 살았을 텐데. 이럴 줄 알았으면 결혼 최대한 미루고 실컷 더 해볼걸 그랬어. 한 남자하고만 섹스하라고 정해진 건 솔직히 좀 가혹해. 역시 삶은 고행이야."

남편에게 말하지 못한 잠자리 뒷담화

A녀: 결혼 5년차, 한 달에 3~4번

"연애시절 남편하고 모텔을 전전할 때는 속궁합이 맞는 건지 아닌지 몰
랐어. 그때는 행위 자체를 사랑이라 생각했던 거고 나도 초보였으니. 같이
밤새고 싶은데 집에 가야 하고, 그게 안타까워 결혼했는데 결혼하고 나니
섹스를 더 안 하게 되네. 눈치 안 보고 더 자유롭게 할 줄 알았는데. 애 낳
기 전까지가 하이라이트였어. 지금은 뭐 좋을 때도 있고 아닐 때도 있고
컨디션 따라 달라. 결혼 후에는 당연하게도 열정이 없어지니 뭐 따로 기
술을 연마해야 하나 싶어."

B녀 : 결혼 12년차, 일 년에 2~3번

"남자는 짐승이니 뭐니 교육받았는데, 난 뭐 전혀 아니던데? 우리 남편만 그런 거야? 우린 무늬만 부부야. 그래도 용케 애는 둘 낳았다. 내가 성모 마리아랑 거의 급수가 같은 거지. 나는 사실 아직 섹스의 재미를 몰라. 그냥 시늉만 내는 것 같아. 뭐 일 년에 두세 번이니 느낄 겨를이 있어야지. 애들 어릴 때는 틈을 낼 수 없다는 핑계라도 댔지만 이젠 애 다 컸어도 진짜 '밥만 먹고 사는' 생활이 어언 오 년째야. 뭐 서로 피곤해서 건드릴 생각도 안 하고 곯아떨어지긴 하지만 그래도 남편이 너무 들이대지 않으니 나를 좋아하지 않는다는 해석을 하게 돼. 안고 싶지 않다는 거는 더 이상 여자로 느껴지지 않는다는 뜻이잖아? 안 해도 몸은 아쉽지 않은데 마음이 병이 나나봐. 어떤 여자들은 자꾸 들이대면 피곤하고 귀찮다던데, 나도 한 번 그런 귀찮은 상황 겪어봤으면 좋겠어. 나는 오르가슴을 위해서가 아니라 마음의 충족을 위해서 섹스를 하고 싶어."

C녀: 결혼 9년차, 한 달에 3~4번

"우리 남편은 항상 자기가 잘하는지를 신경 써. 끝나고 나면 뭐 숙제라도 해치운 사람 표정이야. 원래 끝나고 난 뒤 서로 편히 누워 얘기 나누고, 장난치고 하는 그 시간이 진짜 충만한 시간 아니니? 그래야 진짜 몸으로 대화 나눈 거잖아. 울 신랑은 늘 제 몸 휴지로 닦고, 욕실 가서 씻고, 얼마나 오래 했나 뿌듯해가지고 횟수 따져보고 잔다. 그때 나는 이게 바로 배설을 위해서 한다는 그 섹스구나 하고 느껴. 웃기지? 남편하고 했는데 말이야. 저 남자는 나를 사랑하지는 않는구나 생각이 들어. 아니라면 사랑하는 여자와 하는 느낌을 모르는 사람이구나. 평생 느낌 있는 섹스는 못해보겠구나 생각하지. 그때 서로 이야기가 되는 사이가 진짜 부부인 것 같아. 솔직해지고 서로 거리낌이 없을 때 좋은 거잖아. 근데 나는 늘 부족해."

D녀: 결혼 7년차, 한 달에 1~2번

"나는 내가 싫어. 직업이 춤추는 거라 에너지를 발산해버려 그런지는 모르겠는데, 저녁에 들어가면 손도 까딱하기 싫어. 울 신랑은 내가 자기를 안 좋아해서 그렇다 하는데, 동료들한테 물어봐도 다들 생각보다 부지런히 하고 사는 것 같지는 않아. 나는 연애를 오래 하다 결혼해서 그런지 결혼하고 곧 권태기야. 남들은 내가 겉으로 섹시해 보이니까 신랑 좋겠다고 하는데 실상은 신랑 좋을 일이 거의 없는 거지. 울 신랑하고만 하기 싫은 걸까? 사실 난 울 신랑이 남동생 같거든. 좀 만만해서 탐심이 안 생기는 건지도 모르지. 동생이 나를 건드리는 건 불경스럽잖아?"

F녀 : 결혼 5년차, 한 달에 2~3번

"우리 남편은 먼저 자자고 말한 적이 거의 없어. 진짜 손에 꼽을 정도라니까. 결혼 초에는 너무 자존심이 상하는 거야. 보통 남자가 덤벼야 하는 거 아냐. 아니 적어도 내가 다섯 번하면 최소 한 번은 먼저 신호 보내는 게 예의 아니니? 한동안은 두고 보자 기다렸는데 목마른 사람이 우물 판다고 나중에는 '에라 자존심은 개뿔' 다 던졌어. 오르가슴을 느끼니까 속궁합은 좋은 편이라 해야 하나? 다만 횟수는 아쉬워. 나도 소설이나 영화처럼 몇 시간씩 그 짓만 해보고 싶어."

E녀: 결혼 6년차, 한 달에 1번

"며칠 전 내가 옷 갈아입고 있는데 남편이 진짜 뚫어지게 보는 거야. 근데 나보고 어쩌라고? 절대 동하지 않는데. 결혼 초에는 이 정도는 아니었는데 애 낳고 난 뒤로 점점 흥분이 안 돼. 남편은 좋아라 하는데 난 내가 목석이 된 기분이야. 며칠 전 둘째 임신으로 병원 간 김에 상담했더니 의사가 젤이라도 처방해줄까 하더라. 남편이 예쁘면 그렇게라도 할 텐데 요즘 주는 거 없이 너무 미운 거야. 권태기라서 그런가?"

F녀: 결혼 13년차 일주일에 2~3번

"나는 신랑한테 맞추려고 노력하는 편이야. 나는 과격한 남편 감당 안 돼서 하자는 대로 다해. 차에서도 하고, 모텔 가서도 하고. 울 신랑은 그거 제대로 안 하면 남편 대접 안 한다고 생각하는 올드 보이야. 어쩌겠니? 싫어도 좋은 척, 안 하고 싶어도 좋은 척. 근데 자꾸 그걸 중요시해 버릇하니까 점점 좋아지는 것 같아. 우리는 섹스기구도 사용해. 온갖 게 다 나와. 나름 재미있어. 근데, 진동기 중국산은 쓰지 마. 몇 번 썼더니 고장 나더라. 뭐라도 노력해봐. 얼마 안 있으면 마음이 있어도 못 움직이는 나이가 오잖아? 돈 드는 일도 아닌데 팅기지 말고."

G녀: 결혼 8년차 2주일에 1번

"나는 신랑이 매일 집적대는데 내가 싫어. 신랑이 그 방면에 강한가봐. 거절당하면 자존심 상해서 다시는 구걸 안 한다고 소리 질러놓고 며칠 못 가 또 껄떡댄다. 나는 남자로 치면 발기불능 상태야. 신혼 때는 둘 다 미친 듯이 하는 거 좋아했는데 지금은 남편이 오는 게 싫어. 살면서 남편에게 자꾸 실망하는 일 생긴 뒤로 그런 것 같아. 예쁘게 보이고 싶은 마음도 없고, 같이 자려니 괜히 짜증나고 그러네. 아, 몰라. 마음이 안 동하는데 어떻게 하니? 여자들은 좀 센 남자한테 밀리고 싶은 마음이 있잖아? 근데 그게 꼭 몸이 아니라 심리적으로 세다고 생각되는 면이 있어야 흥분이 되나봐. 나는 현재 울 신랑하고는 뜨거운 섹스? 물 건너갔어. 그냥 나 귀찮게 하지 않고 잠이나 잤으면 좋겠어."

H녀: 결혼 7년차 일 년에 5~6번

"난 내 몸이 애 낳고 나이 들면서 보기 싫게 변하니까 벗는 게 스트레스야. 결혼 전보다 무려 12킬로그램이 쪘어. 울 남편이 가끔 딴 여자랑 하는 기분이라 놀려. 웃자고 하는 말인데, 내가 스스로 위축되어서 별로 하고 싶지도 않아. 애들 핑계로 각방도 쓰고. 각방 쓰는 거 자연스러워지니까 나중에는 생각 있어도 '뻘쭘'해서 못 다가가. 근데 영화 속 베드신은 왜 다 숨 막히게 멋진 거야? 남들은 다 그리고 사나? 아님 결혼과 동시에 코믹 무드로 변하는 거야? 난 내가 코믹해보일 것 같아 싫어. 그러게 살을 빼야 인간답게 사는 건데."

K녀 : 결혼 10년차 한 달에 3~4번

"난 일주일에 최소 한 번 안 하면 내 삶이 불행하다 느껴져. 그래서 그게 좋든 말든 무조건 최소 한 번은 하려고 해. 한때는 젤도 썼어. 하고 싶은 의지와 달리 몸이 안 따라주더라고. 그럴 때도 꾸준히 시도했어. 남편도 당연히 시들해졌지. 뭐 남잔들 여자와 다르겠어? 요즘은 남편을 살살 꼬드겨. 로맨틱 무드에 약한 거 같아서 어떨 때는 그냥 서로 벗고 얘기나 하자며 유인해. 세 번 시도해서 한 번 정도는 진짜 그냥 잘 때도 있는데 효과가 좀 있더라고. 최근에는 영화 〈색, 계〉 체위를 시도해봤는데 침대서 하는 거 말이야. '강추'야. 오랜만에 개운한 게, 역시 운동은 꾸준히 하는 게 중요하다 싶더라고."

I녀 : 결혼 12년차 한 달에 5번

"우리는 아예 협정을 맺었어. 일부러 챙기지 않으니 소원해지더라고. 애들도 있고, 아예 노력도 안 하게 되고. 그래서 일주일에 한 번은 꼭 같이 지내자고 약속했어. 근데 아무래도 의무화되니까 무슨 헬스 회원권 끊은 기분이고 로맨틱은 약에 쓰려도 없고 그래. 죽자고 좋아하는 사람과 결혼했어도 이렇게 될까? 좋아하는 사람이 나한테 시들해지는 거 보는 게 더 스트레스겠지? 글쎄, 결혼하고 나니 섹스도 규칙적으로 참석해야 하는 가족모임처럼 생각되네. 그래서 바람피우는 사람들이 점점 늘어나는 걸까?"

그럼 남편과의 섹스가 좋다는 여자는 진정 없단 말인가?

사실은 있었다. 날마다 국민체조 하듯이 한다는 여자, 몰입중일 때는 트럭이 돌진해와도 중단 못한다는 여자, 집에서 늘 치마 입고 스탠바이 중이라는 여자도 간혹 있었는데, 그냥 왕따시켰다.

왜? 열 불나서.

결국 가난해도 속궁합이 맞으면 마누라가 도망가지 않는다는 말은 '거의' 사실이었다.

Tip. 이웃 언니의 충고

유부녀 뒷담화로 알게 된 사실

1. 여자는 절대 남자에게 솔직하게 말하지 않는다.
   (고로, 남자들은 실제보다 더 자기가 '잘' 하는 줄 알고 산다)

2. 부부는 섹스 문제만큼은 제대로 동상이몽이다.

3. 섹스는 스포츠 맞다. 단, 체력, 지력, 감성이 조화로워야 훌륭한 경기를 할 수 있다.
   (책 읽는 양반나리보다 나무 찍는 마당쇠가 사랑받았던 이유는 압도적 체력의 우위 때문이다)

바람에 대처하는 우리의 자세

A 남편 바람 미수 사건

내가 동경해 마지않는 A의 남편이 바람을 폈다. 아니, 피우려다가 들켰다.

흥미진진한 'A 남편 바람 미수 사건'은 어느 날 오후, 심란한 마음으로 우

리 집에 들른 당사자의 입에서 줄줄 흘러나왔다. 심란했을 A와는 달리 평

소에도 솔직하면서도 독특한 그녀의 캐릭터를 사랑했던 나는 그녀가 상

대녀를 어떻게 만났는지, 남편에게 무슨 말을 어떻게 했는지에 매혹돼 위

로(?)도 잊고 감탄(!)만 하고 있었다. 내가 생각해도 참 너무했지만 그녀

의 입을 통과하면 어떤 고통도 '경쾌한 해프닝'처럼 들리게 하는 특이한

재주가 있었으니, 어린 시절부터 나는 그 능력이 참 부럽고도 멋있었다.

그녀는 가식이 별로 없는 사람이다. 먹고 싶으면 먹고, 자고 싶으면 자

고, 하고 싶으면 "하고 싶다"라고 외치면서 열심히 실행한다. 입고 싶은 옷이 있으면 구체적인 모양과 색깔을 정해두고 매일 상상 속에서 입었다 벗었다 한다.

예를 들면 '오드리 헵번이 애 유치원 갈 때 입을 법한 원피스' 같은, 도무지 내 머리로는 떠오르지 않는 제목의 옷을 찾아내 사 입고야 만다. 물론 두꺼운 팔뚝이나 납작한 가슴 같은 걱정은 하지도 않는다.

이십 대 초반, 밍크코트가 입고 싶어 몰래 사놓고 엄마 앞에서 꺼내놓지를 못해 다락방에 숨겨놓고 입던 그녀다. 그녀는 남자친구와 처음 잔 일, 연적이 생기는 바람에 자신의 자취방으로 남자친구를 불러들여 동거를 시작한 일 등등. 둘 사이 파란만장한 연애의 역사를 가감 없이 말하는 것으로 소심한 친구들의 호기심을 충족시켜왔다.

그리고 결혼 후에는 남편과 즐거운 시간을 보내기 위한 최소한의 투자라면서 집에 침대 커버를 종류별로 다 갖추고 있다. 어쨌든 항상 자신의 섹스라이프를 태연히 얘기할 수 있는 것이 너무 놀라우면서도 항상 부러웠다. 자신이 원하는 삶을 살고 있다는 생각이 들었기 때문이다.

한번은 돈 많이 벌고 성공한 동창생 얘기를 하다가 학교 다닐 때 공부에 힘써볼걸 하며 부러워하니 그녀가 이렇게 말했다.

"마음대로 밥 비벼먹고 신랑 앞에서 트림하며 속편하게 사는 인생도 괜찮다. 꼭 상위 1퍼센트들만 행복할 것이라는 편견을 버려!"

아이들이 시험을 보고 와서 "엄마, 모르는 게 반쯤 있었어요" 하니, "반이나 알았으니 괜찮다, 수고했다"라고 스스럼없이 말하는 것을 보고 그녀에 대한 나의 존경심은 극에 달했다. 어떻게 저다지도 자신이 속한 것에서 자유로울 수가 있단 말인가?

바람에 대처하는 A의 자세

그런 그녀가 남편의 상대녀를 만났다. 그런데 그 상대 유부녀는 별 미안한 기색도 없이 오히려 A에게 짜증을 냈다. 아줌마가 그럴 만하니 신랑이 그러는 거 아니냐는 말까지 퍼부었다. A는 미혼녀도 아닌 같은 처지의 유부녀에게서 이런 말을 듣고는 도저히 비위가 상해서 안 되겠다 싶어 "그렇다면 당신 남편 앞에서도 같은 입장표명을 할 수 있는지, 저녁식사 후 당신 집으로 가겠다"라고 하자 상대 유부녀가 바로 꼬리를 내렸다.

"당신을 보니 같은 여자로서 자존심 상한다."

그녀는 상대녀에게 이렇게 말해주고 자리에서 일어났다. 그리고 그녀의 남편은 이왕 들킨 일에 솔직하지 못하고 변명에 급급하다가 그녀의 불같은 분노를 샀다.

"야, 김○○. 나는 네가 괜찮은 남자라고 생각해서 결혼했어. 네가 이 정도 급수인 줄은 정말 몰랐다. 정말 실망이다. 아직은 너보다 더 사랑하는 남자가 없어서 이혼하지는 않겠어. 하지만 너보다 더 사랑하는 남자가 나타난다면 그때는 너 끝장이야!"

물론, 그녀의 마음은 말할 수 없을 정도로 상처를 받았다. 오랫동안 사랑해서 결혼한 남편의 배신이라 더욱 그랬고, 대하드라마를 찍어도 남을 지경인 유구한 역사를 자랑하는 사랑이기에 더욱 그랬다. 아무리 자신의 일을 희화화시켜도 그것이 근본적으로 우스운 일이 아닌 다음에야 당사자의 아픔이 어디 가겠는가? 더 놀라웠던 것은 그 상황에서도 이혼을 할 것인가 아닌가를 생각하고 수습의 수위를 조절한다는 것, 남편에게 아직은 당신을 사랑한다는 메시지를 전달한 것 등이다. 그 흥분되는 상황의 한가운데서 어쩜 그렇게 자신의 의도를 잘 전달할 수 있는지 신기하기 짝이 없었다.

그 후, 그녀는 허탈감을 해소하기 위해 '맞바람'을 피워보려 시도했다. 그러나 역시 마음이 동하지 않아서 그만뒀다. 자신을 하찮게 취급하기 싫은 이유였단다(물론, 상대남이 맘에 들지 않았다는 뜻이겠지?).

바람에 대처하는 B의 자세

맞바람을 도모하는데 그쳤던 A와 달리 팔 년째 주말부부인 B는 '눈에는 눈, 이에는 이'로 대처하고 있다. 처음에는 남편의 바람을 응징하기 위해 시작된 그녀의 바람이 이제는 생활화되어 항상 한두 명의 애인이 대기하고 있다. 아이러니하게도 그녀는 남편의 바람 덕분에 제 속에 숨어 있던 '천부적 소질'을 발굴하게 된 것이다.

살림 솜씨가 깔끔한 그녀는 오전에 집안일을 말끔히 해두고 약속된 애인과 함께 드라이브를 즐기러 나간다. 몸에 좋다는 음식을 챙겨먹고 스트레스 쌓이지 않을 만큼 몸을 풀고, 갖고 싶은 물건은 선물의 형태로 챙기면서 즐거운(?) 생활을 누린다. 원래부터 건강한 몸에 활발한 신진대사가 추가되니 그녀의 얼굴은 광이 나서 똑바로 쳐다볼 수도 없을 지경이다. 꼬리가 길면 밟힌다더니 그녀도 남편에게 외도를 들켰다. 한데 움츠리기는 커녕 "너는 바람 안 피웠니? 자신 있으면 이혼해" 하고 도로 큰소리쳤다는 후문이다. 아직도 B가 이혼녀가 되었다는 소문은 없다. 얼마 전에는 남편 월급 모아 건물 하나 샀다는 소식까지 들렸다.

A를 보면 바람은 배우자를 황폐하게 만드는 가장 빠른 길이라는 생각이 들지만, B를 보면 바람은 '헬스클럽 무료정기이용권? 재테크의 첨단을 걷는 신개념알뜰아내? 진정한 웰빙 라이프를 지향하는 21세기형 유부녀?'라는 생각이 들어서 가치관에 혼란이 생긴다(그렇다면 그런 능력 없는 나는 도대체 왜 태어났니?).

때로는 욕구 불만으로 남편을 들들 볶아 대느니 차라리 바람이라도 피워 숨이라도 쉬면 삶에 활기도 생길 테고, 그렇게 생긴 여유로 남편과도 사이가 좋아진다면? 외도를 꼭 나쁘게만 볼 필요가 있나 싶은 생각까지 든다.

주위를 둘러봐도 자신의 욕망에 충실한 간 큰 여인네들은 얼굴에 윤기가 도는 반면 그렇지 못한 여인네들은 사는 게 지겨워 죽을 지경인 표정을 짓고 있다.

외국의 한 심리치료 전문가도 외도의 긍정적인 효과에 대해 설파하시지 않았던가. 그는 '바람직한 외도'가 기혼자들로 하여금 결혼생활의 무력증에서 벗어나게 해주는 데 도움을 준다고 주장했다(단, 들키지 않는다는 전제 하에). 전문가도 권장한다는데 일반인이 무시해서야 되겠나 이 말씀이지 (치료한다고 생각하라잖아!).

그런데 문제는 행동으로 옮기는 게 마음처럼 쉽지 않다는 데 있다. 상대가 있느냐 없느냐의 문제를 떠나서, 왜 나는 B처럼 담대한 성격을 갖고 태어나지 못했을까? 그놈의 절개 지켰다고 열녀비 세워줄 사람도 없을 텐데!

Tip. 이웃 언니의 충고

바람에 대처하는 언니들의 충고

제아무리 강철 심장을 지녔어도 배우자의 외도 앞에 상처받지 않을 사람 없다. 그것은 준비되지 않은 상대를 망망대해에 던져 넣는 일이다. 의도했든 안 했든 외도의 길로 빠진다면 〈결혼은 미친 짓이다〉의 엄정화처럼 여우가 돼라.
그녀는 말했다.

"난 자신 있어. 절대 들키지 않을 자신."

절대 들키지 않게 완전범죄를 저지르는 것, 그것이야말로 상대방에 대한 최소한의 예의다.

한때 마니아 시청자를 양산했던 드라마 〈거짓말〉은 사랑을 교통사고로 정의했다. 흔하지는 않지만 누구에게나 예고 없이 닥칠 수 있는 사고, 그런데 문제는 이 교통사고가 결혼 여부를 가리지 않는다는 데 있다.

외도, 때로는 두 번째 사랑

청순녀 P의 '사랑과 우정 사이!'

사랑받는 아내로 살던 청순녀 P에게 꽃미남 연인이 생긴 건 약 일 년 전이다. 광고회사 디자이너로 일하던 P가 K브랜드 광고 촬영 때문에 괌으로 출장을 갔을 때다. P는 거기서 사진작가 보조로 따라온 문제의 남자 X를 만났다. 레저스포츠학을 전공한 X는 사진에도 관심이 많아 잠시 아르바이트를 하는 중이었다. 그는 키도 크고 몸도 좋은 데다 P보다 다섯 살이나 어렸다.

 P는 쾌활하고 사교적이어서 연하인 X와 자연스레 어울렸고 일이 끝난 뒤에도 가끔 연락을 주고받았다. X는 P에게 일말의 연애 감정도 내비치지 않았다. P도 그런 X가 동생 같고 친구 같아 지치고 심심할 때면 마치

비타민 복용하듯 X를 찾았다.

X는 '즐겁게 살자'를 몸소 실천하는 젊은이로 때 되면 취직하고 때 되면 결혼해야 한다는 강박관념이 없었다. 어찌 보면 반 백수에 가까운 처지인데도 조바심을 내지 않았다. 그저 하루하루 즐거우면 수중에 돈 한 푼 없어도 개의치 않았다. X의 여유, X의 자유 그리고 X의 밝고 활기찬 성격은 일상에 지친 P에게 사막의 오아시스처럼 느껴졌다.

두 사람은 한동안 메신저나 문자로만 수다를 떨었다. P의 고지식하면서 느린 성격도 한몫했다. 그러다 그녀 남편이 해외출장으로 집을 비운 사이 두 사람의 관계에 변화가 왔다. 까다로운 클라이언트에게 제대로 스트레스 받은 P가 혼자 극장에 갔다 X에게 문자를 날린 게 뒤돌아보면 화근이었다. X는 P가 영화를 보고 나오자 밖에서 기다리고 있었다. 밤 열한 시, 습기를 잔뜩 먹은 여름밤의 열기가 사 개월 만에 재회한 두 사람을 조용히 감쌌다.

둘은 이후에도 가끔 만나 차도 마시고 술도 마시고 영화도 봤다. 우정인지 사랑인지 모를 달콤한 관계는 첫 만남 이후 구 개월째 지속됐고 둘 다 말은 안 했지만 서로에게 강하게 끌리고 있음을 온몸으로 느꼈다. 그러던 어느 날, 즐겁게 한두 잔 걸치다 과음한 P가 얼떨결에 X의 입술을 덮치면서 둘 사이는 이른바 선을 넘게 됐다.

"내가 무슨 정신으로 그랬는지 지금도 모르겠어. 근데 그 아이가 너무 좋아서 너무 만지고 싶고 안고 싶었어. 처음으로 알게 됐어. 어떤 사람을 좋아해서 그걸 원한다는 게 뭔지."

별다른 연애 경험 없이 부모 소개로 이십 대 중반에 결혼한 P는 뒤늦게 첫사랑(?)을 한 것이다. 다만 나이 들어 한 사랑이라 청소년 관람 불가 등급에 사회적 지탄마저 따른다는 게 문제였다. P는 그런 자신을 참지 못해 혼자서 심각하게 속 끓이다 결국 X와 헤어지는 것으로 결론지었다.

"그냥 덮치지 말고 예쁘게 놔둘걸. 마음의 친구로 소중히 남겨뒀음 좋았을걸."

처음에는 사랑을 잃어 슬펐다. 그러다 나중에는 비밀친구 잃은 게 더 아쉬웠다 한다.

"가끔 친구나 남편한테도 못할 말 있잖아. 그런 얘기를 할 수 있는 상대였고 그게 생활의 활력이 돼줬어. 너무 좋아하지 말걸 그랬어."

명랑녀 H의 두 번째 사랑

평소 천진난만하기로 이름 높은 H에게도 애인이 생겼다. 그녀는 애인이 생겼다는 말을 "나 어제 원피스 샀어" 정도의 강도로 친구들에게 터뜨렸다. 애인은 그녀가 다니는 스포츠센터 스낵코너의 사장이었다. 가끔 러닝머신 나란히 뛰며 이야기 주고받다가, 우연히 둘 다 미술을 전공하고 싶었던 과거가 있었고 그 공통점 때문에 가끔 미술관 투어를 함께하다가 '몸'도 주고받는 사이로 발전한 것이다.

그녀는 다섯 시간을 같이 있어도 대화가 끊기지 않을 만한 지적 수준에, 중년의 나이가 무색하게 순수하고 다정한 남자라고 애인 자랑을 했다. 그런데 문제는 둘 다 유부남 유부녀라는 것이었다. 불륜을 저지른 주제에 순수는 무슨 얼어 죽을 순수? 불륜에 대한 기본적인 고민이 없어 보이는 그녀의 행태에 친구들은 기막혀 하며 난리를 떨었다.

하지만 H는 자기 인생에 찾아온 두 번째 사랑이며 첫 번째였더라면 좋았을 사랑이라 주장했다. 순진한 친구가 고도의 작업남에게 걸려든 것은 아닌지, 이것이 얼마나 위험한 사태인지 주지시키려고 친구들이 심문했다.

"너, 사랑이라는 증거를 대봐."

H는 수줍은 표정을 지으며 그 증거를 나열하기 시작했다.

"서로 안으면 가슴에서 막 아플 만큼 느낌이 솟거든. 또 그 남자는 나하고 할 때 내가 훌륭하다고 말해주거든. 이 남자랑 하면 내가 정말 사랑받고 있구나 느낌이 든다니까. 우리 신랑은 자기 기분 만족하고 나면 그냥 끝내잖아. 어떨 때는 잠 푹 자려고 그 짓 한다니깐. 잘 안 되면 내가 명기가 아니라서 그렇다는 등 상처 주는 말 하면서 말이야. 한마디로 예의가 좀 없어. 근데 이 사람은 나를 꼭 스물두 살짜리 첫사랑 애인 대하듯이 해. 너희들도 알다시피 내가 몸매가 되니 얼굴이 되니? 같이 있으면 내가 아주 귀한 사람이고 사랑받을 만한 여자라는 착각을 하게 만들어."

부도덕한 친구를 수렁에서 건지려고 모인 여자들이 그 이야기를 듣자 눈 동그래지며 "어머 세상에"를 연발하기 시작했다.

"그래, 하긴 우리 집 인간도 마찬가지야. 이건 뭐 기분 나쁘게 한 달에 한 번 겨우 하면서 '의무방어전'이래. 그냥 샤워만 해도 괜히 짜증내며 툴툴거리질 않나. 뭐 중뿔나게 하는 거 있다고 잘난 척은 어찌나 하는지. 밥맛이다."

돈 잘 버는 금융맨 신랑을 둔 O가 금방 기선을 제압하며 하소연을 늘어놓았다.

"네 신랑은 돈으로라도 풀게 해주니 고마운 줄 알아. 나는 매일 연기하느라 지겨워 죽겠어. 왼쪽, 오른쪽 가슴 몇 번 주물럭, 그다음 아래 몇 번 쓰다듬고, 대충 집어넣어 휘젓고 천년만년 똑같다. 그래놓고 내가 억억대며 넘어가길 바란다. 지가 뭐 브레드 피트라도 되는 줄 아나봐? 얘, 브레드 피트라도 그렇게는 여자 못 보내겠다. 도대체 상상력이라는 게 없어요. 하긴 내가 안젤리나 졸리도 아니니 할 말은 없네."

결혼 전, 화려한 남성편력을 자랑했던 P가 이제는 방황을 끊겠다 선언하고 선을 봐서 결혼한 남편을 난도질하기 시작했다. 슬프세도 모임의 그 누구도 남편과의 섹스가 좋다는 사람은 없었다. 그날 그녀들은 기세등등하게 모였다가 하나같이 우울한 얼굴로 돌아갔다.

왜 부부가 되면 제대로 된 섹스를 못할까?

가장 쇼킹했던 사실은 H의 상대남이 자신의 아내와는 오랫동안 섹스리스 부부로 살았다는 것이었다.

세상의 모든 남녀는 유혹 속에 살고 있다. 그 유혹이 두 번째 사랑이라면? 언니의 충고는 글쎄, 알아서들 하시라. 단 응분의 고통과 책임이 따른다는 것을 잊지 말지어다.

Real interview: 현역에서 뛰고(?) 있는 소위 바람계의 끼린아에게 물었다.

1. 바람의 상대가 배우자보다 더 나을 것도 없는데 왜 바람을 필까?

일단, 배우자를 제외한 모든 상대는 신상이다. 여자들도 신상품이면 대놓고 좋아하지 않나?

2. 신상을 선호하는 이유는? 이전 모델보다 품질이 좋아서? 아니면 디자인이 좋아서?

아니, 그냥 신상품이니까.

3. 배우자와도 당연히 사랑해서 결혼했을 것이다. 바람 상대와도 사랑이라는 생각이 드나?

물론이다. 단 바람 상대는 배우자를 고를 때처럼 심사숙고하지는 않는다. 우연히 자주 만나다 보면 발전한다. 서로 가정을 지키기 위해 헤어질 때는 가슴 찢어지게 울어도 봤다. 그런데 이상한 것은 헤어진 뒤 괴로워하는 시간이 짧다. 생각보다 빨리 회복한다. 중요도 면이나 그간의 역사를 볼 때 아무래도 배우자에게 더 무게를 두는 것이 이유가 아닐까 싶다.

4. 바람피우고 있는 사람들에게 충고 한마디 해달라.

휴대폰을 조심해라. 나도 '여친'하고 문자질하다가 들켰다. 마누라가 덮쳤을 때, 재빨리 배터리 분리해서 던졌는데 급당황한 바람에 배터리가 아니고 본체를 던져버린 거다. 내 바람의 역사상 잊을 수 없는 수치였다.

결혼한 언니들이 털어놓는

참을 수 없는
육아의 무거움

part 04

사랑이 넘치고 헌신적인 엄마는 그저 '환상속의 그대'인
가. 정녕 그렇지 않다면 왜 이리 엄마 흉내 내기가 벅찰
까? 멋모르고 데뷔했다가 제대로 걸려들었다. 엄마는 하
늘에서 그냥 떨어지지 않는다는 사실을 깨닫게 된 여자
K의 고군분투 육아일기.

아이가 태어났다, 별천지가 펼쳐졌다

몸만 커다란 미숙아가 또 다른 미숙아를 키우다

아이를 낳고 키우기 전까지는 나는 내가 여러모로 정상인 줄 알고 살았

다. 약간의 외모 콤플렉스나 손만 대면 어지럽히는 특기는, 누가 그림은

잘 그리지만 달리기는 못하고 운전은 잘하지만 훌라후프를 못하는 것과

같은 종류라고 생각했다.

　그런데 아이를 키우면서 애정결핍에 주의력 결핍장애에다 인내심마저

평균 이하인 미성숙한 어른이었다는 의외의 현실에 맞닥뜨렸다. 추석에

혼자 앉아 송편 삼백 개 빚어내거나 더운 여름 에어컨 없이 견디는 능력

은 육아에서 필요한 인내와는 또 다른 성격이었다. '성격 까칠하다' 소리

를 엄마가 되고 나서 처음 듣게 되었으니 말이다.

나는 한탄한다. 왜 어머니는 '하늘에서 내린 심성에다 떡을 한 개 썰어도 깊은 뜻을 내리는 한석봉의 엄마 같은 사람'이라는 고정관념이 있는지 모르겠다고.

아이를 둘이나 낳고도 진정 사고 친 것 아닌가 하는 생각이 때로 드는 나로서는, 태어나서 가장 잘한 게 엄마가 된 거라고 선언하는 사람들이 부럽다. 엄마가 되어보니 육아란 몸만 커다란 미숙아가 몸 작은, 또 다른 미숙아를 키워내야 하는 악순환의 대물림이었다.

내가 미숙아인 줄 꿈에서라도 짐작했더라면 태연하게 아이를 낳아 길러보겠다고 나서진 않았을 것이다. 처녀 적부터 동네 아이들과 유난히 친했고, 조카들 자라는 모습에 갖은 애정을 쏟았던 고로 나는 육아일기를 쓰고, 기발한 이유식을 해먹이며 아이와 감동적인 대화를 하는 우량엄마가 될 것이라고 상상했다. 시누이가 결혼 전 나를 만난 소감이 "아이를 참 현명하게 키울 것 같은 언니"였다는데, 미안하다. 하지만 그거 사기 친 거 아니다. 나도 그렇게 믿었었다.

낳기만 하면 일단 엄마가 되더라나?

아이를 안고서 맨처음 느낀 것은 공포감이었다. 내가 도대체 무슨 짓을 한 거지? 하는 생각이 눈앞에 나타난 구체물(?)을 보고 떠올랐다. 자신을 떨어뜨리지 않을 거라는 무조건적인 믿음을 갖고 안겨 있는 아이를 보면서 그 믿음의 무게에 심장이 답답했다. 가끔씩 안아보던 남의 아이는 귀엽기만 한데 이 아이는 임시로 맡겨진 아이가 아니었다! 갓 태어난 아기를 안고 순수하게 기쁨의 눈물을 흘리는 산모를 보면서 나에겐 왜 저런 느낌이 없었을까 가끔 의아해했다. 출산 후 내가 한 첫 마디는 "손가락 열 개 맞아요?"였고 드디어 당면한 난국을 타개했다는 안도감이 먼저 들었다.

게다가 무사히 아이를 낳았다는 사실에 흥분되어 이리저리 전화해서 자세한 상황을 설명하느라 첫 번째 아기 면회시간을 놓칠 뻔한, 산만한 산모 또한 나였다. 아마 남들은 분만실 견학 간 줄 알았을 것이다.

맨처음 눈도 못 뜬 아이가 조그만 입을 더듬이처럼 움직여 젖꼭지를 물고는 얼굴이 빨갛게 되도록 온 힘을 다해 빠는데, 그제야 내가 정말 아이를 낳았고 엄마가 되었다는 실감이 났다. 그때 뭉클뭉클 마음속에서 일어나던 감정, 신기하고 안쓰럽고 뭔가 미안하기도 한 그 마음이 처음 경험한 모성애였던 것 같다.

한동안은 스스로 엄마라는 지칭을 하기가 어색했다. 엄마는 뭔가 훌륭해야 한다는 압박감에, 내 엄마에게 별로 좋은 딸이 아니었던 것이 켕겼던 것이다. 이런 내가 과거를 말짱 '생까고' 내 아이에게 엄마라고 하기에 영 염치가 없었다. 그런데도 남들은 나를 보고 애 엄마라고 거침없이 불러댔다. 그래서 나도 슬그머니 엄마의 자리에 등극한 것이다.

하지만 낳고 보니 모르는 게 너무 많았다. 적어도 '사람꼴'을 한 아이로 키우기 위해 일단 '조사'를 시작했다. 육아 서적이나 교육방송, 아이를 키우는 다른 엄마들의 경험담을 교과서 삼아 어떡하면 아이를 '훌륭하게'가 아닌, 어떡하면 '망치지 않고' 내게 부과된 의무를 다하나 싶어 허둥댔다. 낳아 놓으면 절로 큰다는 어른들의 말은 무사히 '자손'을 받기 위한 사탕

발림이었다. 혹시나 그 말이 정말일까 믿었던 내가 순진했다.

아이와 함께 살기

내가 낳은 아이는 내 의도와는 퍽 다르게 자랐다. 낳아 놓으면 절로 큰다는 말을 도대체 누가 만들었는지 모르겠다. 평화롭게 잠들기는커녕 엄마를 믿지 못하는지 눈 감으면 패기라도 할 것처럼 밤새 깨어 있었다. 친정엄마는 '바람 하고 아기는 해 저물면 자기 마련인데 이상하다, 이상하다'며 고개를 갸웃댔다. 나는 퇴근 후부터 거의 매일 새벽이 올 때까지 아이를 들고 있어야 했다.

어렸을 때부터 먹이는 데 유난을 떨지 않은 아이는 자라서도 이것저것 혼자 먹기는 잘한다(내가 원하는 것만 쏙 빼고). 피자를 만들어주면 빵과 치즈만 먹는다. 토핑된 야채는 떼고 먹는다. 그래서 나는 반찬 없는 피자라는 신개념 피자메뉴를 개발했다. 한번 먹어보면 뉘 집 아이 할 거 없이 열광한다. 토핑 없는데 무슨 맛으로 먹냐고? NO, NO. 진정한 피자 맛이라 찬양한다. 부추전을 구워내면 밀가루만 떼먹는다. "밀가루만 부쳐줄까?" 하면 그건 또 부추전이 아니란다.

생선을 구우면 얇은 껍질 벗겨내느라 고기가 너덜너덜해진다. 그러지 말라고 나무라면 껍데기가 무섭다고 설레발을 친다. 김밥을 말면 시금치랑 당근 골라내고 먹어서 그냥 김에 밥만 붙여줬더니 이건 김밥이 아니라 김과 밥이라고 우긴다.

그래서 밥상 앞에서 사약이라도 주나 싶어 은수저로 뒤적여대는 용의주도(?)한 아이에게 가끔 뒤통수 한번 치는 걸로 복수하기도 한다. 안 그러면 화병 나서 얼굴 본 적도 없는 시댁 삼대 조상까지 씹게 된다.

라면을 먹게 해주면 엄마의 사랑이 듬뿍 느껴진다는 이상한 아이가 내 아이다. 그래서 나는 비빔밥 먹는 아이를 키워낸 엄마가 세종대왕보다 존경스럽다. 학교를 가기 전에는 죽자고 안 자던 아이가, 학교에 입학하더니 늦잠 자느라 지각대장이 되었다. 어느 날 학교 간 줄 알았던 아이가 방 안 텐트 속에서 잠들어 있는 모습을 발견했다. 선생님에게 사유서를 쓰긴 써야 하는데 참 할 말이 없었다.

"아이가 학교 가는 모습을 끝까지 배웅 안 한 관계로 착오가 발생했습니다."

한눈에 콩가루 모녀임을 간파한 담임선생님이 간단하게 정리해줬다.

"그냥 아파서 병원 갔다고 할게요."

그래서 아침에 지각을 하든 말든 깨우지 않는 방법을 썼다.

엄마도 믿을 수 없다는 사실을 일찌감치 깨달은 아이는 지금은 혼자 일어나 여덟 시면 총알같이 사라지고 없다. 그뿐만 아니다. 너무 어린 나이에 사교육 시장으로 밀어 넣기 안타까워 스스로 공부하라고 참견 안 했더니 스스로 잘 노는 방법을 더 빨리 배워서 혼자서도 정말 잘 지낸다. 그래서 타산 없는 장사에 돈 안 쓰고 신경 끄고 살았더니 혹자는 요즘 같은 시대에 드물게 소신 있는 엄마라고 추켜세운다(경쟁자 하나 제거했다는 안도의 한숨일지도 모른다).

솔직히 소신이라기보다 '어떻게 해야 할지 모르겠음'의 마음이 크다. 마음 같아서야 인생관이 확실해서 아이의 방향을 안내해주는 그런 부모였으면 좋겠다. 하지만 19세기식 교육을 받은 내가 21세기를 살아가야 할 아이에게 어떤 그림을 그려줘야 할지 사실 막막하다. 그렇다고 남이 다하는 방식을 무작정 따라하는 것도 불안하다. 아이가 셋인 친구 K는 "좋은 교육이니 그런 것을 떠나 그냥 아이들과 친하게 지내자, 그것만이라도 잘하자"라는 마음이 아이를 키우면서 든다고 했다.

먹이고 재우고 입히는 가장 기초적인 일도 저절로 되는 건 아니니, 유능하고 건강한 부모 되는 길은 정말 멀고도 험하다.

참을 수 없는 자식의 무거움

엄마는 원더우먼, 딸은 원더걸스

점점 자라는 아이는 충족해야 할 바람직한 조건이 너무 많다. 혼자서 밥

먹고 화장실을 가는 것만으로 지붕이 무너질 듯이 호들갑을 떨며 칭찬해

주던 황금시절은 순식간에 지나간다. "아빠 할 때 아!" 하며 처음으로 한

글을 읽었을 때의 감격도 구석기시대의 유물로 봉인된다.

　살이 쪄도 안 되고 이가 썩어도 안 되고 눈 나빠져도 안 되고 키가 덜 자

라도 안 된다. 공부만 잘해서도 안 되고 왕따 당해도 안 되고 다리도 '롱

롱'하게 뻗어야 한다. 책도 골고루 읽어야 하고, 악기도 잘 다루고 인라

인 정도는 날듯이 타야 '말빨'이 선다. 모험심도 부족하면 안 되고 창의지

수도 높아야 하고 대중 앞에서 말도 잘해야 하고 옷 입는 센스도 남달라

야 한다. 이거 안 되면 대부분 '똑 부러진' 교육관 없는 엄마 탓으로 본다 (요즘 엄마는 교육컨설턴트라는 직분도 요구된다). 같이 만든 인간도 이때는 슬쩍 빠진다.

다행히 부모 닮지 않아 긴 다리에 옷맵시 나는 날씬한 딸을 보면서 부모란 인간들은 "사실은 나 닮은 거야. 내 다리 사방으로 살 빠지면 저 모양이 나와" "내 다리도 O자로 휜 거 바로 펴면 저렇게 길다" 따위로 말싸움이나 한다.

조건 없는 사랑이란 말은 어느 정도 거짓말인 것 같다. 결정적인 시험에 임해보지 않아서 모르겠지만, 나는 아이가 항상 예쁜 것만이 아니라서 당황했다. 아이가 둘인 친구가 큰아이가 미워서 입에 든 것도 뺏고 싶다고 말했을 때 왜 그리 감정적이냐며 비난한 적이 있다. 겉으로 보기에는 그집 큰아이가 작은애보다 더 멀쩡했다.

그러던 내게 둘째가 생기고 나서 나도 똑같은 과정을 겪었다. 큰아이가 자랄수록 순수하게 예쁘기만 하던 마음은 어느새 사라지고, '내 마음에 들게' 예쁘기를 바랐다. 일하는 엄마랍시고 아이를 제대로 배려한 적도 없건만 아이에게 엄마와 동생을 알아서 배려해주기를 바라고, '독립적'인 것이 좋은 거라고 우기며 혼자 다 하라고 던져줬다. 사실 그렇게 주장하는 이면에는 엄마의 직무유기라는 떳떳하지 못한 심보가 분명 있다. 그런 나를 발견하고는 죄책감 느끼고 반성하고, 그다음 날 또 미워하고를 반복하다 보면 내가 제정신 가진 사람이 아닌 것 같다. 도무지 이성이라고는 찾아볼 길 없는 무식한 엄마의 모습이다. 그런데 그 미워하는 부분을 가만히 살펴보면 바로 내 자신의 모습이다. 물려주고 싶지 않았던 유산을 신통하게 알아서 챙기는 눈치 없는 큰아이를 보면 귀신이 있긴 있구나 싶다. 아니 왜, 지가 본 적도 없는 엄마의 어린 시절 바보행각을 복제하냐고요. 귀신이 곡할 노릇이다.

이렇게 기준 없이 신경질을 부리는 원초적인 모습을 내 아이에게 가장 많이 보이게 될 줄은 몰랐다. 마음속으로는 저 아이가 내 마음을 이해하겠지 싶은데 따져보면 나이 많은 내가 이제 갓 세상을 배우는 아이를 이해해줘야 이치에 맞다. 그런데도 이성보다 감정을 앞세워 어린 시절을 통과하는 아이에게 따뜻한 엄마가 되어주지 않는 나를 발견할 때는 아무나 엄마 역할 맡는 게 아니지 싶다.

왜 그렇게 잘해야 되는 '기본'이 많은지 왜 그렇게 잘 키우는 게 엄마한테 달렸다고 전문가들이 충고하는지. 일터에 가서 '아이 핑계'를 대는 것은 최하의 변명으로 취급받고 아이에게 '엄마, 일 때문에'라고 하면 엄마 같지 않은 엄마로 남게 되니 도대체 중심을 잡을 수가 없다.

나이 많은 아이가 나이 어린 어른을 키우다

어느 날, 열 살 딸아이의 일기장을 훔쳐보았다. 지금의 우리는 서로 비밀이 많고, 싸이(월드)도 같이 오고 가지 않는 독립적(?)인 모녀지간이다. 둘째딸이 태어나기 전까지만 해도 '세상에 둘도 없는 친구'를 얻은 듯 사이가 돈독했다. 하지만 또 다른 아이한테 줄 사랑이 남아 있을까 궁금해 하던 나는 둘째를 가슴에 안고 안면을 바꾸었다. 아이가 하나일 때와 비교

할 수 없는 육아전쟁 모드로 돌입한 것이다. 사실은 아이와의 전쟁이 아니라 나와의 전쟁이었다.

2007년 6월

"낮에 치킨을 먹고 속이 이상했다. 고모랑 빕스 다녀온 뒤에 그랬다. 할머니가 매실 엑기스를 타서 주고 배를 만져주셨다. 우리 집에 있었다면 어림도 없다. 내가 배 아프다고 하면 엄마는 "웬만해선 안 죽어" 하며 참으라고 한다. 내가 열이 펄펄 끓어야 물수건 하나 달랑 얹어주는 게 전부다. 우리 엄마는 원래 얼음심장을 가진 분이시다."

2007년 8월

"나는 4박 5일 동안 일본을 여행하고 왔다. '아람단' 단원끼리 갔다 왔다. 같이 가기로 신청했던 친구들이 엄마 보고 싶을까 봐 나만 빼고 다 포기했다. 그래서 다른 학교 5학년 언니랑 같은 방을 썼다. 조금 그렇긴 했지만 그래도 일본에 가고 싶었다. 그런데 내가 일본 가는 날, 우리 집은 이사 갔다. 그래서 나는 할머니 집으로 와서 아빠가 나를 데리러올 때까지 기다렸다. 이사 간 집은 어떨지 궁금하다. 할아버지는 내가 대단하다고 하셨다. 어린아이가 일본까지 갔다 온다고. 할아버지 선물로 볼펜을 드렸더니 기뻐하셨다."

2007년 10월

"오늘 동생이 자꾸 떼를 써서 엄마가 회초리를 들었다. 동생은 더 크게 울고 난리가 났다. 엄마는 안방으로 문을 잠그고 들어가 버렸다. 내가 동생을 달래도 안 된다. 동생은 엄마만 달랠 수 있다. 나는 동생이 엄마를 힘들게 하는 건 맞지만 그래도 엄마가 좀 더 참았으면 한다. 왜냐하면 때려봤자 고치지도 않고 더 울기 때문이다. 엄마가 힘들어서 간이 나빠졌다고 했다. 나는 엄마가 빨리 죽을까 봐 걱정이다."

딸의 마음속에서 차갑고, 자신을 돌보지 않고, 소용없이 화를 내는 무심한 엄마의 모습을 발견하자 눈물이 났다. 자기 전에 동화책을 읽어주고 세 살이 될 때까지 밤새 업어서 재우던 모습은 기억에서 삭제되었고, 열 살 아이에게 스무 살의 분별력을 요구하는 냉정한 엄마가 있을 뿐이었다. 평균적으로 온화한 사람이라는 소리를 듣는 내가 왜 내 아이에게는 이럴까 하는 자책감에 빠질 수밖에 없었다.

딸의 일기장 속에는 나의 어린 시절과 비슷한 아이가 들어 있었다.

나는 얌전하고 부끄럼 많은 아이였지만 방학이면 친척집에 한 달씩 가 있곤 했다. 육남매를 키우며 매일의 일과에 지쳤을 엄마가 아이 한 명이라도 떼어놓고 숨을 고르기 위한 일종의 자구책이었다. 집성촌을 이루고 사는 친가에 가면 작은집, 종조부집, 고모집들이 있었고 사나흘씩 집을 옮겨 다니며 방학 내내 지내다 개학 이틀 전쯤에 집으로 왔다.

하나쯤 없어져도 전혀 허전하지 않았을 많은 아이 속에서 친척집 순례를 한 아이는 나밖에 없었다. 동생도 오빠도 엄마 옆에 있었다. 내가 제일

어정쩡한 서열이었는지 아니면 다른 애들은 안 가려고 난리쳤는지, 어쨌든 초등학교를 졸업할 때까지 큰 가방을 들고 혼자서 완행버스를 타고 내려야 할 곳에 못 내릴까 마음 졸이며 시골로 내려갔다. 어른이 된 지금도 복잡한 시내버스를 타면 제때 못 내릴까 걱정하는 걸 보면 아직도 그때의 두려움이 남아 있는 것 같다. 아직 어린아이에 불과한데 혼자서 잘하기를 요구받고, 여행을 가든 소풍을 가든 제 보따리 제가 싸서 가는 딸아이를 보면 그때의 마음이 떠오른다.

나는 그 마음을 이해해주는 엄마가 되어주질 않고 똑같은 것을 요구하는 엄마가 되어 있었다. 따뜻하고 친구 같은 엄마라는 목표에서 멀어지고 미숙한 인격의 아이를 간직한 채 딸과 싸우는 이상한 엄마가 된 것이다.

그 '마음속 불행을 느꼈던 아이'는 내 아이를 돌볼 때마다 불평하며 튀어나와 자신도 사랑해달라고 요구한다. 사랑으로 아이를 안고, 한없는 인내로 기다려주고, 좋은 것만 주고 싶은 내 마음은 팥죽 끓듯 하는 '변덕'과 '냉담한 대응'으로 쉽게 변질되어 표현된다. 아이 앞에서는 엄마가 아니라 잘 삐치는 계집애처럼 군다. 아이 엄마가 되어서 나의 엄마를 이해하는 새로운 경험을 하게 된 것이다.

이래저래 불량한 엄마 때문에 저 아이 인생이 왜곡될까 무서워 도망가고 싶을 때가 있다. 애초에 한석봉 엄마나 맹자 엄마가 되는 건 꿈도 꾸지 않았다. 그냥 보통의 엄마도 쉽지 않기 때문이다. 남편은 맘에 안 들면 헤어질 수도 있는 남이지만, 아이는 죽을 때까지 그럴 수 없기에 훨씬 더 무거운 존재이다.

죽음의 문턱에 다녀온 친구가 말했다.
"남편은 전혀 불쌍하지 않더라. 다만 내가 세상에 내놓은
저 아이들을 어찌할지……"
아이는 참으로 무거운 존재이나 또한 살아가야 할 이유가
되기도 한다. 아이 때문에 울고 웃는 이웃 언니들의 "그래
서 삶은 계속된다"는 이야기.

나와 이 세상을 이어주는 끈

아이, 엄마 그리고 인생

아이는 태어나서 세 살까지 평생 할 효도를 다한다고 말들 한다. 엄마들
은 아무리 몸이 지쳐도 아이의 티 없이 웃어주는 미소 한 번에, 말랑말랑
품에 안겨오는 부드러운 감촉에 고단함을 잊고 물고 빨며 부대낀다. 세
살까지의 아이에게 바라는 건 단 하나, 건강하게 먹고 자고 싸는 것이다.
기저귀에 싸놓은 똥을 보고 "예쁘게도 잘 쌌네"라고 해주는 유일한 시절
이다.

어느 날, 밤새 못 자고 지친 얼굴로 아이를 유모차에 태우고 시장에 가
는데 지나가던 할머니가 그러셨다.

"그때가 힘들어도 좋은 시절이야. 인생의 봄날이지."

곤히 자는 아이의 얼굴을 바라보면 온갖 근심걱정이 사라지는 것은 맞다. 하지만 아이를 키우다 보면 밤부터 아침까지 풀타임으로 자보는 게 남북통일보다 더 간절한 소원이 되고, 탱글탱글 빛나던 피부가 수면 부족으로 푸석푸석해져 거울을 보면 화들짝 놀라게 되는 일이 빈번한데 지금이 좋은 시절이라고? 인생의 봄날이라고?

"방 안에 애 깨끗이 씻겨 재워놓고 마루 반들반들하게 닦아놓으면 얼마나 기분 좋니? 너는 그 재미 모르지? 참 그때가 재밌었다."

친정엄마도, 일과 육아를 함께하느라 파김치가 되어 엎드려 있는 딸을 나무라며 한 말씀 던졌다.

"엄마는 마루만 닦으면 됐었지, 나는 애 키우며 일하는 것만 해도 죽을 지경이야."

그에 질세라 이렇게 쏘아대곤 했다. 거기다 (워킹맘의 고정 레퍼토리인) 애한테 항상 부족하다는 죄책감까지 추가!

왜 이리 엄마는 해야 할 일이 많은지, 왜 힘껏 노력해도 좋은 엄마 소리 못 듣는지 우거지상으로 푸념하는 내게 외동아이 키우는 후배가 말했다.

"아이랑 씨름하면서 웃고 울고 하는 게 그냥 인생 같아요. 그러니까 이런저런 고민하는 것도 당연한 거고. 부족하다 너무 괴로워 마요. 인간이 불완전한데 완벽한 엄마가 어디 있어? 엄마가 너무 완벽해도 애가 답답할걸."

맞다. 어차피 완벽한 엄마는 없다. 내가 좀 미숙하고 부족해도 제가 자라 우리 엄마도 그저 불완전한 인간이라 생각하며 이해할 것이다. 그때를 기약하며 덜 미안해하기로 했다.

하긴 완벽한 엄마 되기가 이렇게 힘든데 완벽한 자식 노릇하기는 얼마나 힘들까. 내가 엄마 노릇 대충하면 저도 부담 없이 제 나름의 인생을 펼칠 것이다.

있는 그대로 사랑하라

"언니에게 아이는 어떤 존재였어?"

내가 바라는 '친구 같은 엄마'가 된 선배에게 그 비결을 물어보았다. 그녀는 어린 시절 '암'으로 엄마를 잃었다. 그래서 그녀가 자신의 아이들에게 요구하는 것은 '암 걸리지 않게 사는 것'이다. 당연히 삶의 방식은 스트레스를 최소화하는 데 중심을 둔다. 기본적으로 공부든 뭐든 잘하는 아이들이긴 하다. 하지만 수험생 딸에게 "암 걸릴 만큼 공부하지는 마"라고 했더니 아이가 벽에 머리를 박으면서 "엄마, 엄마도 제발 나가서 정보 좀 주워 오고, 나보고 공부하라 잔소리 좀 해줘"라고 하더라는 것이다. 딸애는 이어 "그간 내가 너무 놀았던 거였어" 하더란다.

그러면서 딸과 다투고 집나간 엄마에게 "엄마, 엄마 늙어서 벽에 똥칠

해도 안 봐준다는 말 취소야. 내가 돌봐줄게. 조금만 놀고 집으로 돌아와"
하는 문자를 보내는 어른스런 딸이다.

그렇게 철없는(?) 엄마인 선배가 대답했다.

"아이는 나와 이 세상을 이어주는 끈이지. 아무리 지쳐도 살아야 할 이
유를 부여하는 존재이면서 부족한 나를 끊임없이 단련시키는 최대의 연
단도구라 할까? 그런 면에서 감사해야 하는 존재지. 우리가 결혼하고 아
이를 낳으면 어른 대접을 해주는 경향이 있잖아. 아이를 키우면서 인내나
배려심 같은 것을 더 갖추게 되니까 그런 것 같아. 이다음에 아이가 어른
이 되면 있는 그대로의 자신으로 살 기회가 적어지잖아. 집에서 자랄 때,
그 시간이 별로 긴 것도 아닌데 아이를 있는 그대로 사랑해주자 생각하
면서 키워. 아니, 키운다기보다 제가 크는 거지. 어릴 때 밥도 그렇게 안
먹더니 지금은 먹지 말라고 말려야 돼. 이럴 줄 알았으면 그때 덜 야단치
는 건데."

있는 그대로를 사랑하기란 이렇듯 쉬운 것 같으면서도 어렵다. 남자를
사랑하거나, 아이를 사랑하거나 방법은 똑같은가보다. '이래서 사랑해'가
아니라, '그럼에도 불구하고 사랑해'여야 통한다는 것은…….

천사의 얼굴을 본 적이 없다면 아이를 낳아보라. 모든 엄마는 인간의 몸으로 천사를 낳는 기적을 이루었다. 그런데 아뿔싸, 천사 같은 아이를 두고 벌어지는 소리 없는 전쟁이 있었으니~ 두 이웃언니가 들려주는 "내 아이는 전쟁유발자"

아이는 전쟁을 일으킨다?

아이는 누구를 닮아야 세계평화에 기여하는가?

자식도 남편과 마찬가지로 등급이 있다. 공부 잘하는 자식, 성격 좋은 자식, 몸 하나는 건강한 자식. 가장 나쁜 등급은? 지 애비 쪽 빼닮은 자식!

　수수녀 P가 열두 시간의 진통 끝에 첫아이와 대면했을 때, 그녀는 '오마이갓'을 소리 없이 외쳤다. 그녀는 부모의 장점만 골라 닮는 것까지는 바라지도 않고 최후의 마지노선을 정해둔 게 있었는데 할머니 얼굴만 닮지 않았으면 했다. 어려서부터 하도 유순해 제 입에 든 것도 빼앗기게 생겼다는 평을 듣던 그녀는, 전쟁터에서 최후의 생존자가 될 것 같은 이미지인 시어머니 얼굴이 왠지 불편하고 무서웠다. 실제로 최후의 생존자가 되는 건 권장할 덕목이긴 하나, 그것을 얼굴에 대놓고 드러낼 필요는 없다고 생각했다. 그래서 마음속으로 아이가 생기면 '제발 시어머니는 사양'이라고 생각해왔다. 남편은 그런 엄마의 얼굴을 찍어낸 듯이 닮아서, 둘이 같이 앉아 있으면 비장(?)해 보이기까지 한데 거기다 하나 더 보태게 생겼다.

오, 한 방울 피의 힘이 이렇듯 강력하다니! 실로 설마 하며 외모태교에 무심했던 자신의 무성의를 통탄하지 않을 수 없었다.

아이는 자라면서 한 걸음 한 걸음마다 '삼십 년 전 전설 속의 그 아이'를 재현해냈다. 길 가던 사람들이 죄다 되돌아와서 입을 대던 출중한 인물(순전히 시어머니의 주장이다), 한 손으로 개미 일곱 마리를 때려잡던 용맹함, 세 살 때 누나의 등 너머로 배운 제 이름 석자를 손가락으로 가리키던 총명함, 조그만 소리에도 반짝 눈을 뜨는 칼날 같은 이성의 그 아이, 바로 그녀 남편을 말이다.

날로 자라나는 아이의 예쁜 짓을 흐뭇하게 바라보며 '지 애비 쏙 빼 닮았다'는 둥, '씨 도둑질은 못한다' 는 둥 하는 시부모의 합창은 아들 자식이기에 더한 것 같았다. 병원에서 퇴원한 뒤 처음 손자를 품에 안아보고 시어머니가 외친 말이 있었으니, "삼십 년 만에 보는 고추다!"였다(21세기 한국에서 아직도 '작은 고추'의 위력은 허리케인급?).

손자에 대한 애정이 이성을 마비시킬 정도라는 것은 나무랄 이유가 없었다. 아이를 깨끗이 씻기고 난 뒤 세상모르고 자는 모습을 보면 그녀 자신도 '이렇게 예쁜 생물이 세상에 있다니…' 하는 불가사의한 마음이 드는데 시부모는 왜 그렇지 않겠는가? 그런데 묘하게도 기분이 상하는 것은 누가 봐도 엄마를 닮은 부분조차 시댁 쪽과의 연관성을 애써 부각시키려

할 때였다. 도대체 그 밑에 깔린 메시지는 뭘까?

아들이 그녀를 닮은 유일한 곳은 바로 숱 많은 눈썹이었다. 멀리서 봐도 '숯 검댕'으로 그린 듯 무성한 눈썹은 그녀와 아들을 모자지간으로 봐주는 유일한 단서였다. 어느 날, 시아버지 생신 밥을 차려먹고 차를 마시는데, 손님으로 오신 이웃집 노인이 "그놈 눈썹이 참 좋다. 누굴 닮아 저리 잘생겼노?" 하며 덕담을 건네셨다(참고로 P의 남편은 머리카락과 눈썹 수가 남들보다 한참 부족하다).

그때 냉큼 시어머니가 말을 받아쳤다.

"아, 제 고모 닮았다 아닙니까? 제 고모가 어릴 때 눈썹이 참 잘생겼지."

너무 어이가 없어 할 말을 잃은 그녀가 '눈썹을 휘날리며' 과일 접시를 가져다놓자 눈썹 문신의 부작용으로 순악질 여사가 돼버린 시누이가 웃으며, "어느 집 없이 시어머니들은 왜 다 그런지 몰라. 우리 엄마도 별수 없네?" 하고 깔깔댔다.

"아이구, 네가 지금은 그렇지만 어릴 때는 안 그랬어. 얼마나 눈썹이 예뻤는데~."

끝까지 인정하기 싫은 시어머니가 궁색한 변명을 늘어놓자, "이놈이 왜 제 엄마를 안 닮고 고모인 나를 닮아?" 하고 시누이가 그녀에게 눈을 찡긋했다.

그랬다. 아이가 태어난 후, 그녀는 이상하게 시댁에만 오면 장점이 하나도 없는 사람 취급을 받았다. 아이의 좋은 점은 죄다 아빠를 닮아서란다.

딱히 엄마 닮았다고 들이밀 구석이 없을 만큼 외모가 아빠를 닮긴 했지만 성격이나 기질도 모두 아빠만 닮았다니 은근히 기분이 상했다. 딱 하나, 엄마를 닮았다는 경우가 있긴 했다. 아이가 아프기라도 하면, 한숨 쉬듯이 덧붙이는 말이 "에구, 하필 더러운 것(허약한 체질)도 닮아서~"이다. 물론 더러운 것 앞에 생략된 단어는 '지 어미'다(참고로 P는 중고교 시절 학교 대표 단거리 선수였다).

도대체, 왜, 좋은 아이가 태어나려면 양쪽의 장점을 골고루 받아야지 시댁을 닮아야만 환영을 받을까? 그녀는 자신이 시어머니가 되면 저 마음이 이해될까 생각하다 하루는 남편에게 물었다.

"당신은 자신이 백퍼센트 맘에 들어?"

"아니, 그런 사람 드물지 않나? 왜?"

"나도 애가 나만 닮았다면 싫을 것 같아. 그렇다면 두 사람을 적당히 섞는 게 좋은 것 아닌가? 그런데 왜 애가 당신을 다 닮아야 하는 거지? 나는 그 이유가 궁금해."

"자기 아들을 절대적으로 좋아하는 우리나라 어머니들 마음 아닌가?"

"우리 엄마는 안 그렇거든?"

"장모님도 마찬가지거든?"

또 결론 안 나오는 싸움 레퍼토리만 하나 늘었다.

어쨌든 그녀의 집에서는 아들을 부르는 호칭이 몇 개 있다.

아들, 귀염둥이, 꼴통, 리틀베어.

하지만 그녀한테 꿀밤이라도 쥐어 박히는 날에 듣는 소리는 하나다.

"에라이, 이 지 애비 쏙 빼닮은 녀석아! 너 언제 인간될래?"

이상한 엄마들이 왜 이렇게 많아? 나만 빼고!

애를 둘러싼 해답 없는 전쟁은 비단 집안에서만 일어나는 것이 아니다. 시댁에서의 수모를 하소연하는 P에게 친구인 예민녀 K 역시, 만만찮은 수모를 호소했다. 이른바 '나는 왜 동호회를 탈퇴하였나?' 사건.

예민녀 K가 아파트 내 동갑내기 아줌마 모임에서 탈퇴한 것은 순전히 네 살짜리 딸아이 때문이었다. 아니, 정확히 말하자면 딸아이를 괴롭히는 다섯 살 사내아이의 엄마 때문이다. 여섯 명의 아줌마들이 육아정보를 공유하려고 모였던 이 모임이 초창기에는 무료한 그녀의 일상에 활력이 되었다. 차가 있는 멤버의 승용차를 얻어 타고 쇼핑을 가거나, 문화센터 수업도 함께 가고, 가끔 볼 일이 있을 때는 서로 아이를 봐주기도 해서 좋았다. 그런데 아이들이 부대끼는 시간이 늘면서 예기치 못한 일들이 생겨났다. K의 딸은 소심하고 낯을 많이 가려 또래 아이들과 잘 섞여 놀지 못했다. 게다가 몸이 약해서 감기를 달고 살았다. 그녀는 불안해서 아이를 혼자 두지 못했는데 덕분에 딸은 아줌마들 사이에서 '껌딱지'라는 별명으로 불렸다.

예민녀 K는 허약한 딸을 위해 음식에 특별히 신경을 썼다. 구하기 힘들고 비싸도 유기농 재료로 해먹였고 과자나 음료에 입맛을 길들이지 않으려 애썼다. 다른 엄마들이 과자를 나눠줘도 손사래를 치며 거절해서 상대를 무안하게 한 적도 제법 있다. 깔끔한 엄마를 닮아 딸에도 아무거나 덥석 먹으려 들거나 뒹굴며 노는 일이 없이 항상 입고 나온 옷 그대로 하루종일 유지하는 여성스러운 아이였다(혹자는 아이 같지 않은 아이라 한다). 그런데 모임 멤버 중에 무던녀 M이 걸핏하면 육아에 대한 코치를 하면서 그녀의 신경을 건드렸다.

"어차피 학교 가고 애들이랑 어울리면 나쁜 음식도 먹게 될 텐데 그래봤자 소용없어."

"아무거나 먹이는 우리 애는 잘 안 아픈데, 그 집 딸은 왜 그래?"

"엄마가 하도 떠받드니까 애가 낯가리는 거지. 나 같으면 금방 때려잡아(!) 바로 잡아놓겠다."

농담처럼 건네는 말인데도 그녀는 자신을 비꼬는 것 같아 기분이 별로 좋지 않았다. 특히 아이를 때려잡겠다는 말을 들으면 우리 딸이 때리고 싶을 만치 밉상이란 말인가 싶어 속이 상했다. 웃으며 하는 말이지만 그럴 때마다 예민녀의 표정이 굳어지는 것을 숨길 수는 없었다.

그런 그녀의 눈에 M은 성격이 좋은 건지, 개념이 없는 건지 아이를 너무 방치하는 듯해 보였다. 제대로 씻기지 않고, 하루 종일 무분별하게 텔레비전 보게 하고, 어린 아이에게 청량음료도 먹였다. 일요일 아침 다들 늦잠을 즐기는 시간에 아이를 이웃집에 놀러가게 놔두거나, 독립심을 키운다고 혼자 길 건너 슈퍼에 과자를 사러 보내기도 했다. K에게도 그런 M의 육아방식은 이해하기 어렵고 공감할 수 없는 것이었다.

그러던 어느 날, 놀이터 구석에 혼자 앉아 나뭇가지로 그림을 그리는 K의 딸아이에게 M의 아들이 상처를 입혔다. 엄마들이 과정은 보지 못했으나 이마에 생채기가 생겨 까딱하면 흉터로 남을 수 있었다. 너무 속상해서 K가 M의 아들에게 싫은 소리를 한마디 했더니 무던녀 입에서 사과는 커녕, "애들끼리 놀다 그럴 수도 있는 거지" 하는 소리가 나왔다. 그런데 그 말투에 왠지 뭔가 오래 참고 있던 사람처럼 감정이 실려 있었다.

그날 이후로 K와 M은 서로 피해 다녔다. 아는 처지에 대놓고 싸울 수도 없고, 그렇다고 같이 놀자니 스트레스가 장난이 아니었다.

그녀가 모임에 두어 번 빠지자, 회장이 동정을 살피러 찾아왔다. 얘기 끝에 무던녀의 육아방식에 대한 이야기가 나왔고, 회장도 그녀의 방식이 너무 원칙이 없는 거 같아 싫다고 했다. 그녀는 덕분에 그간 쌓인 불만을 슬그머니 털어놓았다. 맞장구쳐줄 동지를 만나 그간의 서러움을 다 털어버리릴 작정이었다. 하지만 예상은 빗나갔다.

"하긴, 자기가 애한테는 좀 유별나잖아. 남들 보기에 살짝 불편할 때 있지. 무던녀도 자기 보면 속에서 올라온대. 애 너무 모신다고."

나름대로 객관적이라 주장하는 회장이 자기 딴에는 형평성을 맞춘다고 그랬는지, 한마디 흘리고 떠났다. 그녀는 이중으로 두들겨 맞은 기분이었다. 그러는 회장은? 가끔씩 사람이 많은 곳에서도 아이의 마음은 아랑곳하지 않고 여섯 살짜리 딸아이 등짝을 후려갈기거나, 수틀리면 발가벗겨서 문밖에 세워두는 무서운 엄마가 아닌가?

도대체 다들 왜 그렇게 이상하게 아이를 키우는 건지, 남의 집 애들은 왜 그렇게 객관적으로 보이는 건지, K는 이후로 두문불출하며 자기 맘대로 애를 키우기로 결정했다.

시댁에 가면 밥 먹이는 걸로, 친정에 가면 병원 가는 걸로 늘 어른들의 '지도편달'을 받아야 한다. 그것만 해도 사흘 스트레스 감인데 또래 아줌마들과 또다시 신경전을 벌이기가 싫었다.

'어떻게 키우는 것이 정답인지 다 안다면 세상에 똑같은 유형의 사람만 살게 되겠지? 내가 예민맘인 거 나도 알고 있다. 그렇다고 무던녀 당신도 만만찮아. 너무 무던해서 남에게 민폐 끼친다는 거 알고나 있어? 회장님, 아니 매사에 지성미가 넘치는 당신이 애한테는 어찌 그리 무식한지요? 혹시 무식을 용감한 걸로 착각하고 있지는 않는지? 애가 불쌍해 보여.'

그녀는 혼자 실컷 투덜댔다.

어떻게 키워야 정상 범주에 드는 건지, 왜 다들 자기 방식이 가장 이성적이라 생각하는지, 그놈의 육아법에는 학파도 여러 갈래였다. 그런데 다들 이상하다. 나만 빼고!

"이제 이상한 여자들하고 안 어울리기로 했어."

많고 많은 '이상한 엄마' 중의 한 명인 예민녀 K는 이렇게 모임에서 사라졌다.

과연 아이는 누구를 닮아야 하며, 누구 방식대로 키워야 모두가 평화롭게 공존할까?

무자식이 상팔자? 제 한 몸 편하자고? NO, NO.
이기적이고 쿨해서가 아니라 지구의 미래(?)가 걱정돼서
아이를 낳지 않은 여자 P의 이야기.

노키드?

임신과 출산, 한없이 두려운 무엇

1. 지나가는 아이만 봐도 소리 지르며 귀엽다 외친다.

2. 조카 사진 들고 다니면서 남들에게 자랑한다.

3. 십 대 시절, 미래의 내 아기 이름을 지은 적이 있다.

4. 아이 갖고 싶어서라도 결혼을 하리라 생각한다.

나는 위의 문항 중에서 해당되는 사항이 단 하나도 없었다. 조카가 무려
열 명이나 되지만 너무 예뻐서 사진을 갖고 다니거나 안부 전화한 적 없
다. 가끔 귀여운 아이를 보면 고개를 돌려보기는 하지만 그 시간은 삼 초
이상 가지 않는다. 그러니 3번과 4번은 생각해봤을 리 만무하다. 오히려

내가 초등학생일 때 태어난 첫째 조카와 유치한 권력다툼을 했을 정도니, 막내라 철이 없었던 게 이유일까? 내 눈에 아이는 한없이 사랑해주고 보살펴달라고 조르는 번거로운 존재로 비쳤다. 예쁜 짓 좀 해주고 그 백만 배 이상을 뽑아먹는 대단히 이기적인 존재가 바로 아이라 생각했다. 나만 봐도 자식 키워봐 봤자 아무 소용없지 않은가(엄마 미안해).

그런데도 결혼을 하면 막연히 아이를 낳을 생각이었다. 인류는 여자들이 아이를 낳아왔기에 지금껏 존속해왔고 나 또한 그렇게 해서 태어난 존재니 언젠가는 아이를 낳겠지 싶었다. 다만 결혼 초에는 임신과 출산이란 문제가 너무 거대하고 두려워 최대한 미루는 게 상책이라 생각했다. 마음의 준비도 안 돼 있었다. 전업주부 체질이 아닌데 임신으로 일을 잃을까 걱정됐고 인생 진로 바뀐 탓을 애한테 돌릴까 봐 두려웠다.

또 손발이 묶여 자유를 잃는 것도 달갑지 않았다. 비겁한 변명일지 모르지만 애를 낳을 환경도 아니었다. 당시 기준 비흡연자보다 흡연자가 더 많은 부서 구성원에 기혼자라고는 나 혼자뿐이고 직업 특성상 배가 부른 채 취재 다니는 것도 엄두가 나지 않았다. 애를 키워줄 사람도 마땅찮았지만 무엇보다 출산의 공포가 컸다(다들 죽도록 비명을 지르지 않는가).

기혼자라면 누구나 듣는 소리, '애는 언제?'라는 말도 숱하게 들었다. 친정엄마는 시부모보다 더 극성스럽게 전화기만 잡았다 하면 "애 낳아라"로 시작해 "애 낳아라"로 끝냈다. 다행인지 불행인지 남편도 애 욕심이 없어 빨리 가족을 이루라는 시누이의 잔소리에 대놓고 이렇게 맞섰다.

"난 애 낳으려고 결혼한 게 아니야."

고집 센 남녀가 만나 아무도 못 말리는 커플로 등극한 것이다.

아이를 낳지 않은 수만 가지 이유

세월의 힘인지 삼십 대 중반으로 접어들자 애가 예뻐 보이기 시작했다. 남편도 TV 속 아기를 보면서 "저놈 참 귀엽네"라는 소리를 간간이 했다. 드디어 우리에게도 출산의 적령기가 온 것인가 하는 생각이 잠시 들기도 했다. 그리고 출산의 두려움 따위는 이미 사라졌다. 아니 애를 키우는 것에 비하면 출산은 순간이요, 새 발에 피란 것을 깨달았다는 게 맞다. 그러자 아기를 낳는 문제가 보다 무겁고 무서워졌다. 매일 아침저녁으로 접하는 각종 사건사고는 나를 겁주기에 충분했다. 비단 실종이나 유괴 등 상상조차 싫은 흉악범죄뿐 아니라 자폐아 증가, 초등학생 자살, 무서운 중고생들, 날로 치솟는 사교육비, 대학등록금 1천만 원 시대, 청년실업 심각, 지구온난화 가속 등 정치·경제·사회·교육·환경 등 모든 분야의 뉴스가 '노키드'에 힘을 실었다. 예로부터 어른들이 구더기 무서워 장 못 담그느냐고 말씀하셨는데 그게 바로 나였다.

그렇게 어영부영 시간이 흘러가는 사이 가장 친한 고등학교 동창은 무려 세 아이의 엄마가 됐고 나보다 한 살 많은 친구는 서른일곱 살에 첫 아이를 가졌다. 동그란 배를 안고 오랜만에 만난 그녀는 "후회 안 할 자신 있니?"라고 물었다. 그리고 덧붙였다.

"만약 1퍼센트라도 애 낳을 생각이 있으면 하루라도 빨리 임신해라. 나도 생기면 낳고 아니면 말고 하면서 시간을 보냈는데 안 낳으면 후회할 것 같아 임신했더니 하루가 아쉽더라."

정말 후회 안 할 자신 있나? 스스로에게 질문을 던져봤다. 분명한 것은 결혼 초와 비교해 많은 것이 달라진 게 사실이다.

첫째, 이제는 전업주부 되는 것도 일을 관두는 것도 무섭지 않다. 일은 하고 싶으면 지금 일이 아니라도 뭐든 하면 된다.

둘째, 손발 묶여서 여행 못 가는 것도 크게 아쉽지 않다. 그동안 아시아 6개국, 유럽 3개국, 오세아니아 1개국, 북아메리카 1개국을 가봤는데 슬슬 지겨워지기 시작했다. 나 혼자 세상 구경하는 것보다 남편과 함께하는 게 더 좋다는 것을 깨달아버린 까닭이다.

셋째, 배부른 채 일하는 거 지금껏 내가 참아온 상사들을 생각하면 거의 껌이다. 내 청춘(?)을 바쳐 그들과 일했지만 지금은 거의 절교(?) 상태다.

넷째, 애 키워줄 사람은 여전히 없지만 찾아볼 의지는 있다. 정 안 되면 내가 키우고.

다섯째, 출산 공포가 사라졌다. 남들 다 하는데 나라고 못할쏘냐. 오히려 늙은 산모라 애 건강이 걱정이다.

대신 새로운 걱정거리가 생겼다. 한마디로 지금 낳아도 애가 대학 갈 나이면 남편이 예순인데 과연 이 사태를 어떻게 해야 하나?

아이, 낳을 것인가? 말 것인가?

"애한테 드는 돈이 상상초월이다. (아이 이빨을 보여주며) 이게 120만 원이다."

요즘 보기 드물게 애를 셋이나 둔 친구가 한숨을 쉬며 말했다. 또 다른 목동 아줌마도 덧붙였다.

"하나 틀린 말 아냐. 요즘 자녀수는 시댁의 경제력을 대변한다잖아."

낳아놓기만 하면 저절로 크는 게 절대 아니라는 말씀이다.

"당신은 애 어떻게 할 거야?"

최근 남편에게 진지하게 물어봤다. 오랫동안 둘 다 출산문제를 미루고 있었고 시간이 흐르면서 '노키드족'으로 굳어가고 있었기에 굳이 서로의 입장을 묻고 듣지 않았다. 그러나 둘의 나이를 생각해서라도 이 문제를 더 이상 미룰 수가 없었다.

남편은 눈치를 슬쩍 살피더니 확고한 표정으로 '노키드'를 주장했다. "나이가 들수록 점점 분명해지고 있어. 네가 동의하면 안 낳고 싶어."

남편은 부모의 자격요건 중 경제적인 부분을 비중 있게 고려했다. 특히 목동과 강남의 교육 열기를 엿본 이후 그 생각이 더 강해진 것 같았다. 초등학생을 대상으로 영어에세이를 가르치는 강남 소재 한 학원의 경우, 한 달 수강료가 무려 120만 원에 달했다. 비록 맞벌이지만 집 장만하느라 대출받은 억대 빚을 생각하면 결코 감당하기 쉽지 않은 비용이다. 남편은 점점 심화되는 빈익빈 부익부 현상를 언급하면서 갈수록 경쟁이 치열해질 것이라고 우려했다. 한마디로 자수성가라는 단어가 사전에서 사라질 전망이라는 것이다.

"우리 아이들은 우리 때보다 훨씬 먹고 사는 게 힘들어질지 몰라. 부모로서 자식 앞가림 정도는 시켜줘야 하잖아. 내가 좀만 빨리 자리가 잡혔으면 또 몰라. (상대적으로 안정된) 지금 회사 들어간 게 삼십 대 후반이잖아.

정년도 점점 짧아지는데 노후대비 시작할 나이에 애를 낳아서 남들만큼 해줄 수 있을까?"

실제로 아들딸 하나씩 둔 남자 선배는 요즘 불면증에 시달리고 있다. 커가는 자식 교육비에, 병든 노모 병원비, 만의 하나 지금 회사에서 잘못될 경우를 대비한 미래대책까지 도무지 잠이 안 온다는 것이다.

"딸애는 알아서 공부를 잘해. 근데 잘해도 문제야. 최근 수재들만 들어간다는 영어학원에 떡하니 붙었는데 학원비가 장난 아냐. 합격한 애를 공부 안 시킬 수 없잖아. 아들은 내가 봐도 잘하는 게 하나도 없어. 나중에 어디 취직이라도 할 수 있을지 캄캄해."

자식은 사랑으로 키운다 하지만 요즘은 돈도 사랑에 포함되고 있는 게 현실이다. 그렇다면 '무자식이 상팔자'란 격언을 받아들여 지금처럼 둘이 살 것인가? 아니면 수많은 두려움과 책임감을 감수하고 가족을 늘릴 것인가? 아직도 결정 못 내리고 고민하는 나에게 목동 친구는 말했다. 그는 애를 가지려고 인공수정까지 불사했다.

"넌 남편하고 사이가 좋잖아. 꼭 애를 낳을 필요는 없다고 봐. 둘이 함께 재밌게 사는 것도 방법 아닐까? 그런 인생도 괜찮은 것 같아."

반면 오 년 만에 둘째를 가진 후배는 헛구역질을 꺽꺽 하면서 말했다.

"첫째 애가 예쁘지 않았으면 이렇게 힘든데 둘째를 안 가졌을 거야. 근데 애가 너무 예뻐. 남편과 달리 내 분신이라는 느낌이 드는 게 아주 죽여."

결국 선택은 내 몫이다.

지금으로서는 마음의 소리를 듣는 수밖에 없다.

결혼한 언니들이 털어놓는

시어머니와
함께 사는 법

part 05

결혼생활 이십 년 이상 된 여자들이 빠뜨리지 않고 하는 말이 있다. "지난 세월이 억울하다" "나 고생한 거 아무도 모른다"이다. 어떡하면 '아무도 모르게' '억울해서 우울증 걸릴 만큼' 살게 되는 것일까? 듣는 사람도 화병나게 만드는 며느리노릇 이야기. "내 속에 화 있다!"

착한 며느리 하지 마라

황비마마를 만나 무수리로 살다

매력녀 M과 그녀의 남편 H는 이보다 더 좋을 수 없는 이상적인 커플이다. 겉으로 봐도 선남선녀인 데다 아직도 사랑한단다(!). 남편은 십 년이 지나도 애인 보듯이 그녀를 바라본다. 한밤중에 이 커플이 사는 동네 놀이터에 가면 피곤한 아내를 업어서 산책시키는 닭살부부를 만날 수 있다. 그녀 남편은 아내 친구들의 선망 어린 시선을 받는, 말 그대로 완벽남이다. 단, 그녀의 시어머니만 빠진다면.

그들은 대학교 동아리에서 만나 사랑에 빠졌다. 갓 제대 후 복학한 남편은 그녀가 졸업할 때를 기다려 청혼했다. 독립적인 여성으로서의 삶을 바랐던 친정엄마는 결혼을 반대했으나, 남편과 서로 첫사랑 상대였던 그녀는 '그럼에도 불구하고' 결혼해서 시부모와 함께 살았다.

그리고 쭉 남의 삶을 대행했다.

그녀의 시어머니는 특이한 캐릭터였다. 시아버지의 사업 부도로 하루아 침에 밑바닥으로 떨어진 경험이 있어 자신을 나락에 떨어뜨린 시아버지 를 증오하며 같은 방을 쓰지 않았다. 그래서 두 커플이 사는 집은 여느 집 같지 않게 부자연스러웠다.

하루라도 빨리 집안을 일으키려고 M은 과외 아르바이트를 시작했는데 (결혼 전 잘나가는 수학 강사였던 탓으로 일은 끊이지 않았다), 문제는 시어머니였 다. 도무지 그놈의 품위는 돈으로만 유지되는 건지 형편 아랑곳하지 않 고 살림을 꾸렸다. 그리고 대부분이 시어머니 자신을 위해 쓰는 돈이었 다. 남편이 출근하면 시어머니는 근처 수영장으로 가서 운동하고, 백화점 을 한 바퀴 돌고 오는 것으로 일과를 시작했다. '관절엔 걷는 게 좋다'라 는 이유였다.

젊은 며느리는 다이얼 비누를 쓰고 시어머니는 외제 화장비누를 따로 사서 썼다. 여름이면 '양반집 출신답게' 모시 한복을 몇 벌씩 새로 해 입었 다. 집안 제사에는 자존심 강한 시어머니와의 불화로 친척 한 명 오지 않 는데도 송화다식까지 해 올렸다.

M이 가뭄에 콩 나듯 새 옷이라도 한 벌 사 입으면 아들 앞에서 "걔가 그 럴 줄 몰랐다"며 표정이 싸늘해졌고, 그럴 때마다 시어머니를 모시고 백 화점에 가야 했다. 이 만 원짜리 시장 옷 하나 사 입은 죄로 칠십 만 원 바 가지를 쓰는 건 예사였다.

또 계절이 바뀌거나 자신의 인생이 한심하다는 넋두리가 시작되면 집안의 가구가 하나씩 바뀌었다. 아들의 표정이 조금만 바뀌면 몸이 아프다고 링거를 꽂고 누웠다.

심장이 안 좋아 정기적으로 병원을 다니는데 동네 병원 의사는 의사 취급도 하지 않았다. KTX를 타고 서울대 병원을 다녀오면 내려올 때는 두 좌석을 예약했다. 무리했으니 드러누워 와야 된다는 의미였다. M은 카드 값을 결제할 때마다 소리를 지르고 싶었다.

오 년 후 우울증을 앓게 된 아내를 위해 남편이 직장을 바꾸는 방법으로 분가를 했다. 그때 시어머니의 수중에는 월 육십 만 원짜리 적금 한 개가 달랑 남아 있었다. 경비로 일하는 시아버지와 방송사 직원인 남편 그리고 며느리의 수입을 관리한 결과였다. M이 허름한 주택 이층으로 이사 나올 때 며느리의 혼수는 시어머니가 가졌다. M은 순간 기가 찼지만 이제부터 따로 살 수 있는데 무슨 대수이랴 싶었다. 하지만 행복은 이 년 만에 끝이 났다. 시아버지가 갑자기 돌아가시는 것을 계기로 그녀의 시어머니는 또다시 합가를 요구했다.

며느리로 살다가 자신의 삶을 잃어버리다

남편은 여느 때와 마찬가지로 "어머니가 사시면 얼마나 사시겠어?"라고 결론을 내리려 했지만, 그녀가 느끼는 문제의 본질은 결혼생활의 목적이 '한 맺힌 노인의 한풀이를 위한 경제활동'으로 방향이 맞추어져 있다는 데 있었다. 또한 시어머니의 한을 왜 자신이 풀어줘야 하는지 회의가 들었다.

무엇보다 하고 싶은 것 다하고 자신보다 더 양질의 삶을 누리는 시어머니가 언제나 불쌍한 존재로 인식된다는 것이 억울했다.

'옛날에는 참 대단하게 살았었는데 지금은 너무 초라하다'라는 한탄을 들을 때마다, 누구는 태어날 때부터 금수저 입에 물고 태어났나 하는 반감과 당신 덕분에 나는 졸지에 무수리로 평생을 살게 생겼다는 말이 목젖까지 차올랐다.

차라리 남동생에게 부담주기 싫다며 홀몸으로 경제활동을 하는 친정엄마를 돕는 것이 도리가 아닐까 하는 생각도 들고, 자신을 위한 계획 하나 세우지 못하는 결혼이 무슨 의미가 있을까 싶었다. 단지 부모라는 이유로 이렇게 부당해도 되는 건가 싶어 억울했다.

사람들은 쉽게 말한다. 인제 며느리도 봤으니 편하게 사셔야 할 때도 되었다고. 며느리가 들어오기 전까지의 인생은 어떠했기에 며느리를 보고 나면 팔자를 고쳐야 하나? 왜 사람들은 자신의 인생을 위해 살지 않고 남을 위해 살면서 계속 부채상환을 요구하는가? 자식 없는 사람은 어디 가서 빚을 돌려받나? 친정엄마는 시어머니의 한을 풀어줄 도우미 한 명을 양성하기 위해 뼈 빠지게 딸내미들의 학비를 벌어서 대줬나?

H는 좋은 남자였지만 엄마의 그늘에서 아내를 보호하는 법을 알지 못했다. 어려서부터 단련된 탓인지 H와 시누이들은 엄마의 요구를 거절하지 못했다. 아직도 기가 센 엄마 앞에서 무릎을 꿇고 앉는 예의바른 시누이들은 그녀에게 항상 미안해하는 교양 있는 사람들이었지만, 때로 그 교양이 자신을 누르는 수단 같아 M은 더 답답했다.

스타일 좋고 미인인 데다 목소리 활기찬 멋진 여성이던 M은 결혼 칠 년 만에 주눅든 목소리에 말끝마다 '우리 어머님이'를 달고 사는 강박증 환자가 되었다. 그녀는 아직 아이가 없다. 불임의 원인은 아직도 모른다. 시어머니는 별로 안타까워하지 않았다. 아마도 손자보다는 자신을 부양하는 일이 더 중요한 모양이었다.

다시 합가하자는 제안을 앞두고 그녀는 왜 사는가 하는 회의에 빠졌다. 합가를 거절하면 혼자된 어머니를 외아들이 모시지 않는다는 이유로 며느리인 그녀가 비난받을 게 분명했다. 하지만 그녀는 자신도 살고 싶었다. 억울하지 않게, 나를 위해 열심히 살고 있다는 마음이 들도록.

그녀는 고심 끝에 남편에게 자신을 제발 놓아달라고 부탁했다. 남편을 사랑하지만 이런 식으로 청춘을 다 보내고 싶지는 않았다. 그렇다고 부모와 인연을 끊으라고 할 수도 없는 노릇이니, 시어머니에게서 합법적으로 놓여나는 길은 이혼밖에 없었다.

착한 며느리의 독립 선언

그녀는 이혼하고 캐나다로 가서 하고 싶던 공부를 하겠다고 선언했다. 단 몇 년 만이라도 자유롭게 새로운 미래를 계획해보고 싶었다. 남편은 이런 아내의 확고한 태도에 직장을 관두고 동행하는 길을 택했다. 시어머니도 아들이 이렇게 나오자 더 이상 태클을 걸지 않았다.

그들은 캐나다에서 영어공부를 하고, 운동도 하고, 마음껏 여행하면서 이 년을 지냈다. 아침 여섯 시면 군대 기상시간에 일어나듯 소스라치게 놀라며 일어나던 생활에서도 벗어났다. 그녀에게 생긴 신경성 협심증 증세도 조금 완화되었다.

그녀는 한국으로 다시 돌아가고 싶지 않았다. 그러나 더 늦추면 남편이 직장을 구하기가 힘들어질 수 있었다. 삼십 대 중반의 나이에 다시 원점에서 시작하게 되었지만 그 기간은 남편에게도 어머니와의 관계를 객관적으로 생각하는 계기가 되었다.

돌아와서 그들은 절충안을 내놓았다. 같은 아파트 옆 동에 시어머니의 집을 마련하고, 매월 생활비를 드리는 쪽으로.

그녀는 캐나다에서의 이 년을 약으로 삼고 다시 또 시작했다. 이제는 누가 뭐래도 자신을 중심에 두고 살겠다는 굳은 결심을 했다. 가족이라는 이름으로 자신의 삶에 허락 없이 침범하는 일을 용납하지 않으리라 결심했다.

한국에서 의무만 있는 아들로서 살아야 하는 남편, 그 아들의 삶이 '평균적'이 되도록 열심히 거들어야 되는 '남의 집 딸'의 구도는 여전히 누군가에게는 떨칠 수 없는 업으로 남아 있다.

효자와 결혼하지 마라. 착한 며느리 노릇 하지 마라. 처음부터 선을 그어라.

일견 여자의 이기심이 담긴 이 교훈이 거론되기까지, 지금도 많은 여성이 뺑뺑이를 돌며 몸으로 증명하고 있다.

남편과 시어머니는 며느리가 범할 수 없는 성역에 존재한
다. 하느님도 이간질할 수 없는 사이다(하느님도 아마 누
군가의 아들일걸?). 젊은 여자든 나이든 여자든 가장 두
려운 것은 남자의 변심이라고 어느 유명한 분이 말씀하셨
다. 엄마에게 가장 두려운 것도 '아들의 변심'이다.

시어머니와 함께 사는 법

시어머니에겐 너무 예쁜 아들, 아내에게는 너무 나쁜 남편

A의 남편은 시어머니에게 '구름의 쓸개'요, '용의 알'과 같은 존재다. 적

잖은 나이가 되어 결혼한 후에도 삼 년간 아들이 퇴근하며 들어오는 환

청에 시달렸다고 고백할 만큼, 남 주기 아까운 보석이었다. 그녀는 아들

의 모든 것이 귀해 죽는 시어머니와 이야기하고 오면 남편에게 꼭 시비

를 걸게 된다.

"자기, 고마워. 김태희나 송혜교 같은 여자랑 살았어야 하는데 나랑 살

아줘서."

"자기 미안해, 내가 제대로 알아 모시지 않아서."

물론 A는 남편을 사랑해서 결혼했다. 남편은 진실하고 따뜻한 남자였다. 객관적 스펙이 다소 떨어졌지만 결혼으로 팔자 고쳐볼 엄두조차 내보지 않았던 그녀는 주위의 만류에도 남편을 택했다. 그러나 객관적 근거 없는 생산자 측의 강한 주장은 반발을 낳기 마련인 법, 처음에는 원래 엄마들이 저렇지 뭐, 특히 한국의 엄마들이 그렇잖아 하며 이해했던 그녀도 반복되는 대사 앞에서 짜증이 났다. 특히 시어머니는 아들이 실직해서 그녀가 가장 노릇을 했던 힘든 시절에도 위로의 한마디는커녕 "다 제 복이지" 하는 말로 상처를 주곤 했다.

생일 밥을 먹으러 들른 아들 집에서 깨진 국그릇을 보고 "깨진 그릇 쓰면 남자가 안 풀린다는데~"라고 하더니, 한술 더 떠 팔자가 센 며느리 덕에 아들이 맘고생을 하게 됐다고 걱정하기까지 했다. 정말 끝도 모를 배려심 가득한 남의 엄마였다!

결혼 초기에는 별 갖춘 것 없어도 마음 맞춰 살다 보면 남모를 행복이 있을 거라 믿었다. 하지만 그 믿음은 시댁에서 상처를 입고 나면 짜증스런 현실과 남편에 대한 원망으로 돌아왔다. 더 우울한 것은 시어머니가 무슨 말을 해도 화를 내지 않는 남편을 볼 때였다. 엄마는 항상 안타까운 존재라 무슨 짓을 해도 밉지는 않다는 남편의 말에 그녀는 캄캄한 소통의 벽을 느꼈다. 그런 남편이 사소한 이유로 하나밖에 없는 아이를 야박하게 야단칠 때 그녀는 피가 거꾸로 솟는다. 내리사랑이라는데 자신은 금쪽같은 대접을 받으면서 왜 아이에게 함부로 하나 싶었다. 다 큰 엄마가 무슨 짓을 해도 화가 안 나는 그 인격이 어린 자식한테는 화가 난단 말인가? 만약, 아이에게도 그녀에게도 끝없이 너그러울 수 있는 사람이라면, 그녀는 남편의 본성이 그러니 할 수 없는 거라고 이해할 수도 있다. 하지만 남편은 평소에 부당한 일에 대해 과민한 반응을 보이는 '정의파'였다. 신혼여행지에서 남의 나라 유원지 잔디를 밟는 일행을 쫓아다니며 훈계하느라 제 사진도 제대로 못 박고 온 사람이었다.

엄마에게 한 번도 '노(NO)'라고 말하지 못하는 아들. 그녀는 그래서 남편이 좋은 남자로 느껴졌는지도 모른다는 생각이 들기 시작했다.

남의 아들, 남의 편

그녀가 이런 생각을 가진 채 남편의 얼굴을 보면 자신의 남편이라기보다 누구의 아들을 대신 돌보고 있다는 착각이 들었다. 시어머니와 며느리 관계는 한 남자를 사이에 둔 두 여자의 문제이므로 해결될 수 없다는 이론을 들은 적이 있는데, 자신이 느끼는 부당함이 한낱 질투로 해석되는 것이 영 불쾌했다. 그녀가 바라는 것은 단지 '모순의 인정'이다.

그러나 한 번도 틀린 적이 없는 엄마, 또 모든 것을 이해받는 존재인 절대적 엄마를 가진 남편에게서 현실직시 의지가 전혀 없음을 느낄 때 '아, 참. 우리가 원래 남이었지' 하는 자각을 한다.

그것은 그녀가 남편에게 설명하기 싫은 불편한 느낌이다. 그럴 때마다 이혼이 별거 아니겠다는 생각도 든다. 따지자면 아이로 연결된 피 한 방울 안 섞인 남이 부부라는 이름으로 동거하는 것이니까.

그녀에게는 부부가 '세상에서 가장 가까운 존재'라는 터무니없는 환상이 있었다. 살아 보니 그 환상은 사람들이 미리 던져놓은 안전장치였다. 세상에는 부부가 쉽게 그만두지 못하도록 유도하는 교묘한 유언비어들이 많았다.

유언비어 1. 부부싸움은 칼로 물 베기. (자꾸 베면 정떨어지거든요?)

유언비어 2. 사랑보다 더 무서운 건 정. (정이라는 게 정확하게 무슨 뜻이에요? 습관의 고대어?)

유언비어 3. 부부의 인연은 따로 있다. (일단 엮이면 무조건 실수 인정 안 돼!)

그 유언비어를 진실이라고 신봉하는 동안에는 그 많은 고민이 해결되지는 않았다. 그러나 그냥 부부는 가장 가깝기도 하지만 어떤 부분은 절대 공유 못할 관계라는 것을 인정하자 그녀에게도 숨 쉴 틈이 생겼다.

그녀만의 해결방법도 나왔다. 그래, 적어도 이 부분만큼은 남이라고 생각하자. 남이라면 너그러워질 수 있다. 남이니까, 나랑 상관없으니까. 그들이 요강으로 축구를 하든 요요놀이를 하든 '오케이, 노 프러블럼'이다!

말말로 부족한 내 아이, 나라도 감싸줘야 하는 지극한 모성애에 어찌 옳고 그름을 따지랴. 그들의 관계에 논리를 집어넣느니 차라리 부처가 되는 쪽이 빠를 것이다.

뛰는 시어머니, 나는 며느리

여자 B 역시 '구름의 쓸개, 용의 알'과 같은 존재를 남편으로 맞이했다. 그녀의 시어머니는 A의 시어머니와는 또 다른 유형이었다. A의 시어머니가 왕비과라면 B의 시어머니는 무수리과였다. B의 시어머니는 아들이 결혼하자, '철부지 아들'과 '아직 아무것도 할 줄 모르는 며느리'를 위해 서포터를 자청하고 나섰다. 사철 밑반찬은 물론 몸에 좋다는 각종 보양식, 철마다 나오는 제철 과일을 챙겨주는 건 기본이고, 손자손녀의 보약, 곰국, 마늘 같은 양념도 조리하기 쉽게 다져서 얼려주었다. 신혼집 집들이, 아이 돌잔치, 심지어 본인 생일까지, 집안행사에 필요한 모든 일은 그녀의 주관하에 이루어졌고, 그때마다 B는 자기 자리를 찾지 못하고 우왕좌왕했다.

일찍 결혼한 데다 그녀가 집안일에 서툰 탓도 있었지만, B의 시어머니는 남에게 일을 위임하지 못하는 스타일이었다. 게다가 남편은 시어머니의 하나밖에 없는 아들이었다.

시어머니의 의식 속에는 '아들 살림이 곧 내 살림, 내 살림이 곧 아들 살림'이라는 공동체 의식이 자리 잡고 있었다. 때로는 고맙기도 했지만 그 시시콜콜한 간섭이 심한 스트레스가 되었다. 다행인 것은 아들에 대한 집착이 덜하다는 것이었다. 즉, 아들을 좋아하지만 서로 밀착되어 있지는 않았다. 둘 다 감정을 표현하지 못하는 무뚝뚝한 성격 탓이었다. 그런 이유 때문인지 B의 시어머니는 대부분의 의사소통을 며느리와 직접 했다.

가끔 시댁에 가면 B의 남편은 말없이 TV 앞에 앉아 있고, 시어머니는 부지런히 집 안을 오가며 아들의 근황을 며느리에게 물었다. 그냥 직접 물어보면 될 것을 왜 며느리인 그녀에게 묻는지, 처음에는 두 모자의 애정표현 방식이 우습기도 했다. 아들 내외가 부부싸움이라도 했다 하면 네 신랑

재주껏 꼬드겨서 재미있게 살아야지 싸우면 여자만 손해라고 달래었다. 멋 부리지 않는 그녀에게 젊은 여자가 곱게 하고 다니라고 노래를 불렀고, 그러다가 남편이 바람이라도 피우면 어쩔 거냐고 나무라기도 했다.

그녀는 곧 시어머니의 스타일에 적응하고 그녀만의 대응방식을 찾아 냈다.

"저는 어머니가 친정엄마보다 편해요"

"애들 아빠가 어머니 음식만 맛있어 해요."

"애들 아빠가 부쩍 피곤하다 하네요"

"저는 아무것도 못해요. 어머니는 어쩜 그렇게 잘하세요?"

이렇게 상냥하게 말하는 것만으로도 그녀의 시어머니는 열심히 음식을 해 나르고 아들이 먹을 약을 지어오고 "너도 얼른 배워라" 하면서 직접 일하는 것을 마다하지 않았다. 남편은 그녀가 며느리로서 제대로 하는 것이 없다며 불평했지만, 따져보면 훌륭한 공생관계를 구축하고 있는 것이었다.

그녀는 '편하게 살자'가 모토인 자신과 모든 일을 직접 해야만 직성이 풀리는 시어머니가 평화로운 관계를 구축하려면 지금과 같은 방식이 적절하다고 생각했다. 다만 그녀가 감수해야 할 것은 시어머니를 부려먹는다는 일부의 시선과 일을 배우지 않는다는 시어머니의 잔소리 정도이다. 하지만 B의 시어머니가 궁극적으로 바라는 것은 자신의 도움으로 아들

네가 잘사는 것이므로 그녀는 별다른 저항을 하지 않고 시어머니와 좋은

관계를 유지하고 있다.

남편은 아내의 남자인가 시어머니의 아들인가. 얽히고설키는 고부 관계 속에서 아내는 답답하다. 이웃 언니가 무게중심 못 잡고 헤매는 남편들에게 들려주고 싶은 "옛날에 우리 아버지는" 스토리.

엄마와 마누라 사이

부서진 문짝에 관한 추억

친정엄마가 시집온 해에 외가 동네에 큰물이 졌다. 안 그래도 가난한 살림에 추수거리도 없어져 엄마는 변변한 이불 한 채를 못해왔다. 그 당시 초등학교 선생이던 둘째 아들이, 양복 한 벌 못 얻어 입고 장가드는 것이 볼만이던 할머니는 신방에 신부와 사돈 측 손님을 앉혀놓고 마당에서 난동을 부렸다고 한다.

평계는 마침 감기가 걸린 아들을 거론하며 신부 측에서 안 좋은 날을 잡은 것이 원인이라고 갖다 붙였다. 그러나 누가 봐도 부잣집에서 시집온 큰며느리와 대비되는 혼수에 대한 불만 표출이었다. 소동이 점점 커지고 아무도 기가 센 할머니를 못 말리고 있을 때, 새신랑인 아버지가 발로 문짝을 빠지직 하고 부수며 뛰어나왔다. 그리고 할머니를 향해 소리쳤다.

"그러는 어매는, 형수한테는 금목걸이도 해주고, 옷도 해주고, 온갖 것을 다해주더니, 왜 내 각시한테는 아무것도 안 해주는교. 흉년이 들어 사람 굶어 죽게 생겼는데 혼수는 무슨 혼수? 나는 양복 안 입어도 되니까 한 번만 더 이걸로 시비 걸면 집구석에 불을 확 질러불거니까 알아서 하슈."

새신랑의 강력 대응으로 사태는 종결되었고, 시집온 첫날부터 울고 앉아 있던 엄마는 술 한 잔 따르라는 아버지의 권유로 울음을 그쳤다. 목소리가 기차 화통 같던 새신랑은 엄마에게 노래를 한 곡조 불러줄 만큼 로맨틱하기도 했다 한다. 물론 부서진 문짝이 달린 방 안에서였다. 성질 화끈한 모자는 이후로는 마찰이 없었다. 이후 혼수라는 말은 금기어가 되었다.

백 번의 위로보다 화끈한 사과 한 번

엄마와 아버지의 그때 그 시절 얘기는 몇 번씩 들어도 재미있었고, 무엇보다 아버지다운 그 해법이 너무 마음에 들었다.

만약 아버지가 할머니에게는 부모랍시고 아무 말도 못하고, 방금 시집온 엄마한테 "우리 엄마가 부잣집에서 응석받이 외딸로 자라서 그러니, 자네가 이해하게" 했더라면, 할머니가 박은 대못을 망치로 두드려 넣은 꼴이 되었을 것이다. 두 여자의 파괴적 관계가 막 시작되려는 시점에 아버지는 사태의 본질을 파악해 부부관계, 부모자식관계의 기본 영역을 지켜냈다. 그래서 평생 두 사람은 '왜 우리 부모 형제에게 섭섭하게 하는가'의 문제로 싸운 적이 없었다. 그 문제에서만큼은 확고한 신뢰가 있었고, 두 분 다 좋은 사위와 며느리 역할을 관습의 강요 없이 해냈다. 그 '빠지직' 문짝을 부수는 소리가 엄마 마음의 방어벽까지 부쉈던 것이다.

아내와 엄마 사이에서 균형추를 잡는 것은 잔머리를 굴려서 마찰을 예방하라는 뜻이 아니다. 엄마를 설득하든 아내를 설득하든 진정성이 담보되어야 한다. 진정성을 깨달으면 행동이 바뀌게 마련이다. 이쪽저쪽 눈치를 보며 '땜방질'을 하는 것은 영원히 이 문제에서만은 내 편이 안 될 것이라는 확신만을 심어준다. 그 확신은 가장 가까워야 할 부부의 거리를 멀어지게 하며, 딱 그 거리만큼 당사자들의 마음에 상처를 남긴다.

아버지가 한번 화끈하게 대응한 행동에는 아내가 될 여사에 대한 진심 어린 배려가 있었다. 엄마는 그것을 느끼고 평생 신랑의 가족에게 의리를 지키는 것으로 보답했다. 머리 나쁜 남자들은 평생에 걸쳐 교통정리를 못해 아내의 마음을 잃는다. 한 번 잃은 마음을 다시 얻기는 하늘에 별을 따오는 것보다 힘들다. 백 번의 주객이 전도된 대처는 아내 마음속에 철옹성을 쌓는 공사를 부지런히 하는 것과 같다.

"자기는 나랑 시어머니가 물에 빠지면 누구 먼저 건질 거야(이런 쳐죽일~)?"

"물론 가까이 있는 사람부터 건지지."

"오, 제법 함정을 피할 줄도 아시고."

"위급한 상황에서는 냉철해지는 것이 나의 본능이랄까~."

"당신은 어머니를 우선 구하고 '여보 미안해, 다음 생에 만나자'라고 말하고 내가 떠내려가게 내버려두겠지. 그러다 죄의식에 절어 살다가 혼자 사는 아들 때문에 어머니 마음 아프다고 곧 재혼해서 잘살걸?"

"헛, 참, 아주 소설을 쓰라잉?"

"중요한 거는 당신을 또 만나느니 그냥 떠내려가겠다는 거지."

"그렇다면 나야 너무 고맙지."

한때 이런 질문을 코맹맹이 소리로 하는 여자들에 대해 비분강개했다. 상상만 해도 끔찍한 상황을 애정의 척도로 삼는 여자들의 도덕불감증에 화가 났다. 그런데 결혼 후, 이 질문의 상징성에 대해 초점을 맞추자 내게 도 우스갯소리로 다가왔다.

나는 남편이 어머니라고 해도 이해가 될 것 같고 어머니 아닌 다른 사 람이라도 이해가 될 것 같다. 내가 아니라서 서운한 마음 그런 것 없다. 만 약, "당연히 당신 먼저지"라는 배은망덕한 남의 아들이 내 남편이라도 정 떨어질 것 같다. 아내는 또 얻으면 된다는 핏줄 우선 논리나, 당장 내게 아 쉬운 사람은 아내라는 실용에 입각한 선택이나 개운하지 않기는 마찬가 지기 때문이다.

그런데 내가 만약 그 아들의 엄마라면 어떨까 하고 생각하면 이런 답 이 나온다.

"에라이, 멍청한 놈. 네가 잘사는 게 나를 행복하게 하는 건데 넌 둘 다 를 놓쳤어" 하고 나를 구해낸 아들의 뒤통수를 후려갈길 것이다.

내 아들이 나를 건진 것에 감격할 게 아니라, 그로 인해 아들이 제 행복을 못 누리고 사는 게 가슴 아플 거 같다. 사사건건 부모를 염두에 두고 산다면 이미 자유로운 삶은 물 건너갔다고 본다. 약간 '개망나니 삘'이 나더라도, 자기 욕구대로 세상을 사는 모습을 보고 싶다(그렇게 멋진 부모가 되겠다고 머리로는 정리가 된다).

시한부 아내 간호하는 아들을 지켜보며 며느리보다 아들 얼굴 축난 것을 먼저 걱정하는 한 어머니를 본 적이 있다. 그 왜곡된 사랑의 모습에 잠시 소름이 끼쳤다. 혹시라도 며느리의 목숨조차 내 아들에게 민폐가 되는 부담으로만 생각하는 건 아닌지 두려웠다. 만약 우선순위가 뒤바뀐 그 마음조차 '자식을 사랑하는 지극한 모성'으로 이해해야 한다면, 모성은 때로는 사랑을 가장한 폭력이 아닐까.

아이를 낳고 보니 어디까지가 자유를 주는 건지, 방임을 하는 건지 기준을 정하기가 참 어렵다. 내가 원하는 것과 상관없이 자신만의 인생을 펼쳐 갈 것인데 그 모습을 지켜보는 마음은 조마조마하기만 하다.

아들들이 행여 엄마의 행복을 우선하느라 자신의 속마음을 숨기는 어설픈 효자가 되지 않았으면 한다. 고로 앞으로 몇십 년 뒤 내 아들이 드디어 짝을 찾아 제 가정을 이루는 날, 진심으로 이 말을 해줄 것이다.

· 네가 행복하길 바란다(덩달아 나도 행복해지니).
· 너희 둘만 잘살면 아무 바람이 없다(부모 생각할 시간에 네 인생을 좀 더 충실히 살아).
· 둘 중 하나를 선택해야 한다면 네 배우자를 택해(난 아버지가 있잖아).

자식 사랑에서만큼은 무조건 퍼붓는 뜨거운 사랑만 사랑이 아니라 놓아

줘야 할 때 두고 오는 차가운 사랑이 더 큰 사랑일 수도 있다.

시부모와 친구가 된다는 것

곰 같은 며느리의 고집스런 거리 두기

어떤 여자라도 시댁은 참 어렵다. 타고난 여우가 아니라면 더욱 그렇고 곰

의 피가 흐른다면 더더욱 그렇다. 경상도 출신답게 애교라곤 약에 쓰려도

없는 Y도, 유부녀에게 부여된 정기적 시댁 방문을 기계적으로 수행했다.

결혼 초에는 1~2주에 한 번씩 가다 나중에는 바쁘다는 핑계로 은근슬쩍

2~3주로 조정했다(이럴 때 전업주부가 아닌 게 참 편리하다).

　운 좋게도 Y의 시부모님은 점잖은 분들이라 며느리에게 무리한 요구는

하지 않았다. 방문 일정도 저녁 먹고 설거지 하는 정도로 끝날 때가 많았

다. 물론 대놓고 닦달하지 않았지만 은근히 더 많은 것을 해주길 바랐다.

이왕이면 당일코스보다 1박 2일을 원했고 여름이면 휴가도 함께 가길 바

랐으며 자주 안부전화도 해주길 원했다. 시누이도 자기 사느라 바빴지만 간혹 얼굴이라도 부딪히면 "부모님과 좀 놀아주라"고 한마디 했다.

하지만 그녀는 뚝심 있게 이런 기대를 저버렸다. 기대에 부응하기 시작하면 피곤해질 것이라는 막연한 계산이었다. 시어머니도 결혼하고 얼마간은 "전화라도 좀 해라"라고 잔소리를 했지만 벽 보고 얘기한다 느꼈는지 나중에는 포기했다.

비록 '기대에 절대 부응하지 않기'로 일관했던 그녀였지만 그렇다고 마음까지 편했던 건 아니다. '전화하라고 하셨는데 안 했는데 어쩌지' '오늘 좀 통명스럽네, 대놓고 화는 안 내시지만 사실 밉겠지' '나 같아도 곰 같은 며느리 싫겠다' 등등 오만가지 억측과 추측으로 은근히 스트레스를 받았다.

그때마다 괜스레 억울한 마음도 들었다.

'남편은 착한 사위되려고 애쓰지 않는데, 왜 나는 착한 며느리가 아닌 것에 스트레스를 받지?' '남편은 우리 집에 일 년에 서너 번밖에 안 가고, 그에 비해 난 열 배쯤 더 가는데 왜 기죽어야 하지?'

차라리 할 말 있음 하든지 이러지도 저러지도 못해 답답하기까지 했다. 그렇게 그녀는 몇 년간 꿔다 놓은 보릿자루처럼 시부모와 거리를 뒀다.

시어머니와 해외여행을 가다

웅녀가 인간이 되려고 했는지 결혼한 지 육 년 만에 Y는 기특한 계획을 세웠다. 뜬금없게도 시어머니와 함께 태국여행을 가기로 한 것이다. 시어머니는 난생처음 받아본 나들이 제안에 깜짝 놀라면서 좋아했다. 사실 시어머니에게 이 같은 제안을 한 배경에는 친정엄마와 태국여행을 한 경험이 도움이 됐다. 결혼하면 효녀가 된다고, 낳아주지도 길러주지도 않은 시부모 집에 정기 방문한 횟수가 늘어나면서 도대체 왜 자신이 남의 부모에게 이렇게 효도(?)해야 할까란 생각에, 이틀 이상만 같이 있어도 꼭 부딪히는 친정엄마와 태국을 갔다 온 적이 있다. 이 또한 첫 경험이라 사뭇 걱정했지만 예상과 달리 친정엄마는 뭐든지 잘 먹었고 바닷가에 가서는 아이처럼 뛰어놀았다. 엄마의 다른 면을 알게 된 그녀는, 어른과의 여행에 조금 자신이 붙어 있던 터였다.

다만 그때와 다른 점이라면 시어머니와의 여행은 배낭여행이라는 것이었다. 태국 출장 간 김에 며칠 더 머무르는 일정이라 패키지여행이 불가능했다. 좀 걱정됐지만 뭐 어떻게든 되겠지 하는 생각이었다.

새벽 한 시 홀로 태국에 도착한 Y의 시어머니는 마중 나온 그녀를 보자마자 손을 꼭 잡더니 "네가 말 꺼내준 것만 해도 기쁘다"며 감격스러워했다. 정작 Y는 그런 시어머니의 진심 어린 인사가 괜히 어색해 "별말씀 다 한다" 정도로만 대꾸하고 말았지만 말이다.

결론부터 말하자면 그녀는 시어머니와의 여행이 기대 이상으로 편하고 재밌었다. 시어머니는 어딜 모시고 가도 좋아했고, 젊은 그녀보다 잘 걸었고 생각보다 화끈했다(이곳에서 그녀는 처음으로 시어머니가 흡연자였음을 알았다). 두 여자는 관광명소를 찾는 진부한 여행을 거부하고 배낭여행자들의 아지트, 카오산로드를 가거나 야시장에 가서 쌀국수를 먹으면서 맥주를 마셨다. 주량이 그녀보다 센 시어머니는 낮에도 맥주를 마시자 했고, 그 덕에 두 사람은 좀 알딸딸한 채로 거리를 쏘다녔다. 택시 대신 삼륜 오토바이차 '툭툭'도 탔다. 나란히 발마사지를 받았고 길거리 음식도 사 먹었다.

그러나 즐거움도 잠시, 2박 3일 일정의 둘째 날 새벽에 온 한 통의 전화로 여행은 막을 내렸다. 외조모가 돌아가신 것이다. 그들은 아침을 먹는 둥 마는 둥 짐을 싸들고 공항으로 갔지만 티켓이 없어 대기를 걸어둬야 했다. 대기자 발표까지 무려 일곱 시간이나 남아 근처 모텔로 가 눈을 붙이려고 했지만, 잠이 오지 않아 낮술을 마시며 이런저런 얘기를 나눴다.

배낭여행 때 나눈 그 대화가, Y가 시어머니와 나눈 처음이자 마지막으로 가장 솔직한 대화였다.

시아버지와 거리 좁히기

당시 외조모를 묻고 난 뒤 Y는 괜스레 '평소에 안 하는 짓을 했더니 일이 이리 꼬였나' 싶어 마음이 무거웠다. 시아주버니가 그 마음을 알았는지 "모처럼 간 여행인데 이렇게 돼서 유감"이라며 위로해주기도 했다.

몇 달 후 시아버지가 "둘이 또 어디 안 가?"라고 물었을 때 Y는 평상시 캐릭터대로 별다른 대꾸를 안 했다. 신세대(?) 며느리답게 "아버님이 여행경비 대주시면 갈게요"라고 말할까 하다 그 말마저도 관뒀다. 그러나 그녀는 이 순간을 두고두고 후회해야 했다. 여행 갔다 온 지 일 년 만에 시어머니가 돌아가시면서 함께 여행 갈 기회를 영원히 놓쳐버린 것이다.

그녀는 이럴 줄 알았으면 미처 못다 한 여행 다시 가자고 할 걸, 여행이 힘들다면 평소 바라던 노래방이나 찜질방이라도 한번 모시고 갈걸, 아니 "그때 그 여행 진짜 재밌었다"고 말이라도 할 걸 하고 후회했다. 시어머니는 그녀보다 나이가 많을 뿐 꽤 사고가 열린 멋진 여자였는데 단지 시어머니라는 이유로 편견을 갖고 거리를 뒀던 게 아직도 가슴에 남는다.

그래서 Y는 요즘 시아버지와의 거리를 조금씩 좁혀가고 있다. 시어머니의 부재로 뒤늦게 정신을 차린 것이다. 그렇다고 하루아침에 효부로 거듭나는 것은 무리라 그저 있는 그대로의 모습을 조금씩 보여주고 있다. 일단 침묵으로 일관된 태도를 과감히 버렸다. 가능한 친구처럼 생각하며 이런저런 얘기를 나눈다.

물론 그녀는 여전히 전통적 기준에 입각한 착한 며느리는 아니다. 홀로 된 시아버지를 모시지도 않고 시댁에 갈 때마다 빨래며 청소며 며느리가 해야 할 가사노동도 부지런히 하지 않는다. 시아버지는 시간이 많아 소일거리가 필요하고, 굳이 그 일을 대신하며 스트레스를 받으니 그냥 내버려두자고 그녀 방식대로 생각한 이유도 있다. 어떨 때는 요리를 즐기는 시아버지기 헤주는 밥을 넙죽 받아먹고 설거지만 한다. 대신에 "정말 맛있다"는 인사를 잊지 않는다.

또 예전과 달라진 점이라면 이제는 시댁에 가면 무조건 1박 2일로 갔다 온다. 평소 안 하던 문자메시지도 주고받는다. 또 출장을 가면 간다고 말하고 아프면 아프다고 말한다. 최근에는 드라마 〈엄마는 뿔났다〉를 보다 이런 대화도 오갔다.

"장미희 같은 시어머니(한없이 고상한 척하며 교양과 품위를 찾지만 속물인 시어머니)라도 남자가 좋으면 결혼해야지 뭐."

"전 안 할 것 같아요."

"결혼을 시부모 보고 하냐? 남자 보고 하지."

"그래도 못할 것 같아요."

그녀는 순간 '저 구박하지 마세요'라는 협박으로 들린 거 아닌가 싶어 살짝 걱정됐다. 하지만 그것이 솔직한 그녀 생각이라 그냥 아무 말 하지 않았다. '설마 그렇게 오해하겠어?'라고 믿기 때문이다.

Tip. 이웃 언니의 충고

시아버지에게 선물하기!

Y는 어느 날 백화점 세일기간에 남편 속옷 사려다 내친김에 시아버지 속옷도 함께 샀다. 색깔과 무늬까지 똑같은 것을 사서 함께 있는 자리에서 선물했더니 시아버지가 꽤 좋아했다. 근데 포장 뜯긴 속옷을 다시 한 번 꼼꼼히 살피다 화들짝 놀랐다. 구입할 때는 미처 몰랐는데 특별한 기능이 추가돼 있었던 것이다. 이른바 중요부위를 시원하게 해주는 특수 주머니가 있었다. 얼굴이 빨개진 Y와 달리 부자는 껄껄 웃으며 재밌어 했다. 이때 얻은 교훈은 어른 선물이라고 너무 점잖은 것만 고수할 필요는 없다는 것이었다.

Y는 말했다. "순간 '이게 뭐냐' 할지 몰라도 분명 친구들에게 자랑하리라 장담해. 그리고 시댁 갈 때 너무 후줄근하게 입고 가지 마. 화장도 하고 좋은 옷 입어. 남편 옷도 번듯하게 입히고."

한마디로 요즘 시부모들은 안목이 높으니 '스타일리시하게' 차려입으라는 말씀!

우리 집, 우리 엄마. 너희 집, 너희 엄마. 초등학교 졸업 이
후 우리 편 남의 편 따지며 싸우게 될 날이 다시 올 줄 몰
랐다. 결혼한 남녀라면 피해갈 수 없는 과정, "우리 집 VS.
너희 집" 시리즈의 완결판.

문화 차이는 사랑보다 위대하다

전라도식 추어탕과 경상도식 추어탕

"나는 이렇게 멀~건 추어탕보다 진~한 전라도식이 맛있더라."

　친정집 여름별미인 추어탕을 먹으면서 남편이 이따위 말을 던지면 T는
미 음속으로 전의를 불태우지 않을 수 없다.

　'아니, 장모가 비싼 자연산 미꾸라지 구해다 해마다 공짜로 얻어다 먹는
주제에 감히 맛을 논해? 뭐 멀건 추어탕? 당신이 추어탕 맛을 알아?'

　사실 경상도식 추어탕을 시원하게 잘 끓이기는 어렵다. 일단 자연산 미
꾸라지여야 하고, 배추와 숙주나물의 양이 적당해야 들큰하지 않으며, 집
에서 담근 간장으로 간해야 감칠맛이 난다. 신선한 제피가루(향신료의 이름)

와 방아 잎의 양, 국물과 속 재료의 비율과 마지막 양념을 넣는 타이밍까지. 이 모든 것을 엄수하지 않으면 제대로 끓여낸 추어탕은 맛보기 어렵다. 그런데 T는 어려서부터 늘 먹던 음식이라 웬만한 음식점에서 나오는 것보다 나은 추어탕을 끓여냈다. 그런데도 가끔 이런 말을 하는 남편을 보면 그 말이 매우 고깝게 들렸고 때로는 '네 집 음식이라 싫어'로 해석되는 것이다. 이렇게 되면 가문의 명예를 걸고 가만히 있을 수가 없었다.

"어, 그래. 전라도식 추어탕도 아주 맛있더라. 토란대 나물이랑 구수한 들깨즙 들어간 전라도식이 영양가는 더 높겠지? 근데, (시)어머니가 끓이시는 전라도식 추어탕은 너무 텁텁해서 싫더라. 건더기가 너무 많아서 꼭 시래기 삶은 물맛이 나거든. 나는 그런 거 말고 제대로 잘 끓인(!!!) 전라도식 추어탕이 좋아."

그러자 T의 남편은 눈 내려 깔고 밥만 먹는다. 회심의 미소를 지으며 그녀도 마음속으로 다시 한 번 쏘아준다.
'뿌린 대로 거두리라, 이 배은망덕한 인간아.'

우리 집, 그의 집

T와 T의 남편은 출생 신화부터 다르다. 남편은 사 년 만에 얻은 귀하디귀한 첫 아들이었다. 그래서인지 시할아버지는 손자가 콧물을 흘리면 코밑이 아플까 봐 혀로 핥아서 코를 닦았다고 한다(정말 눈물겹지 않은가).

반면 T는 딸 많은 집 외동아들 바로 밑의 딸, 옵션으로 태어났다. T의 남편은 원기소와 서울우유를 먹고 자랐고, 그녀는 원기소를 먹는 오빠를 구경하며 자랐다. 그는 떼쓰면 장어를 구워 바치는 엄마 밑에서 자랐고, 그녀는 아버지와 오빠 몫의 갈치 토막이라도 넘보는 날엔 엄마의 눈에서 나오는 칼침을 맞으며 자랐다. 그러니 그녀는 애초에 물욕을 접고 책과 자연을 벗하며 시름을 달래었고, 그는 아직도 자연산 감성돔을 칡 씹듯이 씹을 그날을 그리며 허황된 월척의 꿈을 좇고 있다.

　그뿐 아니다. T는 결혼 후 시댁에 가면 참 낯선 풍경에 직면했다. 다 큰 자식들 네 명이 모두 시어머니 옆에 옹기종기 붙어 앉아 서로 반쯤 포개고 TV를 보는 것이었다. 서른이 넘거나 임박한 처녀총각들이 데이트하러 나가는 일도 없이 집에서 다 해결(?)하고 있었다. 아버지를 길에서 만나면 어찌해야 될지 몰라서 "아버지, 안녕하십니까?" 하고 인사를 하던 그녀로서는 그 모습이 부럽기도 하고 어색하기도 했다. 말하자면 시댁식구들은 모두 집 귀신들이었다. 밤이 되면 가족들끼리 모여 앉아 맛있는 음식을 먹으며 하하호호 웃었다.

　반면에 그녀의 집은 첫 새벽부터 아버지가 출근하시기 전까지 마당에 모닝커피를 마시러 동네 분들이 모여들기 시작해 밤늦은 시간까지 사람들이 오가는 열린 집이었다.

　"날아가는 까마귀야, 내 술 한잔 먹고 가라" 식인 친정아버지와 열 손님 찡그리지 않는 친정엄마 덕분에 그녀는 사춘기 시절에도 사생활을 보장받지 못해 내내 불평했다. 과일 한 조각도 잘난 거는 손님용으로 죄다 내놓고 아이들은 눈 구경만 시킬 정도였다.

그들의 이런 차이는 손주들의 사랑법에도 그대로 적용되었다. 아이들은 시댁의 전폭적인 지지와 사랑을 받았다. 시댁에서는 아이들이 하느님이나 조상님보다 윗자리 서열이다. 아이가 돗자리 위에서 오줌을 싸도 애놀랜다고 소리치지 않는 분들이다.

"그깟 돗자리가 내 새끼 궁둥이보다 중할까?"

그녀에겐 참 고맙기도 하지만 놀라운 일이었다.

반면 친정에 가면 '애들은 가라' 분위기다. 친정 동네 사전에는 '땡깡 부린다'라는 단어는 삭제되고 없다. 밥 안 먹고 투정하면 밥상 치워버리는 할머니답지 않은 외할머니와 함께 어린 시절을 보낸 T의 큰아이는 뭐든지 혼자 할 수 있는 자기 주도적 아이가 됐다. 덕분에 큰애는 친가에 가면 '신기하고 기특한 아이' 취급을 받는다.

그녀는 결혼 전 엄마에게서 딱 두 가지 칭찬을 받았는데 해장국 끓이기와 송편 빚는 솜씨였다. 결혼하면 시댁에서 칭찬받을 거라 흐뭇해했는데, 그녀의 시댁은 아무도 술을 먹지 못한다. 또 송편이든 떡이든 모조리 사서 쓰는 신식 시어머니를 만나는 바람에 그녀의 유일한 장기는 사장되고 말았다. 실제로 술 좋아하는 신랑 수발하느라 평생 보양식 해 바친 그녀의 친정엄마는 뭐든지 공정의 처음부터 마지막까지 자신의 손으로 해냈다. 예를 들어, 식혜를 만들라치면 봄에 겉보리를 한 말 사서 싹을 틔워 엿기름 만드는 일부터 시작한다. 무엇보다 깨끗하고 같은 돈으로 양도 많고 맛도 있는 음식을 만드니 몸수고가 대수냐 하는 스타일이다.

친정집 마당에는 일 년 내내 보리 싹을 틔우거나 청국장을 띄우거나 미숫가루 만들 재료를 말리거나 쑥을 쪄내거나 늘 친정엄마 손을 거치는 일거리가 널려 있다.

그러나 시댁에는 술을 못 드시는 시아버지와, 그녀가 생각하던 전통적인 엄마와는 많이 다른 시어머니가 있었다.

로마에 가면 로마법을

처음에 T는 그녀 방식대로 잘하려고 애썼다. 시댁에 가면 새벽에 벌떡 일어나 식사준비를 했고, 어른 앞에서 아이 예뻐하는 티 내지 말라는 친정엄마 말대로 버릇없이 구는 아이 나무랐으며, 시부모 생신에는 장을 봐서 상을 차렸다. 남자가 아무리 돈 벌어도 여자가 살림하기 나름이라는 말을 지겨우리 만치 듣던 터라 직장 다니면서도 첫아이에게 천기저귀를 사용했다. 입이 하는 말(?) 다 들으면 돈이 남아나지 않는다는 엄마 말대로 시장에 가면 먹고 싶은 과일을 하나 살 때도 제철이 될 때까지 기다렸다.

그런데 시간이 흐르고 시댁의 스타일을 보니 그녀가 하는 모든 것이 잘하는 일도 환영받는 일도 아니었다. 모두 늦잠을 즐기므로 일찍 일어나 밥할 필요 없고 아이를 혼내면 시어머니의 안색이 바뀌었다. 집에서 일 벌이는 것을 피곤해 하시는 듯했으며 시어머니가 조카를 키울 때는 천기저귀는 한 장도 끊지 않았다.

시댁은 '먹고 죽은 귀신이 때깔도 좋다'라는 신조로 먹는 것을 가장 중요하게 생각하는 집이어서 회를 하나 먹더라도 자연산이냐 아니냐를 따졌다. 그러므로 먹고 싶은 게 있으면 그때그때 챙겨먹는 게 좋다는 쪽이고 특히 아이가 먹고 싶어 하는 것은 조건 없이 주는 분위기였다. 즉, 시댁 관점에서 그녀는 아이들을 학대(?)하고 있었다. 그녀는 며느리라는 타이틀에 걸맞게 나름대로 스트레스를 받으며 애를 썼건만 결과는 영 엉뚱하게 흘러가는 것을 보고 한 가지 사실을 깨달았다.

친정에서는 맞아죽을 짓이 시댁에서는 아무 일도 아니라는 것.

그녀는 친정엄마의 원칙대로 하다가 엉뚱한 데 힘쓰고 있었다. 그리고는 여기는 왜 이러냐 하면서 혼자 스트레스 받았다. 누가 강요한 것도 아니었는데 말이다.

누가 옳고 그른 것을 떠나 로마에 가면 로마법을 따라야 한다. 그녀가 그렇게 로마법을 따르자 훨씬 편해지고 갈등도 사라졌다. 그녀는 시댁에 가면 오랜만에 늦잠을 자고 시어머니가 식사를 준비하면 옆에서 거들기만 한다. 그리고 다른 곳에서는 못하는 아이 자랑을 늘어지게 해서 기쁘게 해드린다. 이때 보통 애가 수재되고 수재급은 영재로 올라가도 아무도 고깝게 여기지 않는다.

또 생신이면 차려입고 예약해둔 식당으로 가서 마음껏 먹어준다. 돈은 좀 더 들지만 설거지도 필요 없어 여자들이 편하다. 가끔씩은 움츠려지는 손을 뻗어서 먹고 싶은 음식을 챙겨 먹는다. 그러지 않으면 평생 최상급의 과일이나 고기는 맛보지 못할 거란 이치를 깨달았다. 그리고 집에 오면 원래 살던 방식대로 사는 것이다. 간섭하지 않고 간섭받지 않는 것이 제일 평화로운 방법이었다.

T의 남편도 예외는 아니다. 그는 처음에 거침없는 장모의 말에 상처를 많이 받았다. 잔소리가 전혀 없고 자식에게 고운 말만 쓰는 엄마 밑에서 살다가 처갓집에 와보니 무슨 전쟁터 화살 피하기보다 어려운 일이 매일 벌어지는지라 소심한 그는 "내가 마음에 안 들어서 저러나보다" 하고 끙끙 앓았다. 친정엄마는 냉면을 먹으러 가서 비빔냉면을 먹지 않으면 화를 냈고, 아무리 물냉면이 좋다 말해도 본인 좋아하는 비빔냉면이 더 맛있으니 바보처럼 물냉면 먹지 말라고 우기는 스타일이었다. 그런 상황에서 꿋꿋이 대처하는 노련한 T와는 달리 "예, 어머니" 하며 착한 며느리처럼 금방 굴복하던 그녀의 남편도 이제는 그 본심을 알고는 물냉면 시킨 뒤 비빔냉면 한 젓가락 집어먹는 걸로 애타는 장모의 마음을 달랬다.

잔소리 속에 든 '사랑'을 깨닫는 데는 그리 오래 걸리지 않았는지 요즘은 딸인 그녀보다 더 편하게 지내는 사이로 변했다(둘이서 함께 그녀 욕을 한다!). 남편은 그녀 집에 드나드는 그 많은 '아지매' 얼굴을 다 기억하고 인사를 드리고, 끝도 없이 나타나는 처가 쪽 친척들을 외우는 데 거의 십 년이 걸렸다. 이거 외우는 데 공들인 시간이 아까워서라도 이혼할 수 없을 지경이다.

그는 만나면 피해갈 수 없는 '독설의 미학'과 생각보다 즐거움이 많은 '이웃과의 교류' 분위기에 익숙해져 지금은 온 동네의 '이서방'으로 자리 잡았다(한때 그는 '고사리 캐는 아지매들'의 멤버이기도 했다!).

생각을 바꾸면 공존이 가능하다

오랫동안 몸에 익어 바꿀 수 없는 두 집안의 문화 차이는 의외로 결혼생활 내내 스트레스로 작용한다. 내게는 익숙한 '우리 집'이 배우자에게는 변비가 걸리는 집일 수가 있고, 내 입에 딱 맞는 '우리 엄마 김치'가 상대에게는 '젓갈 냄새 역한 다른 지방 음식'일 수 있다. 그 사실을 인정하지 않고 따지려 들면 결국에는 '나는 왜 이렇게 이상하기 짝이 없는 집안에서 자란 괴물과 결혼했나' 하는 엉뚱한 결론에 도달하게 될 뿐이다.

아닌게 아니라 그냥 둘이 만나지 말고 각자 제 집에서 행복하게 여생을 보냈다면 경상도식 추어탕이 수모당하는 일 따위는 겪지 않았을 것이다. 모름지기 세상에서 가장 맛있는 요리는 엄마의 요리라 했다.

왜 세상천지에 '우리 집 같은 시댁'과 '우리 집 같은 처갓집'은 없는 것일까(그러게 말이다). 그렇다면 현실을 인정하고 발상의 전환으로 당면 과제를 극복하는 수밖에 없다. 놀랍게도 생각을 조금만 바꾸면 이보다 더 이상적인 환경도 없다.

시댁에서 가져온 고추장은 매운탕을 끓일 때 좋고, 친정 고추장은 초고추장용으로 좋으며, 시댁 김치는 생김치로 먹고 친정김치는 묵혀서 먹는다. 시댁은 수정과가 맛있고 친정은 식혜가 맛있다. 시어머니는 살림을 깔끔하게 하시고 친정엄마는 살림을 불리는 분이다. 시댁은 가족끼리 화목한 비결이 있고 친정에는 사람이 모이는 비결이 있다. 시댁은 아이를 애정으로 키우고, 친정은 독립적으로 키운다. 시댁에 가면 신랑이 행복하고 친정에 가면 내가 행복하다.

시어머니 vs. 친정엄마

시어머니

나: 어머니, 아범이 만날 잠만 자고 빈둥거려요.

시어머니: 하하하. 우리 애가 어려서부터 잠을 폭 잘 잤지.

나: 휴일에도 만날 잠만 자니 보기 싫어요

시어머니: 하하하. 걔가 원래 잠을 폭 잘 잔다.

나: 남자가 잠만 자면 어떡해요? 활동을 해야지.

시어머니: 우리 애는 잠자는 거는 애 안 먹였다. 어찌나 곱게 자는지. 하하하.

친정엄마

나: 엄마, 이서방이 만날 잠만 자고 빈둥거려 꼴 보기 싫어 죽겠다.

친정엄마: 와, 니도 자라. 누가 말리더나?

나: 그래도 남자가 만날 방구석에 처박혀 잠이나 자고.

친정엄마: 안 자면 뭐 할낀데? 잔소리 해쌓지 말고 밥이나 따시게 해먹여라. 돈 벌어 온다고 얼마나 피곤하노?

나: 잠을 자도 정도껏이지, 이건 뭐 거의 인사불성이다. 지겹다.

친정엄마: 피곤한 사람 잠도 못 자게 했다가 병이라도 나면 어쩔래? 그래봤자 말짱 니 손해다. 시끄럽다, 마. 잠자게 놔둬라!

결혼한 언니들이 털어놓는

그래도 결혼은
부부의 것

part 06

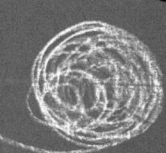

한 쌍의 남녀가 식사를 주문하고 기다린다. 남자는 말없이 신문을 보고, 여자도 말없이 TV를 본다. 틀림없이 부부 맞다! 하지만 지루하고 기대 없는 생활이 영원히 계속될 것 같다가도 일촉즉발의 위기 상황에서 가끔씩 튀어나오는 대반전! 언니들도 감동한 '그래, 우리가 남이가' 시리즈.

아, 우리 원래 친한 사람들이었지

여자 J의 내 생애 최대의 이벤트

J의 남편은 경상도 남자치고는(!) 다정다감한 편이다. 봄이 오면 "향기 좋지?" 하며 노란 프리지어 한 다발 사오는 센스에다, 때때로 목걸이나 머리핀 같은 걸 "하도 예뻐서"라며 선물한다. 예쁜 꽃이라도 꺾으면 아이한테 엄마 갖다 주라고 시키고, 아내가 좋아하는 살구가 나는 철이면 어김없이 기억해두었다가 시골 할머니가 직접 딴 토종살구를 구해다 준다.

　새 차에다 키를 꽂아 배달시킨다든지 결혼기념 선물로 '땅' 같은 걸 사주는 것으로 사랑을 증명하지는 못하지만, 아내의 몸매 변화에도 굴하지 않고 꽃을 선물하는 것으로 그는 아직은 '일편단심'임을 주장한다.

　그러나 안타깝게도 J 남편의 이런 소소한 이벤트는 드라마틱한 결말을 기대할 수가 없다. 꽃다발 받아들고도 뒷머리 긁적이거나, "어, 이런 거 말고 쌈박한 남자 하나 동여매 오라니깐"과 같은 인사말이나 하는 여자와 결혼했기 때문이다. 반응이 뭐 이래 하고 툴툴대는 남편에게 "예쁜 것들은 원래 그래"하고 매번 주장하지만 사실 내성적인 J는 세상이 떠들썩하게 이벤트하는 것이 부끄럽다.

만약 남자가, '나는 누구누구를 사랑한다'라고 한길에서 외치거나, '너는 사정없이 내 꺼'라고 쓴 플래카드를 내걸거나, 백만 송이 장미보따리를 안긴다면 "쪽팔려 죽겠어" 하고는 줄행랑을 쳤을 그녀다.

어느 날, 그런 그녀가 '쌈박한 남자 보쌈'에 버금갈 만한 강력한 선물을 남편에게서 받았다. 계획 없이 태어난 둘째의 첫 생일날이있다. 둘째가 첫돌을 맞기까지 그들 부부에게는 많은 변화가 일어났다. 우선 그녀는 십 년간 하던 일을 그만두어야 했다. 남편도 없이(주말부부였다), 아이 둘을 감당하며 일을 하기에는 누군가 전적으로 아이를 맡아주지 않는 한 불가능했다. 또 남편은 마침 이직을 결심하고 실행에 옮기려는 때였다. 적지 않은 나이에 변화를 수용하기가 두려울 만했다. 그래서 이래저래 J는 마음 편한 산후조리를 해보지도 못했다.

더구나 복잡한 엄마의 심경을 간파했는지 아이가 무섭도록 까다로웠다. 태어난 그날부터 하루에 네 시간 이상을 잘 수가 없었다. 덕분에 그녀는 오 년은 족히 늙어버릴 만큼 건강이 나빠졌다. 게다가 아이가 예쁜 것과는 별개로 갑자기 수정된 모든 계획과 약해진 심신으로 우울증을 겪던 때였다. 그런데 그날 아침 남편이 그녀에게 큰절을 올렸다. 깜짝 놀라 도대체 뭐 하는 거냐고 소리를 질렀더니, "그동안 너무 수고했다. 힘이 되어주지 못해 미안했다"라며 어깨를 안아주는 것이 아닌가.

그 한 번의 큰절이 시사하는 바는 너무 많았다. 그녀는 남편 말의 행간의 의미까지 잘 알 수 있었다. 그래서 남편의 느닷없는 깜짝 이벤트에 눈물을 뿌리지 않을 수 없었다. 그 사건으로 하루아침에 뻣뻣하던 그녀가 부드러운 마누라로 환골탈태하지는 않았지만 그녀는 그때 알게 되었다. 때로는 백 마디 말보다 한 번의 강한 이벤트가 훨씬 더 효과적이라는 것을. 그래서 많은 연인이나 부부가 이벤트에 연연해 한다는 것을 말이다.

그나저나 J의 희망대로 남편이 '쌈박한 남자 보쌈'만 실행한다면 그는 이벤트계의 '킹왕짱 멋진 놈'으로 등극하는 일만 남았다.

여자 M의 '내 생애 최대의 쇼킹 이벤트'

그녀는 생일날 혼자 식탁에 앉아서 이 결혼으로 자신이 얼마나 피폐해졌는지 하나하나 따져보기 시작했다. 웬걸, 내일 당장 이혼해야 될 만큼 억울한 일이 산더미를 이뤘다. 실리주의자 친구는 말했다.

"그냥 나는 내가 미리 외고 퍼고 다 한다. 선물 뭐 해줄 건지, 뭐 받고 싶으니 해내라. 뭐 하러 말 안 하고 있다가 스트레스 받니? 그래봤자 얼굴에 기미밖에 더 생기니?"

하지만 그놈의 자존심이 뭔지 꽁 하고 있다가 열 받는 스타일인 M에게는 먼저 뭐 해달라 대놓고 이야기하기가 지극히 어려운 일이었다. 삼십 대의 마지막 생일을 쥐도 새도 모르게 보내게 되다니 생각할수록 억울했다.

그녀는 가족의 생일날이면 찰밥에 미역국을 끓이고, 수수떡까지 해 먹이는 '스탠다드'한 아내이자 엄마였다. 시집와서 손수 차린 시부모의 생일상만 해도 스무 번이 넘는데, 아들 생일이면 미역국을 끓이나 안 끓이나 챙기는 시어머니가 며느리 생일에는 입으로만 하는 인사 한 번 없다는 것도 그녀를 화나게 했다.

그날따라 열두 시가 가까워서야 남편이 들어왔다. 남편은 문을 열어주면서도 고까운 표정인 아내를 보고는 갑자기 손님이 와서 늦었다고 지친 얼굴로 말했다. 샤워를 하러 들어간 남편을 기다리며 그녀는 TV를 켜놓고 누워 있었다. 그때 갑자기 남편의 목소리가 들려 무심코 고개를 돌린 그녀는 "으악" 하고 비명을 지르지 않을 수 없었다.

"생일 축하해. 내 선물 받아줘."

발가벗은 남편의 '그곳'에는 빨간 리본이 묶여 있었고 남편이 빙그르르 한 바퀴 돌아 그녀 옆에 쓰러졌던 것이다.

"미안해, 요즘 너무 바빠서 시간을 낼 수가 없었어. 그래도 아직은 괜찮은 놈 하나 통째로 가져. 신상품 아니라 미안해."

그녀는 웃고 웃고 또 웃다가 눈물을 흘리기까지 했다. 평소 그럴 만한 사람이 못 된다는 것이 그녀를 더 웃겼다. 짧은 시간 최대한 고민한 흔적이 역력했다.

"알았어! 다음부터는 세워서 갖고 와!"

제대로 화끈한 서른아홉 살 생일선물이었다.

남자 S의 '내 생애 최대의 감동 이벤트'

서른여덟 살, 인생의 정점에 서 있던 남자 S는 그해 구 월 알거지가 되었다. 평소 믿었던 형이 내민 서류에 무심코 사인을 해준 것이 그의 발목을 잡은 것이다. 잘못 선 보증으로 십 년간 일군 사업과 막바지 공사에 한창이던 '꿈의 집'을 한순간에 잃게 되었다. 아내가 원하던 다락방이 있는 집이었다. 마당에는 아이를 위해 그네를 걸고 그가 고른 오디오 세트를 완벽히 갖춘 그 집에서 이제 평화로운 사십 대를 누려볼 예정이었다.

그는 남보다 열심히 살았다고 자부했다. 그의 성실함은 학창시절부터 동기들과 선생님들 사이에서 거론될 만큼 남달랐다. 거기에다 좋은 머리까지 가졌으니 젊은 나이에 성공한 그를 두고 누구도 질시하지 않았다. 중학교 동창인 그의 아내도 이런 점에 반해서 오랜 기간 연애를 거쳐 결혼에 이르렀다.

한 달 만에 S는 5킬로그램이 빠지고 잇몸이 내려앉았다. 갈아입을 옷 한 벌 없이 친구가 마련해준 산동네 남의 집 문간방에 도착했을 때, 그들 부부는 직면한 현실의 참혹함을 실감했다. 그러나 그날 밤 S는 아내에게서 결코 잊을 수 없는 말을 듣게 되었다. 그 말은 그를 지옥에서 끌어올렸다.

"당신, 그동안 정말 수고했어. 인제 좀 쉬라는 건가봐. 그동안 당신 덕분에 나 잘 살았다. 인제 내가 짐을 좀 나눠질게. 우선 잠이나 푹 자. 지난 몇십 년 동안 당신은 잠 한 번 제대로 잔 적 없잖아?"

아내는 놀랍게도 원망의 말 한마디 없이 남편 S를 위로해주었다.

그 이후의 이야기는 익히 우리가 학습한 대로 둘이서 손잡고 위기를 헤처 나갔다쯤으로 요약된다. 그들이 그 시점에서 '진정한 전우'가 되었음은 말할 것도 없겠다.

일반적으로 위와 같은 상황에서는 "아이고 내 팔자야"라든가, "내 그럴 줄 알았어"라는 비난을 함으로써 엎어진 배우자의 등을 한 번 더 밟아주는 액션이 나온다. 대부분 평강공주 마인드를 가지기는 쉽지 않다(출신 성분이 달라서?).

우리는 평상시 "네 덕분에"라는 말보다는 "너 때문에"라는 말을 훨씬 많이 하고 산다.

"서로 덕 보려고 하니까 싸움이 난다. 내가 배우자의 부족함을 채워줄 수 있어서 다행이라는 마음으로 결혼에 임하라."

어느 고명하신 스님의 주례사이다.

진정 배우자가 내 인생의 선물이라는 데 동의하는가. 나는 과연 내 배우자에게 '선물'인가 '민폐'인가? 가끔씩 이런 감동적인 드라마 앞에서 잊었던 양심이 되살아나 전우로서의 자세 다시 한 번 가다듬게 된다.

연애에 종지부를 찍고 결혼의 세계로 입문한다는 것은, 장기배낭여행파트너를 갖게 됨을 의미한다. 연애가 5박 6일 제주도 코스라면 결혼은 100박 101일 아프리카 횡단 여행이다. 결혼은 뜨거운 전우애가 없다면 계속될 수 없는 행군이다.

배우자는 전우다

미안해, 고마워 그리고 사랑해

5급 장애진단을 받은 지 칠 년 된 남자 K는 그야말로 드라마틱한 인생을 살아왔다. 맞선으로 만났지만 첫눈에 반한 작고 귀여운 아내와 결혼했을 때만 해도 도무지 상상조차 못한 일이 벌어진 것이다. 건설업을 하던 형이 천석꾼 할아버지가 물려준 재산을 홀라당 다 말아먹었을 때도, 적어도 몸뚱이만은 성했기에 그럭저럭 견딜 만했다. 하지만 1998년 여름, 서울이 폭우로 물난리가 난 뒤부터 걸음걸이가 이상해졌고 급기야 뼛속에 종양이 생기는 희귀질병 진단을 받고 말았다. 당시 스물아홉 살 아내와 결혼한 지 채 일 년도 안 된 상태였다.

이미 아내와는 신혼의 위기를 겪고 있었다. 월간지 기자였던 K는 IMF의 여파로 연봉이 30퍼센트나 삭감됐는데 노동 강도는 오히려 세져 주말 없이 밤늦도록 일하는 생활을 반복했다. 가끔 쉬는 주말에도 잠만 자기 바쁘니 아내는 생각한 결혼과 다르다며 힘들어 했다. 그러던 차에 예기치 않은 병이 찾아왔다. 그는 아직도 그때 의사가 한 말을 기억한다.

"신혼의 단꿈은 버리고 수술합시다!"

신혼의 단꿈 따위는 이미 부서진 상태였다. 아내의 입에서 이혼 얘기가 나오고 있었기에 엎친 데 덮친 격이었다. 이 상황에서 칼자루를 쥔 사람은 단연 아내였다.

그녀는 자신의 결혼이 재난영화로 전개되고 있음을 간파했지만 차마 결혼에 종지부를 찍지 못했다. 어떤 결정을 내릴 틈도 없이 상황이 급박하게 진행된 까닭도 있다. K는 진단받고 곧바로 수술에 들어갔다. 그게 1998년 9월 14일이었고, 이듬해 4월 31일 다시 회사로 복귀했다가 병이 도진 게 2000년 3월 25일이었다. 그해 6월 5일에 했던 인공관절 치환수술은 목숨이 오갈 정도로 위험한 수술이었다(고통의 강도를 반영하듯 K는 이 모든 날짜를 정확하게 기억했다).

아내는 정신없이 남편과 함께 죽음의 고비를 넘겼다. 서른한 살 여자가 감당하기에 너무 큰 짐이었지만 차마 병든 남편을 내칠 수가 없었다. 차라리 남편 몸이 성했다면 또 몰라, 그러면서도 발목 잡혔다는 생각에 상처 될 말도 쏟아냈다.

"수술한 뒤 아내가 그러더군. 인간이 불쌍해서 산다. 동정심 갖고 보살펴줄게."

사실 아내뿐 아니라 당사자인 K에게도 결코 만만치 않은 시간이었다. 결과적으로 그는 두 번의 수술로 건강도 되찾고 이혼 위기도 넘겼다. 덤으로 인생 한번 되돌아보는 기회도 갖게 됐다.

"내게 주어진 제2의 인생을 소중하게 지키고 싶었어. 결혼하고 수많은 우여곡절을 겪은 아내에게도 정신적으로나마 어떤 보상을 해주고 싶었어."

건강을 되찾는 게 급선무이기도 했지만 지금 직장을 계속 고수하다가는 아내가 원하는 가정 위주의 삶이 불가능하다고 판단해 사회생활을 해야 하는 남자로서 큰 결단을 내렸다. 앞뒤 안 재고 직장을 관둔 것이다.

K는 아무 생각 없이 쉬면서 임신한 아내 곁을 지켰다. 아이한테는 추억을 선물하고 싶어 배 속에 있을 때부터 틈나는 대로 캠코더로 찍어 날짜별로 보관했다. '내 아이 동영상 촬영'은 보통 태어난 지 일 년 만에 중단되는 게 일반적이나 그는 아직도 캠코더를 놓지 않고, 딸애가 원할 때마다 '두 살 때' '세 살 때' 동영상을 보여준다. 비록 그때 진 빚을 아직도 못 갚고 있지만 단 한 번도 이때의 휴식을 후회해본 적이 없다.

K는 말한다.

"가정은 유리와 같아서 한 번 깨지면 다시 붙인다 해도 상처가 남아."

결혼한 지 십 년된 지금도 K가 일보다 가정을 우선순위에 두고 있는 이유다.

가정적인 남편으로 거듭난 K에게는 무슨 일이 생겨도 반드시 사수하는 원칙이 하나 있다. 저녁만큼은 꼭 집에 가서 먹는 것이다.

"다들 야근한다고 저녁 먹으러 가면 난 굶고 일 끝낸 뒤 집에 가. 회식도 1차만 참석하고 집에 가서 밥 먹어. 아무리 중요한 상대라도 저녁 미팅은 안 잡아."

또 다리가 불편하지만 힘닿는 데까지 집안일을 돕는다. 정갈한 아내가 두 번 일 된다고 손대지 말라 해도 굳이 하겠다고 우긴다.

"우리 엄마한테도 말해. 비록 아들이지만 난 시집간 거라고. 명절에 우리 집 못 가도 장인장모는 꼭 찾아뵙고 인사해. 예전의 경상도 남자라면 상상도 못할 일이지."

한 번 전우는 영원한 전우라 했던가. 잘 키운 전우 하나 열 친구, 열 형제 안 부럽다.

나 힘들 때 어디 있었니?

억대 매출의 대형 고기집을 운영하는 사십 대 후반의 남자 Y는 요즘 이혼을 심각하게 고려하고 있다. Y는 서른아홉 살에 생판 처음 해보는 정육점 일에 뛰어들어 연회석을 갖춘 고기집으로 키우기까지 만만찮은 어려운 시절을 보냈다.

스테이크 먹는 분위기의 고기집을 만들겠다던 그의 아이디어가 성공을 거두면서 경제적으로 풍요로워지고 사업가로서 그의 위상도 커졌지만, 상대적으로 그는 집에 들어가는 게 싫어졌다. 이유는 그가 번 돈으로 마음껏 자유를 누리는 아내가 보기 싫어서이다.

아내는 동네에서 제법 산다는 집의 여자들과 어울리면서 그들의 라이프 스타일을 따라했다. 하루하루 옷차림이 달라지고 무슨무슨 이름을 붙인 모임에 나가고 운동도 새로 시작했다. 또 특별히 공부에 재능이 없는 아들에게 일대일 과외선생을 붙이거나, 바이올린에 전혀 흥미를 보이지 않는 딸아이를 우격다짐으로 레슨을 받게 했다. 바야흐로 새로 진입한 상류층 생활을 제대로 흉내 냈다. 남편이 뼈 빠지게 번 돈으로 말이다.

여느 남편들처럼 Y도 가족의 행복을 위해 돈을 벌고 싶었고, 그들이 행복해하는 모습을 보는 것이 자신의 행복이라 생각했다.

하지만 그가 실직한 후 오랜 궁리 끝에 선배가 하는 정육점에서 같이 일을 배워보자고 했을 때, 아내는 일언지하에 "나는 그런 일 못해"라고 대답했다. 또 정육점에서 제대로 된 월급을 못 갖고 올 때는 시집 잘 간 친구들 이름을 거론하며 신세한탄을 했다. 게다가 선배의 정육점을 좋은 조건으로 인수하게 되었을 때는 장인장모까지 나서서, '우리 집안에 백정사위 운운'하며 못마땅해 했다. 한마디로 그가 창피하다는 말이었다. 그때 아내는 아예 아이들을 데리고 처가로 들어가 버렸다.

홀로 남은 그는 정육점이 자리 잡을 동안 가게에 붙은 방에 기거하며 숙식을 해결했다. 그런데도 장모는 자기 딸 고생한다고 그를 나무라면서 성과를 빨리 못 낸다고 다그치기만 했다. 급전이 필요하거나 대출 보증이 필요할 때 처가에 손이라도 벌릴까 벌벌 떨던 사람들이었다. 하지만 지금은 걸핏하면 떼거리로 몰려와 공짜 밥을 먹고 간다. 더 괘씸한 것은 사업이 잘되는 것은 자기 딸 사주에 남편을 일으키는 운이 강한 덕분이라고 동네 방네 떠들고 다니는 것이다. 고통 분담은 싫고, 권리만 누리겠다는 이기적인 아내와 처가식구들이 Y의 눈에 고울 리가 없다.

오히려 그 시절 그의 앞날을 걱정해준 사람은 아내 대신 채용한 두 살 연상의 주방아주머니였다. 그녀는 정육점을 대형식당으로 키우기까지 아이디어를 내고 소스를 개발하고 조리법을 연구할 때 항상 그의 손발이 되어 주었다. 이른바 그의 식당을 세운 창립멤버였다. Y는 주방아주머니가 자신의 파트너라고 느끼고 그녀에게 정당한 보상을 해주고 싶다. 반면에 아내는 생각만 해도 화가 치밀어 오른다. 아내에게 자신은 그저 돈 버는 기계 이상도 이하도 아니었다. 한마디로 그는 더 이상 무임승차하는 아내를 배우자로 인정하고 싶지 않다. 결혼식을 올릴 때 주례선생이 분명 물었다.

"기쁠 때나 슬플 때나 함께하겠습니까?"

그녀는 처음부터 제대로 대답했어야 했다.

"아뇨, 기쁠 때만 함께하겠어요."

그는 자신의 노모가 돌아가시고 작은 아이가 고등학교를 졸업하면 아내와 이혼할 계획이다. 인생의 황혼을 이혼남으로 사는 것보다 더 불행한 일은 '무늬만 동반자'와 함께 사는 것이라 생각하기 때문이다.

우리는 마음에 드는 남자, 마음에 드는 여자 하나씩 데려
다놓고 나와 같지 않다고 다투느라 세월 다 보낸다. 사랑
이라는 이름으로 간섭하고, 바꾸려 하다가는 그놈의 사랑
이 먼저 식어버린다. 생각을 바꾸면 돈 안 들이고도 훨씬
더 행복하게 살 수 있다. 생각을 바꾸고 더 행복해진 언니
들의 이야기.

50퍼센트 더 행복해지는 법

승산 없는 싸움에 힘 빼지 않는 현명한 J

"밥 먹을 때 참~ 맛있게 먹네."

"어. 내가 소리를 좀 내지. 조심할게."

이러던 커플이 결혼하고 나면 보통 이렇게 된다.

"밥 먹을 때 쩝쩝 소리 좀 내지 마."

"알았어."

"소리 좀 내지 말라니까!"

"……"

"내 말 안 들려?"

"그냥 밥 좀 먹자!"

이쯤 되면 한 사람은 사랑이 식어 내 말은 귓등으로도 안 듣는다고 의심하고, 한 사람은 나 밥 먹는 꼴까지 미워한다고 맘 상한다. 하나둘 서로의 단점을 지적하기 시작하면 이내 한번 해보자로 발전하고 작은 것이 쌓이고 쌓여 큰 싸움으로 번지기 마련이다.

서로 다른 환경에서 살다 만난 남녀가 합법적 동거에 돌입하면 진짜 싸울 일이 백만 가지다. J부부도 심심찮게 각종 연체금, 공과금 내기부터 시시때때로 그 물건 어디 있는지 찾기까지 서로 걸고넘어지기 시작하면 사방이 지뢰밭이다. 하지만 이런 문제로 싸운 일이 거의 없다. 습관의 오랜 역사를 인정하기 때문이다. 한 인간의 잘못된 습관은 최소 십 년, 못해도 이십 년 몸에 배인 것이다. 승산 없는 게임에 괜히 힘 뺄 필요가 있을까? 상대방이 스스로 고칠 때까지 기다리며 스트레스 안 받고 사는 것이 최고다.

최근 J부부는 수명 다한 침대매트리스와 무더운 날씨 때문에 바람 잘 통하는 마루에 이불을 펴놓고 잤다. 그렇게 며칠을 했더니 안방 침대 위가 갑자기 옷장으로 둔갑해버렸다. 옷장 정리가 깔끔하게 되어 있지 않아 무슨 옷이 있는지 한눈에 알아보려고 하나둘씩 늘어놓다 보니 순식간에 침대가 옷장으로 용도 변경된 것이다. 남편은 은근히 그게 꼴 보기 싫은지 한마디 툭 던졌다.

"언제 침대가 옷장이 됐어?"

그래놓고, 어느 날은 말없이 옷을 치우면서 "아이구 참 속상해서"라고 중얼거려 J를 박장대소하게 했다. 물론 그녀의 남편은 완벽한 사람이 아니다. 일례로 자기 몸은 깨끗이 닦으면서 욕실 청소는 절대 안 한다. 설거지도 하고 청소기도 잘 돌리지만 유독 욕실만은 사양한다.

"머리카락이 '링'이 연상될 정도로 쌓여 있으면 왠지 갖다 버리고 싶지 않아?"

태클을 걸어보지만 J도 그 선에서 그만둔다. 대신 목마른 사람이 우물 판 뒤 서로에게 우물 팠다 조금 생색낸다.

"나 오늘 욕실 청소했어. 봤지?"

"어. 봤어. 힘들었겠네."

"아까 음식물쓰레기 다 갖다 버렸어!"

"아휴 수고했네(이때 한 일보다 백배 더 과장해 칭찬해주는 게 중요하다)."

하루는 자신들의 방식이 지나친 방임인가 싶어 장난삼아 물었다.

"내가 도박하면 어쩔 거야?"

J의 물음에 남편은 대답했다.

"따라다니며 고쳐야지."

"만약 절대로 못 고치면?"

"그쯤 되면 네가 싫어지지 않을까?"

적어도 J에게는 그게 정답처럼 들렸다.

결혼 전에도 J는 남편이 "네 손에 물 한 방울 안 묻히게 해줄게"라고 말하지 않아 좋았다. 너무나 금방 탄로가 날 빤한 속임수라 생각돼서다.

J는 생각했다.

'도박에 빠진 나를 지금처럼 좋아해 달라고 요구하는 것은 무리다. 마찬가지로 남편이 그렇다면 나도 자신 없다.'

누구나 막상 닥치면 어떤 형태로든 지키려 할지도 모르겠다. 하지만 그건 그때 가봐야 아는 것이고 사랑의 힘으로 장담하라면 그건 좀 난감하다. 무릇 사랑이란 저절로 고여 넘쳐야지, 강요한다고 해서 생기는 성질의 것이 아니다.

J는 물었다.

"우리는 언제까지 지금처럼 잘 지낼까?"

"그야 모르지. 최대한 잘 지낼 때까지 잘 지내야지."

"우리는 왜 잘 지낼까?"

"글쎄, 서로한테 바라는 게 작아서? 남들과 비교하지 않아서? 들들 볶지 않아서? 바가지를 긁는다는 건 자신이 원하는 상대로 만들고 싶은 욕심 아냐? 누구나 나쁜 버릇 하나 정도는 있는데 고치라 잔소리한다고 하루아침에 고쳐지냐? 본인이 알아서 고치면 좋지만 아니면 그냥 눈감고 살아야지."

사실 당장 죽고 살 정도로 치명적 단점 아니면 너무 안달복달하지 않는 게 부부의 정신 건강에 좋다. 도무지 체질상 본척만척할 수 없다고? 부지런히 입을 놀려야 갑갑한 인생 살아갈 수 있다고? 그렇다면 칭찬을 무차

별적으로 하는 방법을 추천한다. 여자 K가 딱 그런 경우로 그녀는 칭찬의 일상화로 부부간 갈등의 상당 부분을 해소했다.

남편에게 당근 주는 능숙한 조련사 K

회사에서 깐깐하기로 소문난 K는 유독 남편에게만은 관대했다. 남들 다 겪는다는 권태기를 겪을 때만 해도 그렇지 않았지만 한차례 위기를 겪은 뒤로 남편과 통화할 때마다 칭찬하는 버릇이 생겼다. 하루는 뭘 그리 잘 했는지 궁금해 후배 J가 "남편이 승진이라도 했어? 뭔데 뭐야?" 캐물어봤다. 그러자 기가 막힌 답이 되돌아왔다.

"장이 약해 자주 설사를 하는데 오늘은 된 똥을 누었다네."

(오 마이 갓! 이건 무슨 시추에이션?)

후배 J는 다음 날 화장실에서 K를 만났고, 그녀는 변함없이 전화통을 붙들고 "잘했군, 잘했어" 노래를 부르고 있었다. 이번에는 남편이 충치가 생겨 몇 주 전부터 병원에 가라 했는데 드디어 진료를 받아 칭찬을 해줬단다. 질질 끌다 뒤늦게 갔는데 지금 이게 칭찬할 일인가? J의 질문에 K는 피식 웃으며 "성인이 될수록 책임감과 의무만 늘어나는 게 슬프지 않느냐"며 동문서답을 했다.

"갓난아기일 때는 밥 잘 먹고 똥만 잘 싸도 칭찬받는데, 어른이 되면 어디 그러니?"

뭐 틀린 말은 아니다.

"사회는 주로 성공한 사람들만 칭찬하잖아. 하지만 우리 같은 평범한

250

사람들도 그네들 못지않게 노력하면서 힘들게 살아. 사는 게 얼마나 힘드니? 살아내고 있다는 것만으로도 칭찬받아야 한다고 봐."

J는 K의 진지모드가 다소 부담스러웠지만 사람이 어떻게 그리 변할 수 있는지 궁금해 일단 자료조사에 돌입했다. J가 수집한 자료에 따르면 K의 남편은 삼 년 전 실직을 했다. 당시 K는 그 문제로 적잖은 스트레스를 받았고 회사에서도 늘 피곤한 모습을 보였다. 뭔가 방법을 찾아보라고 남편에게 잔소리도 꽤 했던 모양이다. 그러다 한밤중에 물 마시러 일어났다 베란다에 쭈그리고 앉아 깡소주 마시는 남편의 모습을 봤고 그 모습이 하도 측은해 '채찍' 대신 '당근'을 주기 시작했단다.

"사실 가장 답답한 사람은 본인이잖아. 너무 몰아붙이지 말자 싶더라고. 게다가 잔소리하는 것도 힘들더라. 내 기분까지 엉망이 되어 회사생활 지장받고, 그때 나 다크서클 무릎까지 내려오지 않았냐?"

기억의 책장을 뒤적여보니 남편에게 당근 주기를 시행하는 사람은 비단 K뿐만이 아니었다. 이십 대 초반에 결혼해 벌써 결혼 삼십 년차에 접어든 J의 큰 언니도 평소에 늘 남편을 칭찬했다. 집안 내력이 하도 무뚝뚝해 자매들 중에서 '여우같은 마누라'는 단 한 명도 없는데 J의 큰언니는 보는 사람이 살짝 불편할 만큼 남편을 공개적으로 칭찬했다.

규칙적으로 운동을 하는 남편에게 "당신이 그렇게 몸 관리를 하니 누가 당신을 오십 대로 보겠느냐, 옆집 아줌마가 삼십 대 후반인 줄 알았대" "아유, 우리 신랑은 식성도 좋지. 내가 이러니 밥할 맛이 난다니까" "참 잘했어요, 우리 신랑 뽀뽀해줘야겠네"라고 칭찬을 아끼지 않는다. J의 형부도 아내의 이런 칭찬에 주위 관객을 의식하며 "왜 그래? 뭐 잘 못 먹었어?" 하며 퉁퉁대지만 터져 나오는 미소까지 감추지는 못했다.

그 효과는 분명 탐낼 만했다. J의 언니는 아들만 둘 있는 집안에서 단연 '황비' 대접이다. 맛있는 음식이 있으면 절대 아이들이 먼저 젓가락 못 댄다. 아이들이 엄마한테 조금만 불손해도 그놈은 그날 아빠한테 국물도 없다. 직접적인 애정 표현은 못하는 '갱상도 사나이'지만, 아내의 스스럼없는 칭찬에 화답하는 그만의 방식인 것 같다.

칭찬은 고래도 춤추게 한다지만, 매일 얼굴 맞대고 사는 남편이나 아이를 칭찬하기가 쉽지는 않다(어디 칭찬할 게 있어야 말이지). 하지만 사과 한 봉지를 사면서도 어떡하면 주인을 구슬려 덤이라도 얻어볼까 애를 쓰는 마당에, 가족끼리 서로 행복해지는 노력을 하는 것은 현명한 일이 아닐까. 칭찬의 마법을 아는 사람들이 말한다. 상대가 행복하면 나도 행복하고, 서로 기분 좋은 말만 하다 보면 몸까지 건강해지니, 이거야말로 꿩 먹고 알 먹고 도랑치고 가재 잡는 격이 아니냐고. 노느라 시험 망친 아들에게 혼을 내기보다, 힘내라고 갈비를 대접했더니 다음 시험 때 웬일로 스스로 책상에 앉더라는 친구의 증언도 있다. 칭찬은 과연 사교육비도 굳게 해준다. 그러니 지금이라도 당장 얼굴에 철가면 쓰고 입에 침 바른 뒤 칭찬하는 연습에 매진해보자.

행복의 기준은 어디에 있는 걸까? 많은 것을 소유하지 않아도 행복할 수 있다는 것을 머리로 아는 것과 그것이 가슴으로 내려와 느끼게 되기까지는 천리의 간극이 존재한다. 내가 무엇을 원하는지조차 잘 모르고 살기도 하는데 대체 어디까지 채우면 행복해지는 걸까.

완벽한 행복은 없다

그러는 너는, 행복하니!?

명랑녀 P가 친정아버지 생신 모임에서 "나는 이만하면 행복하지 뭐"라고 말했을 때, 친정오빠가 뜻밖이라는 듯 무심코 웃음을 보였다. 그 웃음은 '이런 촌 동네에서 쥐꼬리만 한 경제력으로 하루하루 복닥거리며 살아가면서 이 상태가 행복이라 생각한다는 거야?'라는 의미를 담고 있었다.

그녀의 오빠는 국내 유수의 로펌 소속 변호사였다. 새언니도 유복한 집안에서 잘 자라 세련되고 예의가 깍듯한 사람이었다. 영어를 모국어처럼 말하는 조카들과 오빠부부가 오면 평소에도 약간의 거리감을 느낄 정도로 그녀와는 이른바 사회적 위치가 다르긴 했다. 하지만 오빠의 의식 속에 자리 잡은 뿌리 깊은 선민의식이 형제자매인 자신에게도 예외가 아니라는 사실을 깨닫자 말로 표현할 수는 없었지만 기분이 가라앉았다. 남이 나를 볼 때 어떤 위치에 있는지 적나라하게 알아버린 기분이라고 할까? 그녀의 오빠 기준으로 바라보면 P는 도무지 행복을 말할 '건덕지'가 없어 보이긴 했다. 십 년 된 33평짜리 아파트 한 채, 오빠의 한 달 용돈쯤 될 신랑의 월급, 조카들에 비하면 도무지 제대로 된 교육을 시킬 수나 있을까 싶은 그저 그런 교육환경, 농사를 짓는 연로한 시부모.

하지만 그녀는 자신의 현재를 이렇게 묘사한다. 인테리어를 마음대로 바꿀 수 있는 자신 소유의 전망 좋은 아파트, 주변의 산책로와 남쪽 베란다로 들어오는 햇빛이 그녀 가족의 건강에 도움이 된다. 급여가 많지는 않지만 상대적으로 안정적이고 근무환경 좋은 남편의 직장, 밤늦게 귀가하는 보통의 남편들과는 달리 공무원인 신랑은 매일 저녁 밥상을 아이들과 함께할 수 있다. 또 그녀 특유의 친화력으로 잘 형성된 학부모 네트워크, 집에서 십오 분 거리인 학교까지 등하교 카풀을 할 수도 있고 바쁠 때는 아이를 안심하고 맡길 수도 있다. 그들 중 몇몇과 디지털카메라 모임을 만들어 소규모 사진전도 여는데 그 재미가 쏠쏠하다.

언제나 믿고 도움을 받을 수 있는 십 분 거리 이내에 사는 친언니들, 쌀과 각종 신선한 농산물을 제공하는 시부모는 그녀에게 든든한 배경이 되어준다. 무엇보다 두 아이가 탈 없이 잘 크고 있다. 같이 놀 친구가 많은 것이 얼마나 좋은지 모르겠다.

물론 너무나 소시민적인 그녀의 인생관을 걸고넘어진다면 할 수 없으나, 즐거운 하루하루가 모여서 긴 평생이 되는 거라고 굳게 믿는 그녀에게는 지금이 충분히 행복한 현실이다.

그녀는 묻고 싶었다.

"그러는 오빠는 나보다 세 배쯤 행복해?"

나보다 더 행복한 그녀

마흔세 살의 주부 K. 그녀 인생에 이런 밑바닥 치는 날이 올 줄은 꿈에도 상상한 적 없다. 아무런 연고가 없는 시골마을로 들어온 지 삼 년째, K는 우유아줌마가 되었다. 남편은 아직도 파산의 충격에서 벗어나지 못했다 는 핑계로 두문불출이다. 그녀는 파산보다도 다시 힘을 내지 못하는 남편 을 보는 것이 더 질망직이다. 미래를 생각하면 당장이라도 뛰어내리고 싶 을까 봐 K는 '유배생활 중'이라고 암시하면서 하루하루 살아가고 있다.

K의 고객 중에는 중풍 든 아내를 오 년째 돌보는 남자가 있다. 그는 아 침마다 토마토니 인삼이니 몸에 좋다는 야채를 우유 넣고 갈아서 아내에 게 먹이고, 맑은 날에는 마당에 의자를 내어놓고 아내를 앉힌 후에 이런저 런 집안일을 한다. 충분히 불행을 느낄 법한 상황인데 불행한 얼굴이 전 혀 아니다. 딸도 아들도 있다 하는데 자기 손으로 시중을 다 든단다. 아내 는 자기 차지라 하면서.

K는 요즘 그 중풍 든 여자가 부럽다. 자신도 남편에게든 누구에게든 그 런 보살핌을 받으며 가만히 있어보면 좋겠다.

어느 날 한 달 치 우유 값을 받고 영수증을 꺼내려는데 그 남자가 불쑥 말을 던졌다.

"바닥까지 오고 나면 좋은 일만 남은 거예요. 인제 올라갈 일만 남은 거 겠죠?"

우유를 배달하는 그 짧은 시간에도 K의 얼굴엔 '절망, 절망'이라고 씌어 있었나보다. 그다음부터 K는 그 집을 지날 때마다 묘한 위안을 받는다.

'그래, 더 이상 빚을 갚지 않아도 된다는 사실만 해도 어디야? 내 나이 에 이 억 원, 삼 억 원씩 갚아야 할 빚만 남은 사람들도 있는데, 그에 비하 면 나는 제로에서 시작이니까 가뿐한 거지. 내가 처한 현실에서 행복을 찾 아낼 수 있다면 이 고비도 어차피 '지나갈 어느 날'이야……'

그녀는 방 안에 누운 아픈 여자와 그 남편을 보면서 행복의 또 다른 얼 굴을 본다.

다 가지면 다친다?

B의 친정엄마는 그녀에게 든든한 후원자이다. 그녀가 집에서 반대하는 결혼을 강행했을 때도, 아버지보다 먼저 "네가 그렇게 원하면 한번 살아 봐라"라고 말했고, 예상대로 힘든 고비를 넘길 때는 "너무 힘들면 돌아와 도 좋다"라고 그녀의 심리적 안식처를 항상 만들어주었다.

십 년이 지났을 즈음, 남편의 일이 잘 풀리면서 그녀의 삶의 질은 급속도 로 향상되었다. 25평 전세에서 70평 아파트로 이사하게 되었고, 해외여행 을 이웃집 건너가듯이 하게 되었다. 친정부모에게 충분한 용돈도 드릴 수 있어, 그녀는 그간의 은혜를 한꺼번에 보상할 수 있었다. 누구보다 기뻐한 사람은 친정엄마다. 하지만 그녀에게는 불만이 있었다. 그것은 자신에게

살뜰하지 못한 남편의 성격이었다. 애교 많고 남편을 많이 좋아하는 그녀와는 달리 남편은 항상 무뚝뚝해 무심하게 굴었고, 사업이 바빠지면 바쁜 대로 한가할 때는 한가한 대로 취미를 즐기느라 가족과 함께 보내는 시간이 압도적으로 적었다. 그녀는 그런 남편에 대해 전전긍긍하며 스스로 불행해 했다. 그런 그녀의 하소연을 듣던 엄마가 이렇게 말했다.

"다 가질 수 없다. 혼자서 다 가지라는 법도 없지만 그러면 다른 큰 탈이 생긴다. 너희는 젊은 나이에 남들이 쉽게 못 가지는 부를 가졌고, 아이들도 건강하고 공부를 잘한다. 게다가 너나 신랑 둘 다 많이 배운 사람들이다. 이미 남들보다 차고 넘칠 만큼 많이 가졌다. 돈도 있고 자식 복도 있으니 부부금슬도 좋아야 한다… 그러면 좋겠지. 하지만 모든 게 좋나면 분명히 다른 데서 덜 가지게 해서 균형이 맞게 되어 있는 게 세상 이치다. 건강을 놓칠래? 아이들을 놓칠래? 신랑이 바람을 피우는 것도 아니고, 단지네가 원하는 만큼 안 따라준다는 건데 거기에만 초점을 맞추고 있으면 네가 세상에서 제일 불행한 사람인 거라. 네 동생 봐라. 신랑이 그렇게 좋다고 따라다니건만 돈이 없잖느냐. 그 집도 돈만 있으면 만사형통이겠지. 돈생겨봐라. 또 바라는 게 안 생길 것 같니? 다 좋기를 바라는 마음을 애초에 가지지 마라. 그래야 병이 안 생긴다."

45년 결혼생활의 내공인지, 65년 인생 선배의 내공인지는 몰라도 엄마의 논리는 그녀에게 머리를 땅 하고 치는 깨우침을 주었다. 사실 자신의 집착이 아이에게로 가면 아이가 행복해하지 않았고 남편에게로 가면 남편이 답답해했다.

'모든 것을 가질 수 없으며, 완벽하게 행복한 부부가 없다'라는 사실을 수용하면서 그녀는 늘 머리에서 떠나지 않던 불안감을 떨치고 이전보다 훨씬 자유로워질 수 있었다. 나에게 없는 것을 원하다가 내가 이미 가진 것도 제대로 누리지 못하는 자신을 뒤늦게나마 발견한 것이다.

그녀는 요즘 습관처럼 내뱉는다.

고생 끝에 낙이 와서 행복하고, 남편이 자수성가해서 자랑스럽고, 친정 부모님이 건강하셔서 기쁘고, 아이들이 잘 자라줘서 고맙고, 무엇보다 자신이 남편을 처음처럼 사랑하는 것이 좋고, 남편이 한결같아서 믿음직하다고.

"행복할 만해서 행복한 게 아니라 내 삶의 태도가 행복을 결정한다."

그녀가 비로소 깨닫게 된 행복의 기준이다.

전우의 시체를 넘고 넘어

그녀의 불가사의한 결혼 이야기

1992년 7월, 한 마리 '어린 양' K는 강력한 결혼 반대에 직면했다.

여자: 24세. 명문여대 졸업. 사회적 위치, 경제적 능력 괜찮은 부모님의 고명딸. 예쁜 얼굴. 일탈을 꿈꾼 적도 없을 것 같은 이미지. 고로 다양한 신랑감 섭외가 쇄도하고 있음.

남자: 30세. 서울대 졸업. 대기업 과장. 개천에서 홀로 난 용. 바늘 하나 꽂을 땅도, 집도 없이 몰락한 집안의 장남. 그녀와 교제기간 중 홀어머니가 중풍으로 쓰러짐.

결사적으로 결혼을 말리는 친정부모와 주변의 만류에 그녀는 이런 계산을 하고 있었다.

Q : 연애를 한 것도 아니고 중매로 만나 데이트 중인데, 이런 중대 사태가 발발했음에도 꼭 결혼까지 해야 하나?

A : 나는 이 남자한테 반했다. 그의 얼굴에는 다른 남자에게 없는 깊이가 있다. 그 남자를 따라가면 인생이 뭔지 알게 될 것 같다. 또 갑자기 닥친 그의 불행에 도망가는 것은 인지상정이 아니다. 나와 헤어진 후에 일어난 일도 아니고.

Q : 제 손으로 밥 한 번 해본 적 없는데 반신마비 환자에, 미혼의 형제들에 신랑까지 어떻게 시중을 다 감당하나? 게다가 태어날 아이는?

A : 남편은 가장 노릇한다고 돈을 벌어오는데 내가 아무것도 안 하고 있으면 남편에게 미안하고 자존심 상할 것 같다. 내가 직업이 있는 것도 아니고 뭔가 나도 열심히 하고 있어야 남편에게 쉽게 보이지 않을 것 같다. 또, 어차피 장남에게 시집가면 살다가도 일어날 수 있는 일이다. 그렇다면 꼼짝없이 맡아야 할 일이다. 먼저 시작한다고 생각하면 된다. 대신에 '착한 며느리'라는 프리미엄 미리 얻고 들어가는 거 아닌가.

Q : 가난은? 돈 버는 사람은 아직 남편 하난데, 의료비에 생활비까지 감

당할 수 있나? 물려받을 재산 하나 없고 미래가 불안하지 않은가?

A : 남편은 똑똑한 사람이다. 그 사람 자체가 미래이다. 평생 이렇게 살지 않을 것이다. 이십 년 후에도 지금 같지 않을 것이다. 그 희망에 나를 거는 거다.

Q : 시어머니가 오래오래 살아서 끝이 보이지가 않는다면? 그래도 두렵지 않나?

A : 이십 년쯤 더 사실 거라는 각오까지 했다. 그러면 내가 마흔네 살이다. 그래도 너무 늦은 나이는 아니다. 어차피 다른 여자들도 그 나이까지 애 키우랴, 집안 살림하랴 밖에 못 나간다. 그 시간 동안 한꺼번에 다한다고 생각하면 된다.

Q : 친정 부모님은 어떡하나? 충격으로 죽게 생겼다.

A : 죄송하고 미안하다. 하지만 잘 살아내겠다. 하는 수 없다. 절대 잘못되지 않겠다.

그녀는 팔 월 늦여름 삼복더위에 땀을 팥죽같이 흘리며 결혼했다. 그녀의 결혼은 그해, 그 동네에서 가장 쇼킹한 사건으로 기억된 것은 물론이다.

그리고 그녀는 '전설의 고향'을 찍었다.

시어머니는 그녀를 답답해했다. 살림에 미숙하고, 조기와 삼치도 구별 못하는 며느리가 아무리 봐도 똑똑한 자신의 아들과 결혼할 수준이 못 되는 아이라 여겼다. 남편은 아침 일곱 시에 나가서 밤 열 시가 넘어 들어오는 날이 많았다. 집에 오면 남편은 시어머니 방에 들어가 그녀에 대해 불평하는 엄마를 안마해주고 다독여주었다.

신혼의 달콤함은 없었다. 그녀에게 기억되는 유일한 사랑의 시간은, 어느 날 밤 남편이 클래식기타로 '월광곡'을 쳐준 일이었다. 남편은 로맨틱할 수 있는 재주가 여럿 있었으나 그녀에게 발휘할 기회는 없었다.

그녀의 시댁 가족들은 공통점이 있었다. 모두 그녀에게 화를 낸다는 것이었다. 시어머니는 늘 그녀에게 짜증을 냈다(몸이 아프니 그럴 것이다). 형제들은 자기 앞가림하기도 버거운 시절이어서 엄마에게도 형수에게도 가끔 소용없는 투정을 부렸다(젊은데 일이 안 풀리니 그럴 것이다). 남편은 과묵했고 고맙다거나 미안하다거나 수고한다는 소리를 한 번도 하지 않았다(가족을 먹여 살려야 한다는 부담감에다 아내에게 자존심이 상해서일 것이다).

그녀는 가난과 과로뿐만 아니라 외로움에도 시달려야 했다.

때로 결혼은 사람을 철학자로 만든다

이십 년이 지나서, 스물네 살이던 그녀가 마흔네 살이 되었다. 시어머니는 결혼한 지 십 년 후 돌아가셨다. 남편은 사업을 일으켜 몇 번의 고비를 넘기고 현재 대한민국 상위 1퍼센트로 진입했다. 아이 셋은 미국, 영국에서 유학 중이다. 그녀는 서른일곱 살에 자기 사업을 시작해서 성공했다. 그 비결은 십 년간의 시집살이에서 터득한 '사람마음 읽어주기'였다.

Q : 불을 보듯 뻔히 예상되는 십 년을 버틸 수 있었던 비결은 무엇이었나?

A : 먼저, '이혼은 하지 않는다'라는 목표가 있었다. 그건 부모님뿐만 아니라 나와의 약속이었다. 그 목표가 정해지니 그다음은 내가 해야 할 행동의 목록이 나왔다. 그냥 그걸 하면서 산 것이다. 남들도 다 그러지 않나?

Q : 고난을 겪으면서 사랑이 더 돈독해졌나? 그것이 가장 궁금하다.

A : 사랑이 돈독해졌다기보다 좀 더 다른 것이다. 한 번도 고맙다는 말을 하지 않던 남편이 어느 날 이런 말을 했다. '그 시절, 당신 정말 대단했다. 마음속으로 존경스러웠다. 당신이 무슨 짓을 해도 나는 용서할 수밖에 없는 빚을 졌다. 당신은 무슨 일을 해도 괜찮다. 원하는 일은 전부 다 시도해봐라.'

Q : 후회한 적은 없나?

A : 있다. 감당할 수 없는 무게라는 생각에 도망치고 싶은 적도 물론 있다. 하지만 친정부모가 돌아가시기 전까지 그럴 수는 없다고 생각했다. 시어머니가 돌아가신 후 남편이 육 개월간 옆에 오지 않았다. 남편의 회한도 이해가 갔지만 그들은 모두 밖에 있었고 시어머니의 고통을 함께한 건 오히려 남의 식구인 나였다. 더 잘하지 못한 나를 원망하는 것 같아 억울했다. 두 사람이 같이 살 이유가 없어진 듯했

다. 오히려 그때가 더 힘들었다. 하지만 그도 죄책감과 허무를 견디는 중이었다는 걸 나중에 알았다.

Q : 남편이 밉지 않았나?

A : 나는 결혼 전에 많이 누리고 산 사람이었다는 생각을 비로소 하게 되었다. 사실은 내가 많이 교만하고 남을 배려할 줄 몰랐던 거다. 그 교만을 단련하는 시간이었다. 나를 탓하는 시댁식구들의 말을 들으며, 그들이 힘든 시간을 보내는 사람들이라는 연민이 생겼다. 그럴 만했다. 한없이 냉정해 보이던 남편이 두 번째 사업도 말아먹은 날, 혼자 포장마차에 앉아서 울면서 술을 먹었다고 했다. 그때 남편에 대한 미움이 사라졌다.

Q : 다시 똑같은 상황이 오면 어떤 선택을 할 것인가?

A : 끝이 좋지 않았다면 이렇게 말할 수 없을지도 모르겠다. 나는 남들보다 조금 더 힘든 시간을 보냈지만 그로 인해 얻은 것도 많다. 그 시간을 견뎌낸 후 인생관이 많이 달라졌다. 내가 나쁘게 변한 거 같지는 않다. 또 한 가지, 내가 나를 사랑하게 되었다. 십 년간 바보라는 소리만 들어 진짜 바보인 줄 알았는데 세상에 나가 보니 다른 사람 마음이 잘 보이는 거다. 내가 대단한 능력을 갖게 된 거였다. 그 능력이 내게 또 다른 인생을 살게 해주었다. 평범한 결혼이었다면 나는 죽었다 깨어나도 깨우칠 수 없었을 것이다.

Q : 다른 사람에게 이런 결혼을 권하고 싶은가?

A : 만약 내가 결혼하고 싶은 사람이 '가공 안 된 보석'이라는 느낌이 오면 마다하지 말고 뛰어들라고 권유하고 싶다. 또 그 모든 악조건과도 남자를 바꾸고 싶지 않다면 선택해야 하지 않겠는가?

'위인전'의 주인공이 되는 방법은 두 가지가 있다.

첫 번째는 위인의 싹수를 가지고 태어나 위인의 엄마다운 엄마 밑에서 잘 자라서 업적을 남기는 것, 두 번째는 위와 같은 결혼을 하는 것이다. 그녀는 위인이 되고 싶은 욕망은 없었으나, 이십 년 후 위인전에 오를 만한 이야기를 하게 되있다.

마음먹기에 따라서 새로운 인생을 살게 되는 것, 결혼이 주는 별책부록이다.

결혼이라는 이름으로 나의 팀을 만들었다.

배우자와 옥신각신하며 사는 것, 자식 밥 먹이며 키우는 것, 엄마니 며느리니 옆집 아줌마니 하는 낯익은 이름으로 사는 수고가 생각보다 막강했다(근데 그 수고가 바로 사는 맛의 다른 이름이란다).

가끔은 생각한다. 나는 왜 자발적으로 이 짐을 진다고 약속했을까?

살아보니 기대만큼 달콤하지도 않은데, 왜 다들 기를 쓰고 못 뛰어들어서 안달일까? 어떨 때는 나를 정의하는 모든 호칭에서 벗어나 혼자이고 싶고, 그 사는 맛도 "좋으면 너나 드세요" 하며 싶다.

하지만 아직 미혼인 친구는 이런 말로 내 발목을 잡는다.

"그래도 너는 남편도 있고 애도 있잖아!"(그래도 너는 희망이 있잖아.)

남편과 애가 있는 나는 이렇게 하소연한다.

"그러니까 내가 그 남편과 애 때문에 이렇게 힘들다니까!"(그 희망이 때로 절망이지.)

    도대체 네가 못 가져 안타깝고, 비록 가진 나는 진저리치는 이것의 정체는 무엇인가?

    만약 그게 소위 인생 선배들이 말하는 '사는 맛'이라면 '결혼의 맛'이란 달콤하거나 시거나 짜거나 쓴 것이 아닐까. 지금 인생이 너무 무료해서 죽을 것 같다고? 그럼 결혼 한번 해보시라. 이제부터 다이나믹한 삶의 맛을 즐길 수 있을 것이다(결혼한 언니들은 천국이든 지옥이든 일단 끌어들이고 본다. 같이 고생하면 재미있잖아).

    '탄성이 나오는 풍경을 볼 때 혼자 즐기기가 아깝고, 월드컵 한일전 보는데 같이 소리 칠 사람 있었으면 좋겠고, 자장면 먹고 싶은데 이왕이면 짬뽕 국물도 한 숟갈 먹어보고 싶다.'

    위의 말에 동의한다면 결혼해도 별 무리 없다(단, 상대방 숟가락 들어간 국물을 비위 상하지 않고 먹을 수 있는 사람이라면).

너무 두려워하지 않아도 되고, 너무 기대해서도 안 되고, 뭐라고 딱 부러지게 이야기해주고 싶어도 이따위로밖에 표현할 수 없는 것, 그게 결혼이다.

결혼이 나의 팀을 만드는 일이긴 하나, 어차피 단식에 강한 사람 복식에 강한 사람 둘 다 있는 법이니 자기 소질 알아서 계발하시라는 말밖에(둘 다 안 되는 사람, 절망 마라. 심판하면 되지).

하지만 잊어서는 안 되는 게 하나 있긴 하다. 내가 만든 나의 팀원들인 가족은 끝까지 함께 내 손수레에 태워갈 사람이라는 사실이다. 그래서 결혼은 때로 무겁고(나만 끌면), 때로 가볍다(그들이 함께 밀어주면).

그러니, 언니가 말한다.

힘들면 노래라도 같이 부르라고. 함께 노래 부르는 행복까지 마다하지는 말라고.

결혼에 대한 환상을 뒤집는 기막힌 인터뷰

좋은결혼 나쁜결혼 이상한결혼

초판 1쇄 발행 2009년 1월 23일
초판 2쇄 발행 2009년 4월 15일

지은이 신은자 신진아
펴낸이 이범상
펴낸곳 (주)비전비엔피 · 애플북스

기획 편집 박창석 박승범 윤수진
영업 관리 박석형 한상철 이미자
디자인 정정은 김혜련

주소 121-865 서울시 마포구 서교동 377-26번지 1층
전화 02)338-2411 | **팩스** 02)338-2413
이메일 ekwjd11@chol.com/visioncorea@naver.com
블로그 http://blog.naver.com/visioncorea

등록번호 제313-2007-000012호

ISBN 978-89-961474-2-8   03810

· 값은 뒤표지에 있습니다.
· 잘못된 책은 구입하신 서점에서 바꿔드립니다.